KEITAI
SHOUSETSU
BUNKO
野いちご SINCE 2009

# 放課後、イケメンすぎる瀬那先生に

# ひたすら溺愛されてます。

## ～今日も止まらない甘い誘惑～

### ば に ぃ

JN031785

⊙ STARTS
スターツ出版株式会社

イラスト／なま子

ねえ、知ってた……？
私<ruby>私<rt>わたし</rt></ruby>ね、先生が思っているほど子どもじゃないんだよ？


「好きって言ったら……先生は困る？」
16歳<ruby>歳<rt>さい</rt></ruby>、すべてに一生懸命<ruby>一生懸命<rt>いっしょうけんめい</rt></ruby>な天然美少女・呉羽<ruby>呉羽<rt>くれ は</rt></ruby>つむぎ。
×
「呉羽は、いつだってかわいいよ」
23歳、イケメンで俺様<ruby>俺様<rt>おれさま</rt></ruby>な数学教師・守谷瀬那<ruby>守谷瀬那<rt>もりや せ な</rt></ruby>。


私が好きになったのは、全校女子からモテモテの先生。
「俺のこと好きになれば？」
私のこと、もてあそんでる？
「つむぎのこと、ここから連れ出していい？」
みんなと同じじゃ嫌<ruby>嫌<rt>いや</rt></ruby>なの。
私だけを、特別扱<ruby>特別扱<rt>あつか</rt></ruby>いして……？


「こんなので照れてたら、誘惑<ruby>誘惑<rt>ゆうわく</rt></ruby>なんてできないよ」
「え？　ちょっ、せんせ……っ」
「ほら……誘惑、するんだろ？」


甘<ruby>甘<rt>あま</rt></ruby>くて甘くてひたすら甘い、先生×生徒のお話。
今日も、私は瀬那先生を誘惑します。

放課後、イケメンすぎる瀬那先生に

ひたすら溺愛されてます。

~今日も止まらない甘い誘惑~

人物紹介

*Tsumugi Kureha*

呉羽つむぎ
くれは

高1。自覚ナシの天然美少女。一度決めたら一直線に突き進む性格で、想いを寄せる瀬那にアタックしはじめる。

*Sena Moriya*

守谷 瀬那
もりや せな

23歳、つむぎの通う高校の数学教師で、女子生徒から人気のイケメン。次第に生徒のつむぎに惹かれていき…。

*Hotaru Matsumoto*

## 松本 蛍
### まつもと ほたる

つむぎと幼稚園から一緒の幼な
じみ&大親友。明るい性格だけ
ど、恋愛になると意外と奥手。

*Shotaro Monna*

## 門奈 祥太郎
### もんな しょうたろう

つむぎと同じ中学の出身で、高
校では隣のクラス。じつは、中
学のころからつむぎが好き。

*Reika Unno*

## 海野 麗華
### うんの れいか

瀬那の中学の同級生で、瀬那の
ことが好き。色っぽい大人の女
で、つむぎを悩ます存在。

☆ contents

♡誘惑①♡

## 最悪な第一印象

　雲1つない晴天。

　朝起きて部屋のカーテンを開けるとまぶしい太陽の光が差し込（さ）んできて、すごく気持ちがいい。

　新しい生活が始まる今日にふさわしい陽気だ——。

　着慣れていないワイシャツの袖（そで）に手を通し、チェック柄（がら）のスカートをはく。

　ベージュ色のブレザーを着てスカートと同じ柄のリボンをつけると……新高校1年生の完成。

　ピカピカのローファーは、まだ硬（かた）くて履（は）くと少し痛い。

　でも、そんな痛みを忘れるほど、今の私の気持ちは高ぶっている。

　なぜなら、今日が入学式当日だからだ。


　お母さんとお父さんと学校へ到着（とうちゃく）。

　2人は体育館に、私はさっそくクラス分けを見に1年生の下駄箱（げたばこ）へ向かった。

　下駄箱の壁（かべ）にはクラス分けの紙が張り出されていて、そこは大勢の人で溢（あふ）れ返っている。

「つむぎー！　おはよう——！」

　笑顔で声をかけてきたのは大親友の松本蛍（まつもとほたる）。

「まさかの、同じクラスだったよー！　私たちD組！」

「ウソ!?　うれしすぎるー！」

　蛍とは幼稚園からずっと一緒で、いわゆる幼なじみというやつ。

　そんな蛍と高校もクラスも一緒だなんて、うれしくないはずがない！

　さっそく私たちはD組へと向かった。

　生徒が全員そろったところで、1人の若くてきれいな女の人が教室へと入ってきた。

「D組の担任をすることになった小栗恵玲奈です。1年間よろしくお願いします」

　猫目がチャームポイントで、すでにクラスの男の子たちは目がハートになりメロメロなご様子。

　ショートホームルームが終わり、小栗先生に案内されながら私たちは体育館へと向かった。


「それでは、新入生の入場です！」

　体育館の中からアナウンスが聞こえ、順番に新入生たちが入っていく。

　私も無事に入場し、席につく。

　進行表どおりに催しが行われ、次に各クラスの担任の先生が発表されることになった。

　舞台の上で横に並んだイスに座る先生たち。

　A組から順番に発表されていき——C組の発表になった瞬間、あたりが一気にざわつき始めた。

「C組の担任は、守谷瀬那先生です」

　そのアナウンスとともにゆっくり立ち上がったのは……

見惚れてしまうほど、かっこいい若い男の人だった。

　ちょうど前に座るのがC組の女の子たちで、「キャー！」と叫び声が上がる。

　他のクラス、学年の女の子たちも口々に「かっこいいー！守谷先生が担任がよかったー！」などと騒いでいる。

　そんな黄色い歓声に対して、満面の笑みで会釈をするその人。

　え……チャラい……。

　それに、先生1人にこんなに騒ぐなんて信じられないんだけど……。

　先生であろうその人は、目がくりっとしていて、パーマがかった黒髪をしていて……。

　芸能人でもおかしくない、びっくりするほどのイケメン。

　私の苦手なタイプだ。

　これまでも、大勢の女の子たちにチヤホヤされて生きてきたんだろうなぁ。

　そんな人が高校教師なんて務まるの？

　まぁ、いくら桁外れのイケメンだからって、先生であることに変わりない。

　だから、深く関わることはないだろう。

　——そんなふうに、このときの私は思っていた。

## みんなの守谷先生

　入学式も無事に終わり、いよいよ今日から待ちに待った高校生活がスタートする。

　少女漫画を読んで、たくさん予習をしてきた。

　あとは、ステキな高校生活を送るだけ！

　夢が膨らみ、ドキドキが抑えられないまま登校2日目を迎えた。

「つむぎ、おはよう！」

　家から駅までは歩いて10分程度。

　改札前には蛍がいて、私を見つけるなりうれしそうに両手を振った。

　そんな蛍に駆け寄る私。

「蛍、おはようー！」

「今日も、つむぎは最高にかわいいっ！」

「もう蛍ー！　そういう蛍のほうがかわいいから！」

　蛍は細身でスタイルがよく、長い黒髪を持った和風美人。

　そんな蛍に、幼いころから毎日のように『かわいい、かわいい』と言われ続けて最初こそ戸惑ったものの、今や、その日を頑張れる応援の言葉になっている。

　蛍は私のことで知らないことはないだろうし、私も蛍のことはすべて知っているつもり。

　うれしいことがあったときも、悩んだときも、真っ先に蛍に話す。

　冷静に物事を考えられる蛍に、どこか抜けている私はいつも助けられている。

　中学3年生になり、蛍の部屋でなんとなくどこの高校に行きたいかという話になったとき、『「せーの！」で、同時に高校の名前を言おうよ』という流れになった。

　『西校！』と、私と蛍は見事に同じ高校を口にし、お互いに驚きつつも、すごくうれしくてその場で抱き合ったのを今でも覚えている。

　高校も一緒に目指せるとわかってからは、やる気がなかった受験勉強にも力が入った。

　そして、頑張ったかいがあって私も蛍も見事合格。

　私たちが通う高校があるのは、最寄り駅から3つ隣の駅。

　すでに、乗った車両にも同じ高校の生徒が何人かいる。

　駅について改札を出て左に曲がると階段があり、それを下りると高校へ行く道に出る。

　改札を出て右に曲がると、2年前にできたばかりの駅直結の大きなショッピングモール。

　そのショッピングモールは、蛍とよく洋服を買いに来る場所。

　階段を下りると、道の先には同じ高校に通う人たちがずらずらと歩いている。

「なんか……登校するだけなのにドキドキするね」

「たしかに、変な感じだね」

　私が鼻息荒く言うと、蛍も興奮気味に口を開く。

　浮かれているとは、まさにこのことだと思う。

　ついに、高校生なんだー。

　教室に入るまでテンションが上がって落ちつかない私は、ずーっと1人でしゃべっていた。


　学校について、昨日発表されたクラスにさっそく向かう。

　1年生のときは学校生活に慣れるようにと、同じ中学校の出身者の何人かを一緒のクラスにしてくれているらしい。

　そのおかげで、蛍と一緒のクラスになった。

　涙が出るほどうれしいっ！

　教室にはもう何人か生徒がいて、いくつかグループができているみたい。

　蛍と私の席で話しているとチャイムが鳴り、担任の先生が教室へと入ってきた。

「改めて、私が担任の小栗です。今年から教師になりました。よろしくお願いします」

　昨日の入学式で説明されたけど、私たちD組の担任は若くてきれいな小栗先生。

　それとなく教室を見回すと、昨日と同様、男の子たちの鼻の下が明らかに伸びているのがわかった。

　朝のホームルームが終わると、蛍が私の席へ来てくれた。

　何人かの生徒が教室から出ていくのはチラッと見えたけど、蛍といつものように他愛もない話で盛り上がっていたため、とくに気にしなかった。

「なんか静かじゃない？」

　そう言って立ち上がる蛍。

　さっきまで誰かしらの話し声が聞こえていたのに、急に教室内がシーンとなったことに私と蛍は気づいた。

　あたりを見渡すと、誰もいない。

「みんなどこに行っちゃったの？」

「わからない……」

　完全に教室に取り残された私と蛍。

　すると、すぐに校内放送が聞こえてきた。

《これから体育館で部活動紹介が始まります。1年生は速やかに移動してください》

「そういうことか！　とりあえず体育館に行こ！」

　蛍の声に頷き、私たちは急いで体育館へ向かう。


　——ところが、たどりついたのは美術室らしき教室の前。

「ねぇ、つむぎ……体育館の場所って覚えてる？」

「……覚えてない。蛍は？」

「まったく覚えてない」

　体育館に行ったことがあるのは、去年の学校説明会と、昨日の入学式の2回のみ。

　この高校は、職員室や選択科目の教室などがある1棟と生徒たちの教室がある2棟が中廊下でくっついていて、迷路のように入り組んでいる。

　方向音痴な私が、たどりつける気がしない。

　私と蛍は、完全に迷子になってしまった。

「おまえたちも迷子？」

　後ろから声が聞こえて振り返ると……１人の先生が立っていた。

　げっ……。

　入学式で、女子生徒が騒いでいたイケメン先生だ。

「はーい！　迷子でーす」

　初対面の人とも気さくに話せちゃう蛍は、そう言って片手を上げる。

「じつは、俺もなんだよね」

「え!?　先生なのに？」

「今年からここの先生になったから、まだどこに何があるのか曖昧でさ。しかも、ここって妙に入り組んでるじゃん？」

　顔は芸能人でもおかしくないほどかっこいいけど、本当に先生なのかと疑うほど、見た目もしゃべり方もチャラい。

　入学式で"苦手"と感じたのは、やっぱり間違いなかったんだ。

「じゃあ、迷子同士、一緒に体育館を探すか」


　それから私たちは、先生と一緒に体育館を探した。

「上履きが青ってことは、１年生か」

「そうでーす！　ピチピチの高校１年生でーす！」

　ノリがいい蛍は、さっき会ったばかりの先生と楽しそうに話している。

「俺も教師１年生だから、１年生同士仲良くしような」

「そうなんですか？」

「先月に大学を卒業して、この春から教師になったんだよ」

「じゃあ、お互い1年生同士よろしくお願いしまーす。私は、D組の松本蛍です！　えっと、先生の名前は……」

　かっこいい笑顔を振りまく先生に、まんざらでもなさそうな蛍。自己紹介までしちゃってるし。

「守谷瀬那だ」

「そうでした！　あんなに騒がれていたのに忘れちゃってました」

「なんだよ、それ」

　一方の私は……先生なのにこんなにノリが軽くていいの？と、守谷先生に対して少し引き気味。

　しかも2人の話に入れそうになかったため、私は一歩後ろを歩いて距離を置く。

「……おーい」

「へ……っ？」

　蛍と前を歩いていたはずの先生が、気づいたら私の横にいた。

　先生は少しかがんで、私の顔を覗き込んでくる。

　至近距離に整った顔が近づき、不覚にもドキッとしてしまった。

「な、なんですか……」

　少し先生から離れると、先生の香水なのか……残り香が鼻をくすぐった。

　シトラス系の爽やかな匂い。

　なぜか、先生にぴったりだと思った。

「何も言わないから、俺と仲良くしてくれないのかなぁと
思って」
　な、仲良くってっ！
　先生と生徒って仲良くするものなのっ!?
　かっこよくてチャラさ満載の先生が言うから変に捉えて
しまうのか……ありえないことを考えちゃう。
「名前、なんて言うの？」
「……呉羽つむぎです」
「呉羽って変わった名字だな」
「……よく言われます」
「呉羽、これからよろしく」
　再び目線を合わせてきた先生はそう言って、私の頭を優
しくポンポンと叩いた。


　１階に下りると正面玄関があり、そこから体育館につな
がる渡り廊下を見つけた。
　体育館の扉は閉まっていて、すでに部活動紹介は始まっ
ているようだった。
　ええ……どうしよう……。
　途中で入ったら、確実に注目を浴びることになる。
　そんなの恥ずかしくてできない。
　ところが、悩んでいる私をよそに、先生と蛍は後ろのド
アの前まで移動していた。
「つむぎっ、後ろから入ろっ」
「えっ？　入るのっ？」

　扉に手をかけている先生を見て、慌てて駆け寄る。

「俺がなんとかするから大丈夫」

　なんとかするって、先生になったばかりなんだよね？

　そんな先生の言うこと、信じて大丈夫なのかな……。

　私の不安は消えないまま、扉はゆっくりと開かれた。

　ゆっくりと開けたのにも関わらず、古びた体育館の扉は重くなかなか開かず、ギギィーと大きな音を立てる。

　近くに座っている生徒や先生たちが、一斉に私たちへと視線を向けた。

　舞台では野球部が流行りの曲を歌って、仲のよさをアピールしている。

　どこでもいいから早く座りたい！

　恥ずかしさのあまり顔を上げられず、とにかく下を向いて時間が過ぎるのを待つことにした。

「遅刻かぁ……？」

　体育館の後方の壁に沿って横１列に並んでいた先生たちの中の１人、強面なおじさん先生が私たちに近づいてきた。

「迷っちゃったみたいで、俺がたまたま会えたんで連れてきました」

　登校２日目にして怒られるのか……と思っていたら、守谷先生は私たちの前に立って代わりに弁解してくれた。

「そうか。たしかに、うちの学校はわかりにくいもんなぁ」

　守谷先生のおかげで強面おじさん先生に怒られることなく、なんとかその場を切り抜けた。

　私と蛍は、生徒たちが座る一番後ろの列のさらに後ろに

無理やり座る。

　何気なく後ろを見ると、守谷先生は、いつの間にか先生たちの列へ紛れ込んでいた。

　部活動紹介がすべて終わり、順番に体育館から出ていく生徒たち。

　今度こそ迷子にならないようにと、私と蛍は前を歩く女の子3人組にくっついて歩くことにした。

　おかげで迷子になることなく、無事教室にたどりつく。

　すぐに始まった帰りのホームルームが終わり、支度も終わったので私と蛍は帰ろうと教室を出ようとした。

「瀬那先生、さようならーっ！」

　廊下から女の子の大きな声が聞こえ、興味が湧いたので窓から廊下を見る。

　隣のC組の前には、1人の男の人を大勢の女の子たちが囲んでいた。

「あ、守谷先生だ」

　蛍の言葉に、よーく男の人の顔を見た。

　蛍の言うとおり、守谷先生だ。

　女の子たちに囲まれた守谷先生は、まんざらでもなさそうな顔をしている。

　そりゃあ、女子高生たちにキャーキャー言われてうれしくない人間がいるはずがない。

　どんなにモテるイケメンだって、うれしいんだな……。

「下の名前で呼ばれているなんてすごいね」

「それもそうだし、あんなにニヤニヤして先生として恥ず

かしくないのかな？」

　今日初めて話してどういう人かなんて知らないのに、女の子たちにニヤニヤしている守谷先生を見て、なぜかイライラする。

「恥ずかしくないんじゃない？　もしかしたら、女子高生にモテたくて先生になったのかもしれないし」

「たしかにそうだよね……」

「あれだけかっこよければ、狙う子も多いんじゃない？」

「狙う子？」

「守谷先生のことを好きになって、アタックする子が出てくるってこと」

　生徒が先生のことを好きに？

　現実の世界でそんなことありえるの？

　それって、ドラマや漫画の世界の話じゃないの？

　少なくとも、私の中でどんなにかっこよくても、先生という時点で恋愛対象ではなくなる。

　私なら、先生を好きになるなんてありえない。

「私は、あの先生、ちょっと苦手だなぁ……」

「あー、つむぎはチャラい人が苦手だもんね」

　近寄ってきた女の子みんなにニコニコして、騒がれているのもうれしそうな守谷先生……。

　『ちょっと苦手』どころじゃない！

　人気者な自分に酔いしれている感じがして、すごく嫌！

　守谷先生のことを詳しく知っているわけじゃないけど、私は彼に対して無意識に距離を置こうと思った。

## 涙の公園

「松本と呉羽……？」

　学校を出ようと下駄箱で靴を履いていると、背後から聞いたことのある声がしたので振り返る。

　そこには、中学が一緒の伊吹碧くんと門奈祥太郎くんがいた。

　私たちが通っていた中学からは、私と蛍、伊吹くんと門奈くんの４人が西高に通っている。

　説明会や願書提出も一緒に来たので、なんとなく仲間意識がある。

　元バスケ部で、ずーっと話しているおちゃらけタイプの門奈くん。

　同じく元バスケ部だけど、性格は門奈くんと正反対で無口で静かな伊吹くん。

　一見合わないような２人だけど、違うタイプだからこそ一緒にいて落ちつくみたいで中学のときから仲がいい。

　声をかけてきたのはもちろん門奈くんで、伊吹くんは門奈くんの後ろで軽く会釈をした。

「呉羽たちは何組だったの？」

「私たちはＤ組だったよ。門奈くんたちは？」

「え！　Ｄ組!?　俺らＣ組だから、まさかの隣じゃん」

「隣だったんだねっ！　同じ中学だし仲良くしてねっ」

「お、おう……」

　C組ってことは……守谷先生のクラスだ。

　ふと、そんなことを思った。

　いつもは会話に入ってくる蛍だけど、今回は訳ありでめずらしく私の後ろでうんうんと頷いているだけ。

「つうかさ、暇な日ある？　放課後遊ぼうぜ」

「あ、いいねー！　そしたらまた連絡するよ」

「おう。じゃあ、またな」

「またねー」

　前にも何回か４人で遊んだことがある。

　門奈くんが場を盛り上げてくれるので、どこで遊んでも門奈くんがいれば楽しくなる。

　……だけど、今回遊ぶことをＯＫしたのには他に理由があって……。

「つむぎぃー……っ。遊ぶ約束してくれてありがとうーっ」

「伊吹くんも、蛍がいるから４人で遊ぶのＯＫしてくれてるんじゃない？」

　門奈くんたちとバイバイしたあと、「そうかなぁー？」とニヤニヤしながら駅までの道を歩く蛍。

　そう……じつは、蛍は伊吹くんに絶賛片想い中なのだ。

　蛍と伊吹くんは中学２、３年生と同じクラスで、女の子とはあまり話さない伊吹くんが、なぜか蛍とは普通に話してくれるらしい。

　蛍にとって、伊吹くんは最初は仲のいい男友達だった。

　次第に、自分だけに心を開いてくれていることに気づき、それから伊吹くんを意識するようになったらしい。

　誰かを好きになったことがない私にとって、恋をしている蛍はいつも輝いて見える。

　毎日が楽しそうで、学校に行くだけでもウキウキできるのがうらやましく思えた。

「……伊吹くんと2人で遊んでみれば？」

「無理無理無理！　それは無理！」

「なんでー？　蛍と2人きりだと、伊吹くんしゃべってくれるんでしょ？」

「もう好きすぎて、私がたぶんしゃべれないと思う……」

　蛍は天真爛漫な性格で、男女関係なく誰とでも気さくに話せる。

　そんな蛍も伊吹くんのことになると……恋する乙女に変身し、一気に奥手になってしまう。

　受験前は普通に伊吹くんと話せていたのに、受験期間でなかなか会う機会がなくなった途端、あからさまに伊吹くんを避けるようになった。

　受験が終わってからというものの、さらに好きな気持ちが大きくなったみたい。

　でも、私から見る限り、伊吹くんも蛍に好意がある気がするんだけどな……。

　他の女の子たちとはしゃべらないのに蛍とはしゃべるって……それって、特別だからじゃないの？

「蛍は他の女の子たちと比べたら、伊吹くんと一番近い距離にいると思うよ」

「……なんかもう、自分でも混乱してるんだよね」

「混乱？」

「伊吹くんと仲良く話せる関係なら、今のままでもいいかなって思ってたのね。友達のままでいてもいいかなって」

「うん」

「でも、最近は伊吹くんが目の前にいるだけで好きって気持ちが溢れてきちゃって……全然しゃべれないの」

「うん」

「でも、告白して振られるのは怖い。だけど、今のままも嫌だし……」

　仲のよい友達という関係も壊したくないけど、好きな気持ちは日々大きくなる。

　これからどうなるかわからないのに、告白する決断なんて簡単にはできないよね。

「……あ、門奈くんからメッセージが来た」

「ウソっ、なんだって？」

　私はブレザーのポケットに入っているスマホを取り出し、メッセージアプリを開いた。

　メッセージの内容は【明後日の金曜日って空いてる？空いてたら４人で遊ぼう】というものだった。

「蛍、明後日って空いてる？」

「明後日？　空いてるけど……」

「門奈くんが４人でその日に遊ぼうーって」

「遊ぶ！　遊びたい！」

　さっきまで悩んでいて、すっかり元気がなかった蛍。

　明後日４人で遊ぶことが決まり、急にテンションが上

がった。

　電車に乗り最寄り駅についても、蛍のテンションはずっと上がったままだった。

　駅から歩いて5分くらいのところにコンビニがあり、そこから道が左右に分かれている。

　私は左に、蛍は右に行くので、いつもここで別れることになる。

「じゃあ、また明日ね」

「うんっ、また明日」

　そう言って蛍に背中を向けた瞬間……「つむぎ！　待って！」と、蛍に呼び止められた。

「どうした？」

「明後日……思いきって伊吹くんに告白しようと思う」

「……‼」

　蛍の突然の言葉に驚きを隠せず、言葉を発するまでに何秒か間が空いた。

「今のままじゃ、自分の気持ちもスッキリしないから告白してけじめをつけたいの」

　親友として、反対する理由なんかない。

　だからこそ、私としては蛍の気持ちを尊重して、全力で応援しなければいけない。

「こんなに明るくてかわいい蛍だもん。絶対に上手くいく！大丈夫！」

「つむぎぃー……！　ありがとうー……」

　半泣きの蛍が私に抱きついてきたので、私は反射的にす

ぐに抱きしめ返した。

　だけど、蛍と伊吹くんは本当に上手くいくと思う。

　正直、全然心配していない。

　今から明後日の放課後が楽しみで仕方ない。


　……そして、あっという間に金曜日になった。

　下駄箱で待ち合わせ、私たち４人はとりあえず、高校から徒歩５分の距離にあるカラオケへ向かった。

　１時間ほど歌って騒ぎ、門奈くんは率先してタンバリンを持ってリズムを取る係を担当してくれた。

　カラオケのあとはそのまま電車に乗り、家の最寄り駅で降りて、小腹が空いたのでファストフード店へと入った。

　いつものように他愛もない話をした。

　４人のときは比較的笑ったり話したりする伊吹くん。

　……やっぱり、心を開いている人にだけ素の自分を出せるのかな。

　蛍はどのタイミングで告白するんだろう……。

　そう思ったとき、蛍がトイレへ一緒に行こうと言うので私はついていく。


「……このあと、隣の公園で告白しようと思う」

「公園なら人もそんなにいないだろうし、いいかもしれないね」

「それで、つむぎにお願いなんだけどね……門奈くんを何かしら理由つけて連れ出してくれる……？」

　そうか！　告白するんだから２人きりにしなきゃいけな
いよね。
「うん！　わかった。適当に理由を考えておくね」
「ありがとう、つむぎ」
「いいのいいの。任せて！」
　私はそれから公園に行くまでの間、門奈くんを連れ出す
理由を必死で考えた。
　その結果……。
「私の弟がもうすぐ誕生日で、誕生日プレゼント買いたい
んだけど何を買っていいかわからなくて……。門奈くん一
緒に選んでくれない？」
「……おう、いいよ」
　私には、本当に２歳下の弟がいる。
　誕生日を１ヶ月後に控えているということで……自分で
もなかなかいい理由になったんじゃないかなと思う。
　優しい門奈くんも、一切疑うことなくついてきてくれた。
　伊吹くんは、いまいち状況を掴めていなさそうな顔をし
ていたけど、とりあえず蛍と伊吹くんを２人きりにできれ
ば万々歳だ。
　公園を出て２人の様子を少し見てみたら、２人は公園の
ベンチに座っていた。
　すでにいい雰囲気。


「……で、何を企んでんの？」
「えっ!?」

　駅近のお店に向かっている途中、隣を歩く門奈くんが口を開いた。

「呉羽が俺だけを誘うことなんて、今までなかったじゃん。もしかして、松本が伊吹に告白するとか……？」

「……!!」

　さっそくバレたかー……。

「あ、ちなみに、松本が伊吹のこと好きなのはバレバレだから」

「そうなのっ？　それって伊吹くんにも……？」

「伊吹はどうかなぁ……。あいつは鈍感だから気づいてないんじゃね？」

　誤魔化すも何も、門奈くんが言うことすべてが当たっているので何も言えない……。

　どっちにしろ、戻れば蛍が伊吹くんに告白したことはわかることだし……と思って、とりあえず少しの間、一緒に時間を潰してほしいことを伝えた。

　門奈くんは、真剣に私の弟のプレゼントを考えてくれた。

　──そして30分がたち、私のスマホが鳴る。

　蛍からの電話だった。

　急いで通話ボタンを押す。

「もしもし……？」

《つむぎ、とりあえず戻ってこれる……？》

「うん、わかった。門奈くんと戻るね」

　私は深く聞かず、それだけ言って電話を切った。

「……」

　ずっと一緒にいるから、蛍が今どんな気持ちなのか……
声だけでわかってしまう。
　ちょうどプレゼントを選び終わったところだったので、
すぐに会計を済ませ、門奈くんと蛍たちのいる公園へと向
かった。


　公園に入ると、ベンチで楽しそうに話している蛍と伊吹
くんが目に入った。
　蛍が私たちの存在に気がつくや否や私に向かって走って
きて……そのまま、私の体に抱きついた。
「……つむぎ……、振られちゃった……っ」
　蛍はそう言って、私を抱きしめる力を強くした。
　門奈くんは空気を読んでか、伊吹くんのところへと歩い
ていき、私と蛍を2人きりにしてくれた。
　蛍の抱きしめる力が、痛いくらい強い。
　……でも今は、蛍の心のほうが何倍も痛いはず。
　そう思ったら、蛍の気持ちが落ちつくまでこうしていよ
う、と本気で思えた。
　蛍が伊吹くんのことをどれだけ好きなのかは、いつもそ
ばにいた私が一番よくわかっているつもり。
　だからこそ、その想いが届かなかったという現実をすぐ
に受け入れることができないのかもしれない……。
「蛍、ここでちょっと待ってて」
「うん……」
　伊吹くんといるときは、泣かないようにしていたのかも

しれない。

　我慢していたであろう涙を溢れさせた蛍は、目を真っ赤にして鼻声になっていた。


「２人ともごめんね。今日はここで解散でもいいかな？」

　この状態ではまともに話すこともできないと判断した私は、蛍を門奈くんと伊吹くんがいるところから少し離れたところにあるベンチに座らせる。

　そして、彼らがいるところへ行って聞く。

　私の言葉に、気まずそうな伊吹くんと、申し訳なさそうな門奈くん。

「むしろ、ごめん」

　伊吹くんとは、今まで１対１で話したことなんてたぶん一度もない。

　そんな伊吹くんは、私に向かって頭を下げた。


　公園をあとにした伊吹くんと門奈くんの背中を見送り、私は蛍の元へ駆け寄る。

　ベンチに座る蛍が、いつもよりも小さく見える。

「……つむぎ、ありがとう」

　蛍は気配で気づいたのか、私が近くに来ると顔を上げた。

　傷ついているはずなのに、辛くて悲しいはずなのに、蛍は私にお礼を言った。

　私は蛍の隣に座り、蛍の背中をそっと撫でる。

「私、本当に本当に伊吹くんのこと好きだったんだぁ……」

「そうだよね……」

「振られるって……こんなに辛いんだね」

「……」

「ううー……つむぎぃ……」

　鼻声になるほどの涙を流す蛍。

　タオルで目を押さえている姿を見て、私も辛くなった。

　そのあとも、蛍は体内の水分がなくなるんじゃないかというほど泣いていた。


　日は、すっかり暮れていた。

「……そろそろ、帰ろっか」

「うん。そうしよっか」

　蛍も少し落ちついたので、私たちは帰ることにした。

　いつもの分かれ道になるコンビニの前につく。

「つむぎ、こんなに遅くまでありがとう。つむぎがいてくれて本当によかった」

「蛍には私がついてるからね。いつでも電話して」

「うん。ありがとう、じゃあ、またね」

　そう言って背中を向けた蛍。

　テストの結果が悪かったり、成績が落ちたり、親や友達とケンカしたり……何か嫌なことがあったとき、蛍はまず私に相談してくれた。

　でも今の蛍は、これまで見たことがないくらいはるかに落ち込んでいるのがわかる。

　それなのに、気のきいた言葉を何ひとつかけてあげられ

なかった。

　ちゃんと家まで帰れるかなぁ。

　ご飯食べれるかなぁ。

　週明け、学校に来られるかな……？

　自分の家までの道中、蛍のことが心配で心配で仕方がな
かった。

【今、帰ってきたよ】

　そんな私の心配が蛍へと届いたのか、帰ってきたら蛍か
らメッセージが届いていた。

　ひとまずホッとした私は、心の中で早くいつもの明るい
蛍に戻りますように……と祈った。

## 大人な先生

　——週明け。

　蛍は学校に来たものの、明らかに元気がなかった。

　授業の合間にある休憩時間も、絶対と言っていいほど
どっちかの席でチャイムが鳴るまでしゃべっていたのに、
蛍は自分の机から動かず机に突っ伏して寝ていた。

「……食欲ないんだよね」

　そう言って、食べることが大好きな蛍がお昼のお弁当に
ほとんど手をつけなかった。

　そんな日が3日ほど続き……蛍は明らかにやつれた。

　蛍に対して、どう声をかけたらいいかわからない。

　早く元気になってほしいし、いつもの明るい蛍に戻って
ほしい。

　だけど、恋をしたこともない私が蛍の本当の辛さをわ
かってあげられることもなく……どうやって励ましたらい
いんだろう。

　「元気を出して」と言ったところで、元気が出るもので
もない。

　「新しい恋をしよう」と言うのは無責任すぎる。

　だって、まだ伊吹くんへの気持ちがなくなってないかも
しれないから。

　そもそも……何を言っても、恋をしたことがない私が言
うなって感じになる。

　こういうとき、私が恋愛経験豊富だったら的確なアドバイスをして励ますことができるのになぁ……。

　モヤモヤしたまま、体育の授業が始まった。

　体育館でバレーボールをすることになり、チームに分かれて試合が始まった。

　蛍は相変わらず元気がないけど、私と一緒のチームになり、試合にも参加。

　私は前のほうのポジションへ、蛍は私の斜め後ろに立っていた。

　連続でパスが続き、同じクラスの中学のときバレーボール部だったという子に最後にボールが渡ると、その子が思いっきりアタック。

　勢いよくアタックされたボールは見事に床へと叩きつけられ、私たちのチームに点が入った。

「いえーい！」

　同じチーム同士でハイタッチし合い、蛍にもハイタッチしようと後ろを振り返ると……。

　バタン――。

　蛍が、その場に倒れた。

「蛍……っ!?」

　すぐに駆け寄ると、蛍は意識があり、「うう……」と苦しそうにうめいた。

「蛍？　大丈夫……？」

「うん……とりあえず、気持ち悪い……」

　体育の先生や他の生徒たちも集まってきて、先生と話し

た結果、ひとまず保健室へ連れていくことになった。

　先生が連れていこうとしてくれたけど、親友の意地が働き、私が蛍を背負って保健室まで向かった。


　保健室までの道は先生に教えてもらったので、さすがに迷子にはならなそう。

　ただ……蛍には悪いけど、さすがに重くなってきた。

　ぐったりしているのもあるけど、自分と同じくらいの大きさの人間を運ぶのってこんなに大変なんだ、と痛感しながら一歩一歩ゆっくりと進む。

　蛍は意識はあるけど苦しそうで、小さなうめき声が聞こえる。

　急がないと！

　蛍を落とさないようにするのに必死で、私は床しか見えない状態で歩いていた。

　……そんなとき、前から人の気配がした。

「……あれ？」

　男の人の声がして、さらに距離が近づいたと思った矢先、その人は私の顔を覗き込んできた。

「あ、呉羽と……松本じゃん」

　そう言って白い歯を見せて笑ったのは……この前、一緒に迷子になった守谷先生。

　悔しいけど、相変わらず顔はかっこいい。

　私は「ども」と小さく挨拶だけして、先へ進もうとした。

「ちょっと待て」

　ところが、守谷先生に呼び止められたため、思わず足を止める。

「……え？」

「貸せよ」

　え？　『貸せよ』ってどういうこと？

　先生の言葉に疑問をいだいていると……急にふわっと背中が軽くなった。

　先生は蛍の両脇（わき）に手を入れていったん私から引き剥（は）がすと、器用に蛍を背負って歩き出した。

「大丈夫です……っ、私が連れていけますから！」

　私が歩いていた速度よりはるかに速く歩く先生を、私はとにかく追いかけた。

「こういうときは遠慮（えんりょ）なく頼（たよ）れ」

「でも……っ」

「松本、具合が悪いんだろ？　顔色も悪いし、だいぶ苦しそうだぞ。なら、早く保健室に連れてったほうがいいんじゃないか？」

「……たしかに、そうです……」

　私の勝手なプライドが邪魔（じゃま）をして、誰にも頼りたくないと思っていた。

　とくに、こんなチャラチャラした守谷先生には。

　でも先生の言うとおり、今は蛍のことを最優先で考えなくちゃいけなかったんだ。

　蛍を背負いながらも、スタスタといつもどおりの速度で歩く守谷先生。

そんな先生の背中を見ながら、やっぱり男の人って力が
あるんだな……と思った。

「んーとね、睡眠不足と低栄養からの貧血ってところかな」
　守谷先生のおかげであっという間に保健室につき、養護
の先生がベッドで横になる蛍の様子を見て判断する。
「とりあえず、よく寝てよく食べれば治ると思うわ。そこ
にある冷蔵庫の中に私の栄養たっぷりゼリーがあるから、
それを食べさせて、あとは少し横になっていれば大丈夫よ」
「よかったぁ……」
「少しよくなったら、おうちの方に連絡して迎えに来ても
らうから、あとでカバンと制服を持ってきてもらえる？」
「わかりました」
　そして、養護の先生は蛍から家族の連絡先を聞く。
「じゃあ、ちょっと電話してくるから話してて」
　そして再び私に声をかけると、ベッドから離れたところ
にある席につき、電話をかけ始めた。
　ベッドに横になったら少し楽になったのか、蛍がゆっく
りと目を開けてベッドの横のイスに座る私を見る。
「……つむぎ、ありがとう……」
「もう、本当に心配したんだからね。最近全然ご飯も食べ
てないし、見るからに元気もないし……」
「……心配かけてごめんね。失恋くらいでこんなんなって
たらだめだよね」
「そんなことないよ。蛍がすごく好きだったの、私は知っ

てるもん……」

　きっと、伊吹くんへの恋する気持ちが蛍の活動力になっていたんだろうな。

　その気持ちが突然行き場をなくしてしまったから、蛍は今どうすればいいのかわからないのかもしれない……。

「……守谷先生が、運んでくれたんですね。ありがとうございます」

　私の隣にちゃっかり座っている守谷先生に向かって、お礼を言う蛍。

「先生、あのね……私、ずっと好きだった人に振られちゃったの」

「……そうか」

「うん。その人も私の前では素を出してくれてたから、もしかしたら私のことを好きなのかもって思ってた」

「……」

「だけどね、いざ告白したらきっぱり断られちゃって……。私の一方的な片想いだったのに勘違いしてたんだ」

　蛍はそう言うと、切なそうに笑う。

　頑張って笑おうとしているのがわかるから、その笑顔を見るのがなおさら苦しかった。

　蛍の話を、相づちを打ちながら聞いていた守谷先生。

　先生が女子高生の失恋話なんか聞いても、なんて答えていいかわからないだろうな……。

　だけど、そう思っていた私の予想は裏切られた。

「告白するのって勇気がいるよな。松本はすごいと思うよ」

　守谷先生は優しい口調で話し始める。

「……」

「片想いだとしても振られても、誰かを好きになることってステキなことだよ」

「……っ」

「だから、頑張った自分を褒めてあげな？」

「う……うう……」

　先生からの温かい言葉に、蛍は静かに涙した。

「よく頑張ったな」

　先生の言葉は、蛍の冷えきった心にゆっくりと火を灯した気がした。

　……ただのチャラい先生かと思っていたけど、どうやらそうではないみたい。

　自分のクラスの生徒でもないのに、こんなに親身になってくれるなんて……守谷先生は、じつは誠実なんだろうか。

「はいはーい！　あとは私が見てるから、あなたたちは帰りなさーい」

　蛍の涙が落ちつくと……保健室の先生が仕切られているカーテンを勢いよく開け、私と守谷先生をどかすように割り込んできた。

「あ、じゃあ先生、蛍のことよろしくお願いします！」

「任せなさい。カバンよろしくね」

「あとで持ってきます！」

　ひとまず蛍は保健室の先生に預け、私と守谷先生は保健室を出た。

　ズボンのポケットに手を入れて隣を歩く守谷先生からは、この前と同じ爽やかな匂いがする。

「……あの、守谷先生……」

「ん？」

「さっきは、ありがとうございました……」

「……」

　守谷先生が蛍に声をかけてくれたおかげで、蛍も私も救われた。

「私ね、蛍になんて声をかけたらいいかわからなかったんです。私がちゃんと蛍の気持ちをわかってあげられたら、こんなことにはならなかったのになぁって……」

「……」

「幼稚園のころから知ってる親友なのに、私……何もできなかった」

「……」

「先生の言葉に蛍は泣いてたけど、ホッとしたように見えたんです。それで、私も同時にホッとしました……」

　大好きな親友の辛そうな顔は、もう見たくない。

　早く、いつもの明るい蛍に戻ってほしい。

　私はそう願うばかりで何もできず……この状況を変えてくれたのは確実に守谷先生。

「守谷先生のおかげです。ありがとうございます」

　その場で足を止め、先生へ向かって頭を下げた。

「声をかけられなかったって言ったけど、声をかけなくても松本は呉羽に助けられたと思うよ」

「え……？」

　顔を上げると、そこには私のことをまっすぐ見る先生が
いた。

　目が合ったからか、不覚にもドキッとしてしまう。

「そばにいるだけで支えになることだってある。親友なら
なおさら、言葉はなくてもそばにいてくれたら安心するも
のだと思う」

「……私も、蛍の力になれてたってこと？」

「だろうな。そんだけ相手を思いやることができるんだか
ら、その気持ちは伝わってるよ、きっと」

　なんだろう……先生の言葉には魔法がかかっているみた
い。

　やっぱり、私よりも経験を重ねているからなのかな。

　言葉に説得力があって温かさも感じる。

　先生の言うとおり、私の気持ちが蛍に伝わっていればい
いなぁ……。

「松本と呉羽は、自分のクラスの生徒じゃないのに、一番
先に覚えた名前かもな」

　さっきまでは大人びて見えた先生が、今は少年のように
笑っている。

「そんなこと言って、どうせかわいい女の子たちの名前は
暗記済みでしょ？」

「かわいい女の子？」

「とぼけたってだめですよ。この前、たくさんの女の子た
ちに囲まれてるの見てましたから」

　私が指摘すると、先生は「あーあれか」と思い出したようにつぶやいた。

「若い女の子たちに人気でいいですねー」

「なんだよ。さっきは感謝してくれたのに、一転して嫌味攻撃か？」

　そりゃ、私たちの名前を最初に覚えたなんてわかりやすいウソつかれたら、さすがに攻撃したくなる。

　私がツンとして押し黙っていると、先生は話を続ける。

「まぁ、こうやってかわいい生徒と話せる時間はたしかに楽しいな」

「かっ、かわいい……!?」

「ん？　俺、変なこと言ったか？」

　だめだよ、だめだよ！

　これはきっと、モテてきた男が常日頃から行っているリップサービスなんだ！

　いや、待て待て。

　先生からしたら、男女関係なく生徒は全員かわいいものなのかもしれない。

　だって、そうじゃなきゃ先生なんて務まらないよね。

　先生は、じつは真面目で誠実なのかもしれないな。

　そう思ったとき、私は "あること" が気になった。

「そういえば、守谷先生はなんで『瀬那先生』って呼ばれてるんですか？」

「この学校の３年生を担当している先生に、字が違う『森屋先生』がいて、ややこしいからって他の先生方が下の名

前で呼ぶようになったんだ。それを、C組の女子生徒たち
が真似てるだけ」

　そういうことだったのか……。

「私、先生のこと勘違いしてました」

「ん？　今度はなんだ」

「チャラくて女の子にチヤホヤされたいだけのテキトー教
師だと思ってたんですけど、今日で印象が変わりました！」

「そ、そうか……。それにしても、俺ってなかなかひどい
印象を持たれてたんだな」

「じゃあ、私は戻ります。かわいい生徒たちのために、こ
れからも頑張ってくださいっ！」

　私は先生にそう言うと、体育館へ戻るために走り出した。

「……『かわいい』って、そういう意味じゃなかったんだ
けどな」

　走り出していた私に、守谷先生のつぶやきが聞こえるこ
とはなかった。


　翌日、蛍は学校を休むだろうと思っていたら、集合時間
の数分前に彼女から電話が来た。

《もうすぐつく！　ごめん！》

　それだけ言って、電話は切られた。

　でも……私の頬は自然とゆるむ。

　私のほうに向かって走ってくる蛍を見て、思わず泣きそ
うになってしまった。

「つむぎ……っ、おはよっ！　時間ギリギリセーフ!?」

「うん。余裕で大丈夫だよ」

「あれ？ つむぎ、泣いてる……？」

　私の顔を見て目を丸くする蛍。

「もう、誰のせいだと思ってるの……っ？」

「ははっ、私か！ ごめんね、爆睡しててメッセージが返せてなかったね」

　昨日は家に帰ってからメッセージはしたけど、返信がないから、蛍は大丈夫かなって心配で心配で仕方なくて、あまり寝れなかったんだからね。

　……なんて、そんなこと本人には言わないけど。

「昨日さ、頑張った自分を褒めてあげなって守谷……いや、瀬那先生が言ってくれたでしょ？」

「……うん」

　蛍が『瀬那先生』と呼んだことに、くすりとする。

　じつは昨日の夜、蛍に帰れたかメッセージを送ったついでに、守谷先生が『瀬那先生』と言われている理由も送っていたんだ。

「そうか、私ちゃんと頑張ったんだなって思ったの。勇気を出して告白して、結果振られちゃったけど……それでも、人として成長できたのかなって」

「……」

「今はまだ辛い気持ちのほうが強いけど、いつかはこの経験が役に立つときが来るのかなぁって思えたんだ」

　遠くをまっすぐ見つめる蛍は、私が知っている蛍とは別人のように見えた。

　晴れ渡る空が、鳥のさえずりが……蛍を囲むすべてが蛍のことを応援しているように見えた。

「蛍、さらにかわいくなった気がする」

「えっ、ほんとに!?　久しぶりによく寝たからかなっ？」

「そうじゃないよっ！　内面から、かわいさが溢れ出てる感じ」

　瀬那先生のおかげで、あんなに辛そうだった蛍が以前よりも明るく見える。

「じゃあ、もっともーっとかわいくなって、伊吹くんを見返してやろっ」

　そう言って拳を上にかかげる蛍。

　そんな蛍がおもしろくて、私は思わず声を出して笑ってしまった。

　片想い中の楽しそうな蛍と、失恋して辛そうな蛍の両方を一番そばで見ていたけど……すべてを踏まえて、やっぱり私も恋がしたいなぁと思った。

　たった1人の存在に一喜一憂する。

　私もそんな経験がしたい……心からそう思った。

## 瀬那先生の弱点

　入学してから１ヶ月がたち、５月に突入。

　長い連休のあと、１年生は生徒同士の仲を深めるため学年遠足でとあるバーベキュー場へ行くことになった。

　クラスごとで大型バスに乗り、学校から１時間ほど揺られてバーベキュー場に到着した。

　10分ほど山道を登った先にあるとのことで、生徒たちは文句を言いながらもゆっくり登っていった。

「山道なんて聞いてないよね？　高校生にもなって、こんなところ歩かされるのー？」

　運動が嫌いな蛍は人一倍文句を垂れ流しながら、私の前を歩いた。

　事前にジャージに着替えろと言われたからまさかとは思ったけど、なかなかの山道で、さすがの私も驚いている。

　なんとか登りきり、事前に決めたグループごとで分かれることになった。

　私と蛍はもちろん一緒で、その他に男の子３人が同じグループ。

　それぞれの担当はというと、男の子たちは火を起こして肉を焼く係で、私たちは野菜を切るのと、ご飯を炊く係になった。

「そういえばさ、先月、女子高生が山道で襲われたってニュースでやってたの覚えてる？」

蛍が急にそんな話を振ってきた。

私たちみたいに学校の遠足で山に来ていた女子高生が山道で迷子になり、たまたまそこで出食わした男の人に乱暴されて殺されたという事件……。

あまりにも衝撃的なニュースだったため、忘れるはずがない。

「覚えてる……。こういうところだったのかなぁ」

「想像するだけで怖いよね……」

「1人にならないようにしよ！」

「そうだね。どこに行くにも絶対2人ね！」

蛍と約束をし、私たちは作業を始めた。

私の両親は共働きのため、私は中学生のころからかなり頻繁に自炊をしている。

回数を重ねるたびに自分好みの味を作れるようになり、その達成感を味わいたいというのもあり……気がつけば料理が趣味になっていた。

私は、家でやっているように野菜を次々と切っていく。

「へぇ、結構上手いじゃん」

背後から突然声がしてびっくりした。

私の肩から覗き込むように顔だけひょこっと出してきたのは……瀬那先生。

ちょっと、近いんですけど……っ。

思わず、ドキッとする。

……って、ドキッて何よ。

なんでドキッとしてるのよ。

「私って料理できなさそうですか？」

　私は何事もなかったかのように、平静を装いながら背後にいる先生へと話しかけた。

「迷子になるくらいだから、ドジっ子なのかと思ってた。けど、これは将来いいお嫁さんになるな」

　すぐ後ろから聞こえる先生の声。

　……ドキドキ、ドキドキ。

　いいお嫁さんになるって……会って間もない先生に言われたところで、うれしくなんか……ない。

　……そのはずなのに、自分の意思とは正反対に、どんどん鼓動は速まる。

「……いった……っ」

　私は料理をしていてほとんどケガをしたことがないのに、先生が現れてから手に力が入ってしまい、人差し指の先を少しだけ切ってしまった。

「大丈夫か？」

「はい、ちょっと切っただけなんで……」

　心配するように、私のケガした指先を見てくる先生。

　傷自体は小さいけど、思いっきり切ってしまったのか、なかなか血が止まらない。

「こっち来い」

「えっ!?」

　先生はそう言うと、私のケガしていないほうの腕を引っ張って流し台のところに連れていき、ケガした部分に水を当てて洗ってくれた。

　そして、調理場から少し離れたベンチに連れてこられた。

「ここ、座れ」

「あ、はい……」

　そこには、先生たちが持ってきたであろう救護セットが置いてある。

　その中から絆創膏を取り出した先生は、ていねいに私の指に貼ってくれた。

　きっと誰がケガをしたとしても、先生はこうやって手当をするよね。

　だって先生としての仕事だもん。

　不思議だったのは、指や手を触られても嫌じゃなかったこと。

　もしかしたら、先生が女の子の扱いに慣れていて、手当の仕方がスムーズだったからかもしれない。

　そう思ってしまう私は、やっぱりひねくれているのかな。


　私と先生がバーベキュー会場へと戻ると……。

　戻ってきた先生を見るなり、たくさんの女の子たちが駆け寄ってきた。

「瀬那先生、どこ行ってたのぉ？」

「一緒にお肉食べようよー」

　女の子たちは、先生の腕に自分の腕を絡ませた。

　……私は自分のグループのところに戻ろっと。

「おまえらなぁ、自分のやることちゃんとやったのかぁ？」

　キャーキャー言っている女の子たちをあしらうわけでも

ない先生に、少しイラッとする。

「ちゃんとやりましたぁー」

「それより、瀬那先生の好きな髪型ってロングかショートどっち?」

　聞きたくないのに、先生と話している女の子たちの声が聞こえてくる。

「ショートヘアが好きかな」

　……そうなんだ。

　瀬那先生、ショートヘアが好きなんだ……。

　何気(なにげ)なく聞こえた言葉が、頭から離れなかった。

　今の私の髪は、胸のあたりまであるロングヘア。

　久しぶりにショートヘアにしてみようかな。

　私はそんなことを思っていた。

　しかも無意識に……。


　グループのみんなのおかげで、おいしく楽しくバーベキューを堪能(たんのう)することができた。

　片づけも終わり、そろそろ帰る時間。

「……あれ?　そういえば、スマホがない……」

　遠足中も授業中と同じでスマホは触ってはいけないため、ジャージのパンツのポケットの中にずっと入れておいたはずなのに。

　カバンの中や近くに落ちていないか隅々(すみずみ)まで探したけど、スマホは見つからなかった。

「ここに来るまでの山道で落としたんじゃない?」

「そうかも……」

「帰るときに通るから見てみよう……って、つむぎ!?」

　蛍の話を最後まで聞かずに、私はその場から走り出した。

　帰るまで少し時間がある。

　スマホには、蛍との写真や中学の卒業式の写真がたくさん残っている。

　大切な思い出を……失くしたくない。

　その一心で、私は来た山道へと向かった。


　……歩いてきたであろう山道に来たはずが、木がたくさん生えた平坦（へいたん）な場所に来てしまった。

　ここは……どこ?

　自分が方向音痴なこと、すっかり忘れていた。

　なんで飛び出してきちゃったの私!

　山の中で迷子って、かなりピンチじゃない!?

　自分のバカさ加減にうんざりする。

　蛍を連れてきていれば、まだマシだったかもしれないのに……。

　私が地面を踏む音しか聞こえないほど、静かな空間。

　ふいに、遠くから足音が聞こえた気がした。

　え……?　誰か近づいてくる?

　ふと頭に浮かんだのは……蛍と話していた先月のニュースのこと。

　山の中……そして、ここには私しかいない。

　当時の襲われた女の子とまったく同じ状況にいる。

　そう思ったら急に怖くなって、一気に血の気が引いた。

　まだ16年しか生きてないよ……恋だってしたことないんだよ？

　一度でいいから誰かを好きになって、彼氏とイチャイチャラブラブしたかった！

　私には、まだやりたいことがたくさんある。

　まだ死ねない！

　今、自分がどこにいるのかもわからず、スマホを探すという目的も忘れて、とにかく自分の命を守るために一目散に走った。

　私が走ったと同時に、後ろからの足音も速くなる。

　まさか……追いかけられている!?

「おい！」

　男の人の大きな声が聞こえたと思った次の瞬間、腕を掴まれてしまった。

「キャーッ！」

　命の危険を感じ、とっさに出た叫び声。

「おい、呉羽！　俺だよ！」

　……へ？

　呉羽って……なんで私の名前を知っているの？

　もしかして、と思い恐る恐る振り返ると……。

　少し機嫌の悪そうな瀬那先生が立っていた。

「せ、な、先生……」

「そんなに怖がるなら、１人で勝手に山の中に入るな」

「ごめんなさい……」

　怒られて、しょんぼりする私。

　だけど、不思議と安心している自分もいた。

　先生はそんな私の頭にポン、と手を置く。

「とにかく、無事でよかった」

　……私のことを本気で心配してくれていたんだ。

　先生のホッとした表情を見て、私の心も落ちついてきた。

「スマホ、失くしたんだって？」

「はい……まだ見つからなくて」

「通ってきたところに戻って、電波があったら俺のスマホから電話かけてみるか」

「いいんですか？」

「だって仕方ないだろ……」

　先生は少し考える素ぶりをしたあと……とんでもないことを言い出した。

「かわいくお願いできたらいいよ」

　そして、ニヤッと笑う。

　かわいくお願いって……。

　私のことをからかって楽しいの？

「そういうのは他の子にお願いしてください」

　他の女子生徒と違って冷静な私にびっくりしたのか、私の肩のあたりをジッと見つめる先生。

　あれ？

　もしかして、少しずつ後ずさりしている？

　異変を感じた私は、自分の肩へと視線を移した。

　そこには小さなトカゲが乗っかっていた。

「かわいい〜！」

　私は肩からトカゲらしきものを掴み、手の上に乗せる。

　私は３歳下の弟の影響もあって、小さいころから虫や爬虫類と触れ合う機会が多かった。

　そのため自然と免疫がつき、ゴキブリや大きなクモじゃなければ基本的に触ることができる。

　ふと、先生を見てみると……さっきよりも私から離れたところにいる気がする。

　しかも、私のほうを見ないようにしている。

「もしかして……先生ってトカゲが苦手なの？」

「そんなわけねぇだろ」

　否定するものの、先生は決してこっちを見ようとしない。

「ほら、かわいいよ？　触ってみる？」

　手のひらにトカゲを乗せたまま、先生にジワジワと近づく私。

「かわいいのはわかったから、それ以上近づくな」

　すると、先生は手のひらをこっちに向け、私を近づかせないようしている。

「やっぱり苦手なんじゃないですか」

「あぁ、苦手で悪いかよ」

　バレたことで、ついに開き直る先生。

　かっこよくて優しくて女の子の扱いが上手くて……そんな完璧そうな先生にも弱点があったんだと知って、なんだかうれしくなった。

「なんで苦手なんですか？」

「その皮膚のザラザラした感じが無理……」

「へえー……」

　あまりのうれしさから、ニヤケが止まらない。

「近くで見てみたら、かわいいかもしれないですよ？　噛まないし」

　困った顔をする先生を見て、私の中に隠れていたＳの部分が急に顔を出してきた。

　その勢いで「ほら！」と、思いきり先生にトカゲを近づけてみたら……。

「ちょっ、いい加減にしろっ」

　全力で嫌がった先生は私の腕を払うように掴むと、自分のほうへと引き寄せた。

　その反動でトカゲは私の手からこぼれて、どこかへと消えてしまった。

　思いのほか強い力で引き寄せられ、まったく動くことができなくなった私。

　顔を上げれば、至近距離に先生。

　近い近い近い……っ。

　フワッと香るシトラスの匂いが、さらにドキドキを加速させる。

　すると、先生はニヤリと笑って……。

「これ以上、調子に乗るとキスすんぞ」

　そう言うと、さらに顔を近づけてきた。

「キ、キス……っ!?」

　先生相手に、さすがにやりすぎた……？

　でも、生徒をからかうのが好きな先生のことだから、この前の『かわいい』もそうだけど、『キスする』って言えば私が困ったり黙ったりすると思っているのかも。

　だとしたら、そう何度も同じ手には引っかかってやらないんだから！

「キス、していいですよ」

　自分でも何を言っているんだ、と心の中で思いながらも、気づけば勝手に口が動いていた。

　先生は一瞬(いっしゅん)驚いた顔をしたものの、すぐに顔を近づけてきて……。

　ウソ、本当にキスされる!?

　私は、とっさに目を強くつむった。

　生まれて初めてのキスが、まさかの瀬那先生と!?

　そんなことあるの!?

　自分でまいた種なのに、心の中は大パニックだった。

　……しかし、私の唇(くちびる)に何かが触れることはなかった。

「冗談(じょうだん)だよ。生徒にキスするわけないだろ」

「……っ」

　おでこに軽いデコピンをされて目を開けると、目の前には満面(まんめん)の笑みを浮かべた先生がいた。

「冗談だとしても、タチ悪すぎ！」

「呉羽が調子に乗るからだろ？」

「お返しってことですか……」

「まぁ、そんなところかな」

　掴んでいた私の腕を離し、歩き始める先生。

「……」

「ほら、みんなのところに戻るぞ」

　先生は何事もなかったかのように、いつもの先生モードに戻った。

　いくらかっこいいからって、生徒にあんな冗談を言ってもいいの!?

　普通はだめでしょ……。

　私だって本当にキスされるとは思ってなかった。

　どうせ、いつもみたいにからかっているんだとわかっていた。

　わかってたよ？

　わかってたけど、なんか雰囲気がいい感じだったから流されてしまったというか……。

　拒否しようと思えば拒否できた。

　あのまま瀬那先生が私にキスしていたら……って、そんなことあるはずない！

　全力で私のことを、もてあそんでいるんだ。

　きっと今までモテすぎて、いろいろな恋愛をしてきたから、普通の日常じゃ満足しないんだ。

　だから、たまたまからかいやすい私を見つけて楽しんでいるだけに決まっている。

　しかも、きっと私だけじゃない。

　他の女子生徒にも同じことをしているに違いない。


　瀬那先生のあとをついていくと、無事に通ってきた山道

にたどりついた。

　試しに先生が私のスマホへ電話をかけてくれると言うので、先生のスマホに自分の電話番号を打つ。

　少し離れたところから聞き覚えのある着信音が鳴っているのが聞こえ……音のするほうへ行くと、山道の端に積もっていた落ち葉の中にスマホがあった。

　それは間違いなく私のスマホで、さんざん"私をもてあそんだ"と思っていたことは忘れて、瀬那先生には心から感謝した。

　すぐにみんながいるバーベキュー会場へと戻り、私はスマホをカバンの中にしっかりとしまい込んだ。

## 先生、これが恋ですか？

『ショートヘアが好きかな』

　髪の毛の量が多い私は、そろそろすいてもらってスッキリしたいなぁと思い、もともと2週間前に美容院を予約していた。

　前に来たのは高校に入学する前だから、約3ヶ月ぶりの美容院。

　案内されてイスに座ると、遠足で聞いた瀬那先生の言葉が頭をよぎった。

「今日はどんな感じにする？」

　いつも担当してくれる女性の美容師さんに聞かれ、少し悩んだ結果……。

「思いっきり短くしてください」

　私はそう言っていた。


　翌日──。

　髪の毛を肩上まで短くした私を見て、蛍は「えー！」と目を丸くして驚いた。

「どうしたの!?」

「似合わないかな？」

「めちゃくちゃ似合ってるっ！　しかも、さらにかわいさが増したよ〜！」

　ここまで短くしたのは初めてだったから心配だったけ

ど、蛍がそう言ってくれるなら少しは自信を持てそう。

　教室に入ると、クラスのみんなにも驚かれた。

　朝のホームルームが終わり、1時間目の準備を始める。

　黒板横の壁に貼り出されている時間割りを見ると……月曜日の1時間目には【数学】の文字が。

　数学の担当教師は……瀬那先生。

　あの遠足ぶりに会うからか、妙に胸の奥がソワソワする。

　授業が始まるチャイムが鳴ったと同時に、教室へ入ってきた先生。

「はい、では始めるぞー」

　私は廊下側から3列目の一番後ろの席。

　授業の途中でプリントが配られ、数枚余ったので教卓にいる先生に返しに行く。

「プリント余りました」

　先生の顔を見てそう言ったのに、いざ目が合うと恥ずかしくなって反射的に視線をそらしてしまった。

　先生はプリントを受け取り、「ありがとう」と小さくつぶやく。

　プリントを渡しに来ただけなので、何も話すこともなく自分の席に戻ろうとすると……。

「髪、短いのも似合うな」

　先生に背中を向けたところで、私にしか聞こえないくらいの小さな声が聞こえた。

　先生の低いけど優しさが混じった声、言葉が……授業が終わるまで私の耳から離れることはなかった。

　なんで私、先生の言葉がいちいち気になっちゃうんだろう……。

　彼氏でもないのに。

　先生の、たった一言で髪の毛も短くしちゃったし。

　前から切ろうかなぁとは思っていたけど、せっかく伸ばしたからもったいない気持ちもあり、ショートヘアにしたくても、なんとなく踏みきれずにいた。

　それなのに、あっさりと切っちゃうなんて……。

　自分が決めて自分が行動したことなのに、なんだかモヤモヤが取れない。

　どうしてだろうという気持ちがなくならない。

　こんなに瀬那先生のことを気にしているってことは、私ってもしかして先生のことが……。

　一瞬そんなことを思ったけど、すぐに我に返った。

　いや、ないない！

　私が瀬那先生を好きになるはずがない！

　先生を好きになるなんて……そんなの漫画やドラマの世界だけでしょ？

　そもそも、そんな叶わない恋……私には絶対無理だ。

　まともに誰かを好きになったこともないのに、初恋が禁断の恋なんてハードル高すぎるでしょ！

　私は自問自答を繰り返し、その日はなんだかんだ瀬那先生のことを１日中考えていた。

　私にああやって甘い言葉を言うってことは、他の女の子にも言っているに違いない。

　あれだけかっこよくてチャラいんだもん……瀬那先生は私とは違う世界で生きているんだ。

　とりあえず、自分の納得できる答えにたどりついたところで、やっと眠りについた。


　それから２週間後の金曜日の放課後。

　今日はクラス会。

　伊吹くんと門奈くんのクラスのC組と、私がいるD組の男の子たちが仲がいいということから、２クラス合同でクラス会をすることになったのだ。

　各クラスで１人の男の子が幹事を担ってくれ、事前に日付や料金の連絡が、メッセージアプリのクラスのグループに送られてきていた。

　……もちろん、各クラスの担任の先生も参加することになっていた。

　開催場所は、学校の近くにあるボウリング場。

　すべての授業が終わり、ボウリング場に向かう。

　D組の担任の小栗先生とC組の担任の瀬那先生は、少し遅れてから一緒にボウリング場に来た。

　２人がやけに仲良さそうに話しているなと感じたけど、蛍の情報によると小栗先生と瀬那先生は同じ大学の出身らしい。

　しかも２人は新任教師同士で、隣のクラスの担任だったら、そりゃあ話す機会は多いはず。

　仲がよくてもおかしくない。

　って、別に瀬那先生が誰と仲がよくても私には関係ない
じゃん。

　自分の中から瀬那先生を頑張って消し去り、私は合同ク
ラス会を楽しむことにした。

　くじ引きで、C組とD組が混ざるように６人１組のチー
ムを10個作る。

　蛍と伊吹くんが違うチームなのを確認し、心の底から
ホッとする。

　同じチームだったら気まずいもん。

　私は偶然にも門奈くんと、そして……瀬那先生と同じ
チームになった。

　私は素直に、先生と同じになることができてすごくうれ
しかった。

　だって、見た目からして運動神経がよさそうな先生と一
緒のチームになれたから。

　チームにとって、強力な即戦力になるに違いない。

　それ以外の理由は……とくにない。

　１つのチームで１レーンを使うので、まずはチームごと
に分かれて座ることになった。

　私のチームは、C組からは瀬那先生と門奈くんと女の子
１人、D組からは私と男の子２人という……男の子の割合
が高いチーム。

　そのおかげで、スタートから高得点を連発していた。

　……ところが、小学生のとき以来ボウリングをやってい
ない私が見事に足を引っ張った。

　もう1人の女の子はよくボウリングに来るらしく、男の子たちに比べたら点数は低いけど、なかなか高い点数を叩き出していた。

　それに比べて私は……ガーターの連続。

　レーンの両端にある溝（みぞ）に、次々とボウリングの球が吸（す）い込まれていく。

　投げたあと、みんなが座っているイスのほうを振り返るのが辛くて辛くて仕方がない。

　下手くそにも限度があるよね……。

　みんながとても上手なのに、私がものすごーっく足を引っ張っている。

　人って落ち込むと本当に肩が落ちるんだな……。

　鏡がなくてもわかる。

　人生で初めて、こんなに猫背（ねこぜ）になった気がする。

　球の重さがいけないのかな？

　そう思って、席の後ろにたくさん並べられているボウリングの球に目をやる。

「……ボウリングの球、軽いのにしてみたら？」

　突然、隣に現れたのは門奈くんで……私が使っていた球より1つ軽い球を差し出してきた。

「やっぱり、そう思う？」

「うん。たしかに球が重いと、スピードが出てピンは倒れやすくなる」

「……うん」

「でも、呉羽を見てると、重すぎて投げるっていうより落

としてるような感じだったから、軽いほうがコントロール
できると思うよ」

　私が落ち込んでいることに気づいて、声かけてくれたの
かな……？

「ありがとう。みんなの足を引っ張ってたからどうしよう
かと思ってたんだ……」

「逆に、下手なのがいるほうが燃えるからいいよ」

「えー？　っていうか今、下手って言ったよね？　本音が
出ちゃったよね!?　自分でも十分にわかってるけどグサッ
ときたよ……」

「あ、つい。悪い悪い」

　門奈くんは謝りながらも、目を細めて楽しそうに笑う。

　その笑顔に釣られて、私も一緒に笑ってしまった。

「まぁ、女子は下手くそなほうがかわいくていいんじゃねぇ
の？」

「そうなのー？　でも、そう言ってくれてありがと！　フォ
ローしてくれるなんて、門奈くん優しいね」

「あ、いや別に、フォローしてるわけじゃなくて……」

「え？」

「ううん。なんでもない。ほら次、呉羽の番」

　門奈くんが何か言いかけたけど、私の投げる番が来てし
まったので、私は急いでレーンに戻る。

　門奈くんの言うとおり、球が軽くなって投げやすくなり、
ストライクとまではいかないけど……２本倒せた。

　当たり始めると、全部を倒したいという欲が出てくる。

　2投目は思いきって球を両手で持ち、レーンの真ん中に立って投げようとした……。

　そのとき、突然誰かに両肩を掴まれた。

「え!?」

　振り返ると、そこには瀬那先生。

「驚かせたか、ごめんな。呉羽さ、もうちょい右から投げてみな」

　先生はそう言うと、私の肩を持ちながら少し右へと私を移動させた。

「うん。ここだな」

　先生に言われるまま投げてみると……なんとピンを6本も倒せた。

「え!?　やった！」

　ピンは2本残ってしまったけど、うれしさのあまり、すぐ後ろで私を見守ってくれていた先生に駆け寄る。

　そして、そのままの勢いで先生とハイタッチをして喜び合った。

　あ、先生とハイタッチしちゃった……。

　席に戻って冷静になった瞬間、急に恥ずかしさが込み上げてきた。

　先生は、今まで何人もの女性とハイタッチをしてきたんだろうな。

　……私とハイタッチをしたところで、ドキドキなんかしないんだろうなぁ。

　ピチピチの女子高生にキャーキャー言われて、先生は喜

んでいるんだと思っていたけど、本当は、女の子慣れしす
ぎているからなんとも思ってないってパターンかも。

「次、呉羽の番だよ」

「あっ、はい！」

　先生の気持ちを勝手に想像していたらあっという間に時
間がたち、門奈くんに呼ばれたことで自分の番だと気づく。

　門奈くんと瀬那先生に教わったとおり、みんなのために
頑張ろう！

　そう思いを込めて投げた球はスピードに乗って転がって
いき……勢いよくど真ん中のピンへと当たった。

　結果、１本を残して９本が倒れた。

　過去最高本数を倒せた！

　……しかし、残りの１本は左端に残ってしまった。

　やっと倒せるようになった私が、端っこの１本だけなん
て倒せるの？

　なんて思いながら球を取りに行く途中、たまたま瀬那先
生と目が合った。

　またアドバイスくれないかなぁ……。

　そんなことを考えていると、先生は立ち上がって私に近
づいてきた。

「どうしたの？」

「なんか助けてほしそうな顔してたから」

　そう言って私の投げる球を持ち……レーンの前まで向
かった先生。

　さっきよりも右寄りに立つように指示され、私はそのと

おりにした。

「ここに立って、ちょっと斜め向いて投げてごらん」

「わかりました」

「そんで、投げるときなんだけど……」

　先生は球を胸のところまで持ってきて、そのあと後ろへと軽く振ったあと投げるようにして腕を振った。

　投げ方を教えてくれたと思うんだけど……なんせ運動音痴なもので、真似をしてもぎこちない動きになってしまう。

「力、抜けるか？」

「えっと……」

　どうすれば力を抜けるのかわからず戸惑っていると……いつの間にか、先生が私の後ろに立っていた。

　そして後ろから私の手首を掴み、先生がさっき投げたように動かしてくれた……。

「どう？　こんな感じ」

　どうも何も、近すぎ＆密着しすぎじゃない!?

　ところが先生は、私の手首を掴んだまま私の顔の真横で普通にしゃべってくる。

　先生が近すぎるせいで力を抜くどころか、全身に力が入ってしまう。

「たぶん、大丈夫です。頑張ります」

「おし、頑張れ」

　私の手首を離した先生は、そう言って私の頭をポンポンとすると、その場から１歩後ろに下がった。

　なになになに……!?

　ドキドキのラッシュで、心臓がもちそうにない。

　決して、好きとかじゃない。

　男の人に対して免疫がないから、近いってだけでドキドキしちゃうんだ。

　瀬那先生だからってわけじゃないもん……。

　先生も私が上手く投げられるようにと思って、ていねいに教えてくれたんだよね。

　……そうだとしても、こんなに近い距離にいたら勘違いする女の子がいる気がする。

　たまたま私が同じチームで下手だったから、こうしてていねいに教えてもらったけど、これが他の女の子でも先生は同じようにていねいに教えていたに違いない。

　そう思うと、胸の奥がチクッと痛んだ。

　同時に、ドキドキがおさまって冷静になる。

　先生のためにも初スペアを取ろう……！

　今度こそと思いながら、私は思いっきり球を投げた。

　私の手から離れた球が、レーンの上をゆっくりゆっくり転がっていく……。

「やったーっ！」

　なんと、人生で初めてのスペアを取ることができた。


　門奈くんと瀬那先生のおかげで、私はその後もガーターは取らなくなり、多くのピンを倒した。

　その結果……私たちのチームが１位となった。

　いちおう勝負なので、最下位のチームが１位のチームに

ボウリング場内にあるカフェでご馳走する、ということに
なっていた。

　最下位になったチームには、小栗先生がいた。

　偶然にも1位と最下位チームに先生がいて、まず、小栗
先生が瀬那先生に奢ることが決定。

　残りのメンバーはその場であみだくじで決め、私はC組
の女の子に奢ってもらうことになった。

「タピオカミルクティーを1つください」

　私は、大好きなタピオカミルクティーを奢ってもらうこ
とにした。

　ボウリングのあとは、ボウリング場から徒歩10分のと
ころにあるしゃぶしゃぶ食べ放題のレストランに行くこと
になっている。

　できあがったタピオカを店員さんから受け取り、みんな
が買ってもらったのを確認したところで、レストランへ向
かうことになった。

　ところが、ボウリング場を出たところで一口飲んでみる
と、なんだか違和感が……。

　ん？　なんか……苦いぞ？

　コーヒーの苦味と香りが口いっぱいに広がり、私は眉間
にシワが寄るのがわかった。

　これはミルクティーじゃなくて、コーヒーだ。

　カフェオレだけど、私はコーヒーが苦手だった。

　無意識に、歩く速度が遅くなる。

「呉羽、どうした？」

　すると、前を歩いていた瀬那先生が振り返って私の横に並んだ。

「……あ、ミルクティーを頼んだんだけどコーヒーで……」

「コーヒー飲めんの？」

「あまり好きじゃなくて……」

　でも、これからまたお店に戻って変えてもらうのも面倒くさいし店員さんにも申し訳ない。

「あ、でも飲めないわけじゃないから、このままで大丈夫です」

　強がりで答えてみたけど、内心では "このタピオカカフェオレどうしよう" と悩んでいた。

「来い」

　ふいに先生は私の手首を引っ張り、門奈くんたちに「先に行ってて」と一言声をかけると……再びボウリング場へ向かって歩き出した。

「え、先生!?」

　何をするんだろう？

　突然のことに驚いていると、先生は私を再びカフェへと連れてきた。

　そして先生は、タピオカミルクティーを注文した。

「これ、飲みな」

「えっ？　私にですか……？」

「そっちは俺が飲むから」

　先生はそう言いながら私が持っていたタピオカカフェオレを奪うと、新しく買ったタピオカミルクティーを差し出

してきた。

「そんなの悪いですよっ！　お金返しますから……」

「生徒に金を出させるわけねぇだろ。いいから飲みな」

　最初は断ったものの、先生にタピオカを口元まで差し出されたので、私は反射的にストローに口をつけてしまった。

　そして、せっかくだから、とタピオカミルクティーを受け取る。

　一方の先生は、私が一度口をつけたタピオカカフェオレをなんのためらいもなく飲み始めた。

　か、間接キス……。

　って、意識しているのは私だけ？

「ん？」

　私の視線に気づいた先生は、不思議そうに私を見る。

「間接キス、だなっと思って」

「……あぁ、気づかなかった」

　気づかなかったんかーい！

　こっちは１人でソワソワして、大好きなタピオカミルクティーも味わえていなかったのに！

「悪い。嫌だったよな」

　先生は申し訳なさそうに言うと、手元のタピオカカフェオレに目を向ける。

「……嫌じゃないです」

「ん？」

「別に嫌じゃないから、飲んでくださいっ」

「……わかった。じゃあ、飲むな」

　横目で再び、先生がタピオカカフェオレを飲んでいることを確認する。

「先生、ありがとう」

「このことは誰にも言うなよ？　さすがに、みんなの分まで奢れるほどの金は持ってないからな」

「はい」

「でも、なんで私がコーヒー苦手なのわかったんですか？」

「思いっきり嫌そうな顔して飲んでたから」

　私の表情をちゃんと見てくれていたんだ……。

　そう思ったら、なぜか胸の奥が温かくなった気がした。

## 先生を困らせたい

　合同クラス会は無事に終わり、C組の仲良くなった女の子とは廊下ですれ違うと話すようになった。

　そして……最近、1つ気づいたことがある。

　無意識のうちに、瀬那先生を目で追っている自分がいる。

　タイミング悪く会えない日は、なんとなく帰り道が寂(さび)しい気分になるし……。

　まさか、私って本当に瀬那先生のことが?

　だめだめだめ、絶対にだめ。

　生徒が先生に恋なんかして、叶うはずがないんだから。

　好きになっちゃいけない。

　私が瀬那先生を好きなはずがない。

　……そう自分に言い聞かせて、迎えた翌日の放課後。

　授業すべてが終わり、私と蛍は下駄箱で靴を履いていた。

「よう、クラス会ぶり」

　肩を叩かれたので振り返ると、そこには門奈くんと伊吹くんがいた。

　4人で顔を合わせるのは久しぶりで変な感じがしたけど、帰る方向も一緒ということで、4人で帰ることになった。

「蛍、嫌だったら断るよ?」

　前を歩く伊吹くんと門奈くんには聞こえないように、小

さな声で蛍の耳にささやく。

　蛍は「もう大丈夫。ありがと」と笑った。

　最初こそ気まずそうな蛍だったけど……以前と変わらず自然と伊吹くんと話している姿を見て、私は安心した。

　まっすぐ家へ帰る予定が、新しくできたドーナツ屋さんの前を通ったら想像以上のおいしそうな匂いがして……満場一致で入ることに。

　中学の話や先日のクラス会の話で盛り上がり、気がつけば日も暮れて時間は夜の6時になっていた。

「そろそろ帰ろうか」

　門奈くんの一言で帰り支度を始めると……伊吹くんの電話が鳴った。

　その電話は、伊吹くんが働いているバイト先から。

　急遽、人が足りなくなってしまったので来てほしいという連絡だった。

「ごめん、バイト先に行ってくる」

　そう言って伊吹くんはバイト先に行ってしまったので、残された3人で帰ることになった。


　他愛もない話をしながら駅まで歩く。

　すると、私たちの横に知らない車が停まった。

　突然のことに、ギョッとする私たち。

　私の心臓も止まるかと思った。

　すると助手席の窓がゆっくりと開き、奥の運転手席に見えたのは……まさかの瀬那先生だった。

「えっ!?　瀬那先生じゃん！　どうしたのっ!?」

　窓に近づいて話しかける門奈くん。

「どうしたのじゃねぇよ。早く家に帰れよって注意しに来たんだよ」

「あーっ、すんませーん」

「なんだよ門奈、女の子２人に囲まれてハーレムじゃん」

　楽しそうに話す先生と門奈くんの会話を聞きながら、私は先生だって学校では毎日ハーレム状態じゃん……なんて心の中でぼやいた。

「ついでだから送ってってやるよ。乗りな」

「マジ？　いいの!?　ラッキー！」

　私たちはお言葉に甘えて、先生に各家まで車で送ってもらうことになった。

　３人で後ろの席に座るものだと思い、最後に私が乗ろうとすると……。

「後ろに３人で乗ったら狭いだろ。呉羽は前においで」

「……はい」

　ときめく……って、こういうことなんだ。

　不覚にも、先生の『おいで』にキュンときてしまった。

　こんな言い方をされて、断れる人はいないと思う。

　さらには、隣で運転する先生が絵になりすぎていて、ついチラ見してしまう。

　でも、私のドキドキを無視するかのように、車はどんどん進んでいった。

　そして門奈くん、蛍の順に家が近い人から降ろしてもらい……気がつけば車内で先生と2人きりに。

　ドライブデートって、こういう感じなのかなぁ。

　タクシーやバスを除き、お父さんが運転する車にしか乗ったことがないため、私は完全に浮かれていた。

「……先生は彼女いないんですか？」

　何か話さなきゃ話さなきゃ……と思い、とっさに出たのはそんな質問だった。

「いないよ。大学4年のときに振られたっきりいないなぁ」

「先生が振られたの？」

「そりゃあ、もう思いっきり。他に好きな人ができたって」

　かっこよくて優しくて気づかいができる完璧な先生でも、振られることってあるんだ。

　どんな人だったんだろう……？

　先生が好きになる人だから、きっときれいな人だったんだろうな。

「……その人も、ショートヘアでしたか？」

　今日はなぜか、先生に聞きたいことが山ほど出てくる。

「何、気になんの？」

「……はい」

　ちょうど信号が赤で止まり、先生と目が合った。

　不思議な時間が……流れる。

　すると先生は、また前を向いて口を開いた。

「ショート……だったな」

「だった？」

「俺が短いのが好きだと知ってても、伸ばしたいからの一
点張りで、途中からはロングだったよ」

　「ま、好きなら髪型なんてなんでもいいけどな」と、切
なそうに話を続ける先生。

　振られたってことは、先生はまだその人のことが好きな
のかな？

　その切なそうな表情には、どんな想いが込められている
んだろう。

　私には関係のないことなのに、もっともっと先生のこと
を知りたいと思ってしまう。

　一途に愛されていたその人がうらやましい。

　私もそんなふうに愛されてみたい。

「私も……先生みたいな彼氏が欲しいな」

　心の声がポツリと口から出た。

「呉羽はかわいいんだから、彼氏なんかすぐにできるよ」

「でも、まだ誰も好きになったことがないから、恋愛って
どうしたらいいのかもわからなくて……」

　その『かわいい』は……生徒として？

　１人の女性として？

　聞きたいけど、先生と生徒の関係じゃ聞けるわけがない。

「なら、俺のこと好きになれば？」

　車を走らせながら、さらっと言う先生。

　運転席の先生を見るけど、先生は前を向いているからど
んな表情をしているのかよくわからない。

「……」

　どう返していいかわからず固まる私に、先生は声を出して笑い始めた。

「なんて言う、チャラい男には引っかかるなよ？」

　そして、私の頭をポンポンとしてくる。

　またポンポンされた……。

　うれしい反面、お子様扱いされている気分になって、なんだか悔しい。

「次を左で、5軒先の青い屋根の家です」

　ドキドキした自分がバカらしくなり、冷静に家までの道案内をする。

　無事に家の前についた。

　先生が触れた頭が、まだ熱を持っているのがわかった。

　恋愛もしたことがない小娘だと思って、散々からかってくれちゃって……。

　先生の一言一言に振り回されている自分にも、私のことをもてあそんでいる先生にも……イラッとした。

「どうした？　俺と離れるのが寂しくなったか？」

　どういうつもりなのか、また真面目な顔で私の心を乱し続けてくる先生。

「先生、さっき話してた別れた彼女と私、どっちのほうがショートヘア似合ってますか？」

「……急にどうした」

「私のほうが……かわいいですか？」

　瀬那先生なんか、生徒にこんなことを言われまくって困っちゃえばいいんだ。

「……まぁ、正直な話、呉羽のほうがかわいいよ」

　ドキュンッ……。

　自分で聞いておいて、かなりの衝撃をくらった。

　本心かどうかもわからないのに、普通にうれしくてニヤけてしまう……。

「やっぱり髪の毛、俺のために切ったの？」

　右手を自分のあごに添えながら話す先生も、絵になっていてかっこいい。

　でも、私がここで焦ると思ったら大間違い。

　もう、先生のペースにはのまれないんだから！

「そうです。先生のために切りました」

　まさかの返事に、先生は一瞬驚いた顔をした。

「先生が……短いのが好きだって言ってたから」

「……」

　いつもは平然としてすぐに答えてくるのに、めずらしく何も言わない先生。

　……さすがに、先生でも引いた？

　それとも本気にしていない？

　先生は顔色１つ変えず、私から目をそらさない。

「ありがとう。そう言ってくれてうれしいよ」

　そしてゆっくり口を開くと、ニコッと笑いながら言った。

　……それは、余裕のある大人の笑みだった。

　本気だと思ってないんだ……。

　そりゃそうだよね。

　私なんて、たくさんいる生徒の中のたった１人で、私は

他の生徒とまったく一緒の立場。

　他の生徒と一緒だという事実が……無性にムカついた。

　私は意を決して先生の顔へ自分の顔を近づけ……。

　先生の頬に、軽くキスをする。

「先生、また学校でね」

　固まった先生を残して、私は車を降りた。

　止まらない胸の高鳴りを必死に抑えながら小走りで玄関のドアの前まで行き……まだ家の前に先生の車があることを確認する。

　先生は私のほうを見ていたようだったけど、すぐに車は発進した。

　さすがの先生も、突然のキスに驚いていたようだった。

　それは、すごく喜ばしいことなんだけどさ。

　私……とんでもないことしちゃった気がする。

　先生をギャフンと言わせるために、ちょっと生意気なこと言ってやろうと思っていただけなのに、気づいたら口や体が勝手に動いていて……。

　髪のことも、『先生のために切りました』なんて口走っていたよねっ?

　言ったあと、自分でもそうなの?って思ったよ。

　やっぱり、瀬那先生を意識していたんだ……。

　おまけに……ほっぺだけどキスしちゃったし。

　唇じゃないだけマシかなぁ?

　そういう問題じゃない?

　生徒が先生のほっぺにキスって、なかなかの大問題なん

じゃないの？

　瀬那先生も私のことをからかってキスしようとしてきたことはあったけど、さすがに実行に移すことはなかった。

　な、の、に……！

　私ときたら……！

　家の中にも入らずにドアの前で自問自答を繰り返していると、ガチャッとドアが勢いよく開いた。

「うわ……っ！」

　思いっきりドアが私のお尻に直撃し、前に押し出された。

　幸い転ぶことなくなんとか耐えたけど、ドアが当たったお尻が地味にジンジンして痛い。

「なんだよ、姉ちゃんいたのかよ」

　ドアを開けたのは、3歳下の弟の保希だった。

「いたのかよじゃないよー……」

「悪い悪い！　でも、玄関の前で何やってたの？」

「えっ？　それ、は……いろいろ考え事をしてたのっ！」

「いろいろって？　まさか、彼氏でもできた？」

　中学生になったばかりの保希に、まさか『彼氏でもできた？』なんて聞かれるとは1ミリも思っていなかった。

　保希は、ニヤッとしている。

　なんて生意気なの！

「今はいません」

「今"は"ってことは、好きな人ならいるんだ？　それで悩んでるのか」

　この間まで小学生だったくせに、私の言葉の一字一句を

読み取っている。

　このままだと、その好きな人が先生だってこともバレ
ちゃうかも!?

「あー、お腹空いた！　お母さん、ただいまー！」

　私は平静を装い、強行突破（とっぱ）で家の中へ入る。

　保希はそのまま外へ行ってしまった。


　廊下を通ってドアを開けると、リビングへたどりつく。

　ちょうど仕事から帰ってきたらしいスーツを着たお母さ
んが、腕時計を外していた。

「つむぎ、おかえり。お母さんも今帰ってきたところなの。
ご飯はどうする？」

「昨日のカレーまだあったよね？　私はそれでいいかな」

「じゃあ、お母さんもそうしよー。あ、保希の分はいらな
いからね」

　お母さんが部屋着に着替えている間に、私も着替えて２
人分のカレーを温め直した。

　昨日もお母さんは仕事で帰りが遅かったため、次の日も
食べられる便利料理の代表のカレーを、昨日作っておいた
のだ。

　テーブルに準備し終わると同時に、２階からお母さんが
戻ってきたので、「いただきます」と手を合わせて、カレー
を口に運んだ。

「そういえば、保希はどこ行ったの？」

「アイス食べたいーって、コンビニに買いに行ったよ。ご

飯は自分で買って食べたみたい」

「そういうことか」

「……つむぎは？　今日は蛍ちゃんと門奈くん？　あと伊吹くんだっけ？　4人で遊んでたの？」

「そう。そしたらね、帰りにC組の担任の先生が通りかかって、家まで送ってくれたの」

「今時そんな優しい先生いるんだ。よかったじゃん」

　カレーを黙々と食べ、3分の2ほどを食べたところで私は再び口を開く。

「ねぇ、お母さん、モテモテな男の人が、かわいいねとか、人の気持ちをもてあそぶようなことを言ってくるのってどういうことだと思う？」

「えー……？　手当たり次第にいろんな女の子に言ってるか、単純に好きだからじゃない？」

　す、好きっ!?　それはないない！

「で、誰にそうやってもてあそばれてるのー？」

「へ……っ!?」

「つむぎの話なんでしょ？」

　私のことだとは一言も言ってないのにわかってしまうあたり……やっぱりお母さんは誤魔化せないなぁと思う。

「いつも女の子に囲まれててキャーキャー言われてる人で、私はたぶんからかわれてると思うんだよね」

「同じクラス？　先輩？」

「……先輩だよ。本当にモテモテなの」

　先生とは言えるわけがないので、歳上ということで先輩

としておく。

「モテモテならさぁ、逆に自分だけを見てくれるように仕向けたらいいんじゃないの？」

「……自分だけを見てくれるように？」

「そう。自分のことを好きになってもらえるようにすればいいのよ」

　人生の先輩でもあるお母さんからの、貴重なアドバイス。

　って、瀬那先生のことが好きだと決まったわけでもないのに、話がどんどん前へと進んでいる。

「自分の娘にこんなことを言うのも変だけど、つむぎは客観的に見ても抜群にかわいいんだから、もっと自分に自信を持って！」

「……」

「諦めずに努力を続けられるところも、つむぎのいいところ。始める前から諦めてたら、その人の本当の部分なんてわからないまま終わっちゃうよ？」

「……」

「でも、その先輩。つむぎのことが気になっているのはたしかだと思うけどねぇ」


　お母さんの言葉は、ベッドに入ってからもずっと頭の中で繰り返されていた。

　お母さんの言うとおり、私は何かをするって決めたらとことん突き詰めるタイプで、全力投球で頑張ってしまう。

　それがいいときもある反面、まわりが見えなくなるとき

もあるため、高校生になったらほどほどにしなきゃなぁと
思っていたところ。
『でも、その先輩。つむぎのことが気になっているのはた
しかだと思うけどねぇ』
　お母さんの最後に言ったその言葉が……やけに頭の中に
残っていた。

## 頑張ったら、ご褒美ね

　……次の日、朝から雨がどしゃ降りだったため、学校についたころには靴下がびちょびちょになっていた。

　念のため持ってきていた替えの靴下に履き替える。

　すると、蛍がさっそく私の机へとやってきた。

「昨日は瀬那先生とどうだったの？」

「え……？」

　私にしか聞こえない小さな声でしゃべる蛍。

「最後2人きりだったんでしょー？　なんかあった？」

「な、なんかって何？　なんもないよっ？」

「あれれれ？　めずらしく焦ってない？」

　蛍はなんで、何かあったってわかるの!?

　これが親友の力!?

　誰かに聞かれたら誤解されると思い、私も必死に小声で話した。

「隠したって無駄だぞ。私にはわかるんだからねー？」

「え……？」

「つむぎ、瀬那先生のこといつも目で追いかけてるよね」

「いやいや、そんなことないよ……」

　とっさに否定しつつ……廊下から女の子の「ねぇ、瀬那先生！」という声が聞こえた瞬間、反射的に廊下のほうを見てしまった。

　開いたドアから、いつものように女の子たちに囲まれな

がら楽しそうにしている瀬那先生が見える。

「ほーら、やっぱり見てる」

　蛍はドヤ顔で私を見つめ、ニヤリと笑った。

　やっぱり親友には敵わないんだ、と改めて実感した瞬間だった。

「……蛍、あのね、瀬那先生と話してるとき、ずっとドキドキしてるんだ。みんなに同じことをしているってわかってても、頭をポンポンされたり、褒められたりするとうれしいんだ……」

「うんうん」

「私以外の女の子と楽しそうにしてるところを見ると胸の奥がギュッて痛くなるし、もっと瀬那先生のことを知りたいって思う……」

「うん」

「でもね、好きになれるわけない、最初から叶うはずのない恋はしたくない、とも思うの。先生なんか好きになったらだめだって……」

「うん」

「この気持ちって、やっぱり……」

「それ、恋だよ」

　蛍は優しく笑い、私の頭を撫でた。

「ドキドキしたり、うれしくなったり、ヤキモチ焼いたり、自分の気持ちを抑えようと思ったり……それって相手のことが好きだから出てくる感情だよ」

「……そうなの？」

「自分の中で存在が大きい人の言動ほど、自分の感情がコントロールしにくくなるらしいよ？　私のお母さんが前に言ってた」

「瀬那先生が、私の中で大きな存在ってこと？」

「そうなるねぇ」

　瀬那先生の言葉１つでうれしくなって、悲しくなる。

　……悔しいけど、当たっている。

「それはつまり……つむぎは瀬那先生のことが好きってことだよ」

「……」

「この気持ちを抑えなきゃ。好きになっちゃいけない……そう思ってるのはその人を好きな証拠だもん」

　私が……瀬那先生を好き……。

　そっか、そうなんだ……。

　私は、今まで味わったことのないフワフワとした気持ちで……その日１日を過ごした。

　これが恋なんだって知ることができて、うれしかった。

　蛍にはっきり『つむぎは瀬那先生のことが好き』と言ってもらえたおかげで、素直に受け止められた。

　今までモヤモヤしていたあの名前のない感情は、私がずっと知りたかった好きって気持ちだったんだ。

　でも、まさか先生を好きになるなんて……。

　制服デート、一緒に登下校とか……そんなことを夢見ていたけど、それ以前の問題。

　好きになっちゃったもんは、しょうがないよね。

　……やっと自分の気持ちに気づいた。


　初めての恋に浮かれていたら時間はいつもよりも早く進んでいき……高校生になって最初の中間テストが始まった。

　もともと勉強が得意なほうではないので、普段からわからないところがあったら先生に聞いたり、帰ってから復習したりと努力はしている。

　強いていえば、国語や社会などの文系はまだできるんだけど……問題は数学。

　どうも数字が苦手で、方程式を覚えたとしてもどう当てはめればいいかがさっぱりわからない。

　数学は瀬那先生が教えてくれるので、授業中は他の授業よりも集中して聞いている気がする。

　それなのに……！

　私は数学だけ赤点を取ってしまった。

　学校の仕組みとして、赤点を取った場合、その科目の単位が取れなくなってしまう。

　単位を１つでも落としてしまうと、必然的に次の学年に上がれなくなる。

　さすがにそれはあまりにも厳しすぎるということで……５日間の補習授業を受け、最終日に小テストで60点以上を取れば、単位をもらえるという救済措置を学校側が与えてくれている。

　瀬那先生と補習授業……。

　2人きりなんてドキドキするよーっ。

　補習なのに面倒くさい気持ちはこれっぽっちもなく、瀬那先生と2人きりで勉強できることがうれしくてうれしくて仕方なかった。

　そのため、土日の2日間はテストで間違えたところをもう一度勉強し直し、補習のための予習をした。

　それもこれも全部、大好きな瀬那先生に褒めてもらいたいから。


　そして、迎えた月曜日──補習の当日。

　隠しきれそうにないニヤニヤをなんとか抑えながら、補習授業が行われる教室のドアをそっと開けると……。

　私は、残酷な現実を突きつけられた。

　瀬那先生しかいないと思っていた教室には……生徒がすでに着席していた。

　2人きりじゃないんだとわかった私は落ち込んだまま、黒板に貼られている1枚の紙に目を通した。

　そこには誰がどこに座るのか名前が書いてあり、どうやら私以外に補習授業を受ける人は4人いるらしい。

　……普通に考えたら、そりゃそうだよね。

　赤点を取ったのが私だけなわけないよね。

　すっかり浮かれて冷静な判断もできてなかった。

　つむぎ、もう一度よーく考えて。

　ここは学校。

　勉強をしに来るところ！

　自分に喝を入れ、自分の席に向かおうとしたとき。

「呉羽が赤点を取るなんてなー？」

　後ろから聞こえた声に反応して、勢いよく振り返ると、そこには瀬那先生がいた。

　……私が先生のほっぺにキスをしたあの日以来、面と向かってしゃべっていなかった。

　それに、先生への恋心に気づいてからの初・瀬那先生。

　だからか、今ものすごく緊張している。

「昔から数学が苦手で……」

「そうなんだな。じゃあ、この機会に数学のこと好きにさせるな」

「……よろしくお願いします」

　好きにさせるってっ。

　数学のことだってわかっているけど、先生の口からそういう言葉を聞くとつい反応しちゃう。

　それにしても、あの日のことは何もなかったかのようにいつもどおりに振る舞う先生に、少し傷ついた。

　しょせん、私はただの生徒だもん……。

　こんなことで落ち込んでたら、身がもたない。

　それからの放課後は、同じメンバーで瀬那先生の補習授業を受けた。

　少人数ということもあり、わからないところは積極的に質問して、どんどん自分の苦手を克服していった。


　……4日目のテスト前日。

　瀬那先生がこの教室で補習授業をしているのをどこからか聞いたのか、先生をいつも囲んでいる女の子たちが勝手に教室に入ってきた。

「私たちも数学、瀬那先生に教えてもらいたいぃ」

「長友(ながとも)たちは赤梨(あかなし)先生が担当だろ？　もう始まるから自分たちの教室に戻りな」

「習ってる部分は一緒でしょ？　それなら瀬那先生でも別によくなーい？」

「クラスごとで担当の先生が分けられてるんだから、ちゃんとその先生に教わりなさい」

「えー……」

　口々に猫なで声で先生に文句を言う女の子たち。

　気づけば、補習授業が始まる時間になってしまった。

　それでも女の子たちは引き下がらず、しつこく先生に絡んでくる。

　明日がテストで今日ラストスパート頑張らなくちゃいけないのにー……。

　どうしよ……。

　そう思っていると、先生は「あのなぁ……」とめずらしくとても低い声を出して女の子たちの顔をジッと見た。

「明日再テストで、ここにいるみんなが長友たちのせいで上手くいかなかったときどうすんの？　責任とれんのか？」

「……そ、れは……」

「自分たちだって明日再テストだろ。そんなに俺と仲良く

なりたいんだったら、ちゃんと進級できるように頑張って
こい」

「……わかったよぉ、行ってきまーす」

　先生の最後の言葉を聞いた女の子たちは明らかにキュン
としていた。

　少し離れたところから見ていた私でもわかる。

　やっぱり女の子慣れしているだけあって、納得させるの
も上手だなぁ。

　最初から怒るんじゃなくて、優しく諭すように話してく
れるから、女の子たちも嫌な気持ちにならずにこの教室か
ら出ることができたんだと思う。


　そんなこんなでなんとか4日目も無事に終わり、補習授
業もあと1日で終わることになった。

　教室には、帰る支度が最後になった私と……瀬那先生の
2人だけになった。

「どこかわからないところあった？」

　私が今日は積極的に質問ができなかったのを先生は気づ
いてくれたのか、心配そうに聞いてくれた。

　せっかくだから……。

　私は1つだけ解き方がわからなかった問題があったの
で、遠慮なくそこを聞いた。

　先生は私の左隣の席に座り、ぴったりとくっついている。

　至近距離でていねいに教えてくれる瀬那先生からは、い
つものいい匂いがする。

　この匂い、好きだな……。

　私の目の前にあるノートにわかりやすく問題を解いてくれている先生。

　視界に入ってきたのは、先生のくるくるの髪の毛。

　パーマをかけているのかな、天然パーマなのかな……。

　……触ってみたいな……。

　犬や猫を触りたくなるように、先生の髪の毛を触りたい衝動にかられた。

　わからないように触るなら……大丈夫だよね？

　そう思い、気づかれないように先生の髪の毛に人差し指を当てた。

　フワフワしているのかと思っていたら、少し硬くて意外だった。

　……すると、先生は目だけを私のほうに向けてニヤリと笑った。

「バレてるけど」

「ご、ごめんなさい！　つい触りたくなっちゃって……」

　自分は何をやっているんだろうと恥ずかしくなり、顔が赤くなるのがわかる。

「他の男には絶対やるなよ」

「え？」

「触りたいからって、むやみやたらに男を触るな」

「ごめんなさい……勝手に触っちゃって」

　怒った口調の先生。

　よほど、髪の毛を触られたくなかったんだ。

　申し訳ないことをしてしまった……と、すごく反省した。

　誰だってされたくないことはある。

　それなのに私ってば、テンションが上がって勝手に髪の毛を触ってしまった。

　先生が気をきかせてわからないところを教えてくれているのに、私はいったい何を遊んでいるんだ……。

　反省の意味も込めて、私は先生から少しだけ離れた。

　「……はぁ」と、ため息をつく先生。

「勝手に触られたことを怒ってるんじゃない」

「……」

「呉羽にふいに触られたら、男は誰だって好きになる」

「わ、わ、私……？」

「あんまり気をもたせることするなよ」

　私が気をもたせてしまうって……そんなことありえないのに。

　先生は本当に心配性だな。

「かわいいって自覚持て」

　先生はそう言って、再びノートに問題を書き始めた。

「……そのかわいいは、どういう意味ですか？」

「……」

「生徒として？　それとも……女の子として？」

　私がそう返すと、先生は顔だけ私のほうへと向けた。

「どっちかわかんないの？」

　質問を質問で返すこの技、ほんっとにずるい……！

　責任をすべて私に押しつけて、先生の本当の気持ちは

言ってくれないんだ……。

「さっきの話、聞いててもわかんないのか?」

「はい……」

「マジで自覚ないのか……」

「自覚?」

「俺のクラスの男子たちも呉羽のことウワサしてたぞ。あんなにかわいい子見たことないって」

　C組の人たちがそんなことを……?

「きっと人違いですよ。私のことそんなふうに言う人いるわけないもん……」

「ここにもいるだろ」

「……」

「呉羽は、いつだってかわいいよ」

　……この守谷瀬那という先生は、私が出会った中で一番ずるい人。

　目の前でこんなこと言われて、ときめかない人なんているの?

　私がもっと先生のことを好きになったら、どうしてくれるの?

　私ばっかりドキドキして、先生の言葉でこんなにも心がかき乱される。

　……先生も、少しは乱れてくれたらいいのに。

「私がさっきみたいに男の子のことを触ったら、相手が私のことを好きになっちゃうかもしれないって先生は言いましたよね」

「うん」

「……なら、瀬那先生も私のことを好きになりましたか？」

　私は先生の目をまっすぐ見つめた。

　先生は顔色１つ変えず……。

「かわいい生徒なんだから、好きに決まってるだろ」

　小さく笑ったあと、いつもの話すトーンでそう言った。

　そのまま今の会話はなかったかのように、問題の解き方を説明し始めた先生。


　かわいい生徒だと、はっきり言われてしまった。

　生徒としての"好き"。

　好きは好きでも、それじゃあ全然うれしくない。

「……んで、これがこうなってこうなる。ど？　わかった？」

　申し訳ないほどにていねいに教えてくれた解き方も今の私の耳にはまったく入ってこず……もう一度聞き直してしまった。

　何回か教えてもらったあと、なんとか１人で解けるようになったので、特別なマンツーマン補習授業はそこで終了した。

「呉羽なら大丈夫。明日のテスト頑張れよ」

　私の気も知らないで、瀬那先生は先生らしい言葉をかけてくる。

「明日のテスト頑張ったら、ご褒美くれる？」

「……ご褒美か。じゃあ、満点だったらいいよ」

「いいんですかっ？」

「いいよ。アイス？　あ、タピオカ好きなんだっけ？」

「じゃあ、私が明日のテストで満点を取ったら……私のことを1人の女性として見てください」

　私は先生の返事を聞く前に、そう言って、教室を飛び出した。

# いや、かわいすぎるだろ＊瀬那先生side

　満点を取ったらご褒美が欲しいと言ってきた、隣のクラスの生徒である呉羽つむぎ。

　ご褒美って、アイスが食べたいとか、タピオカが飲みたいとか……何かを買ってほしいんだと思っていた。

「私のことを１人の女性として見てください」

　なんの汚(けが)れもない純粋(じゅんすい)な目で俺のことを見つめる呉羽はそう言った。

　呉羽があまりにも真面目な顔をしていて、予想だにしないご褒美だったから、何も答えることができなかった。

　つまり、ただの生徒じゃなくて、恋愛対象として見てほしいってことだよな……。

　１人残された教室で、俺はしばらくの間、頭をかかえていた。

　いや、わかってる。

　そもそも、絡み始めたのは俺のほうなんだよな……。

　俺は先日、23歳になった。

　自分ではよくわからないけど、物心がつくころから俺のことをタイプだと言ってくれる女の子がわりといたような気がする。

　４歳上の姉のおかげで、女性への接し方に関してはスパルタに育てられた。

　その部分では、かなり女性の扱い方は上手い方だと思う。

　そのため、中高は"来るもの拒まず去る者追わず"精神で、つねに彼女がいたと思う。

　ありがたいことに……たくさんの女の子と遊ばせてもらった。

　大学生になってからはさすがに恋愛面も落ちつき……。

　……大学3年生のときに半年くらい付き合っていた人がいた。

　じつは、その人というのが……隣のクラス・D組の担任をしている小栗恵玲奈。

　いわゆる、同期であり元カノ。

　恵玲奈とは、もともと、大学に入学してすぐのころから仲がよくて友達だった。

　一緒にいて楽しかったから、恵玲奈に告白されたことがきっかけで、俺たちは付き合うことにした。

　だけど、4年になって、お互いに教育実習や大学のレポートなどで忙しくて全然会えなくなったことで、恵玲奈の気持ちが冷めてしまった。

『好きな人ができたから、別れてほしい』

　恵玲奈にそう言われたときは最初はショックだったものの、自分のせいだとすぐに悟ったので、とくに何も言わずに別れを受け入れた。

　時間がたつにつれて……仲のいいグループみんなで集まっていたおかげで、恵玲奈と俺はまた以前のように友達として仲良くなった。

　本当に去年は教師になるために毎日が忙しく、恵玲奈の

ことを気にする余裕すらなかった。

　無事に大学を卒業し、春から念願の高校教師となった。

　恵玲奈と同じ学校に勤めるとは思ってもみなかったけど、初めての社会人、初めての教師。

　わからないことだらけで一瞬で終わっていく毎日。

　これは落ちつくまで恋愛はしなくていいな……。

　不思議とそんなことを思っていた。

　そ、れ、な、の、に……。

　入学式の翌日、とんでもない美少女に出会ってしまった。

　名前は……呉羽つむぎ。


　部活説明会のときに道に迷った俺は、同じく道に迷っていた呉羽と出くわした。

　よく話す松本と違って、何も話さない呉羽が緊張しているのかと思って顔を覗き込んだ俺は、そのかわいさに年がいもなくハッと息をのんだ。

　名前を聞いてもそっけない感じで返され、それが逆に新鮮で、俺は呉羽のことをすぐに覚えた。

　本人は自覚がないようだけど、呉羽が廊下を歩けばまわりの男子たちは騒ぎだし、女子たちまでも見惚れている。

　それくらい、呉羽は別格でかわいかった。

　まぁ、でも別によかった。

　こんなにかわいい生徒がいるなら、授業するのもモチベーションが上がっていいなーぐらいに思っていた。

　ところが……。

つい最近、呉羽を目で追っている自分に気づいた。

小さい顔に、二重のくりっとした大きい目でたしかに容姿はかわいいんだけど……それ以上に中身がツボに入った。

仲のいい友達が失恋したときは、ずっと寄り添ってあげ、まるで自分のことのように親身になって話を聞いて……。

しまいには、その友達を上手く慰められなかったって悩んでいた。

遠足でのバーベキューでは真剣に野菜を切っていると思ったら、自分のスマホがないからと勝手に1人で山の中へと消えてしまったり。

合同クラス会のボウリングも、自分なりに一生懸命頑張る姿にさすがに心打たれ……俺も教えることに力が入った。

授業中も真面目に取り組んでいるし、補習授業も誰よりも積極的に質問をしていた。

……呉羽は、とにかく何に対しても全力で取り組む。

苦手なことも一生懸命に頑張る姿を見ていて……気づけば、呉羽がいると気にするようになっていた。

呉羽は、一度も恋愛したことがないらしい。

こんなにも純粋でまっすぐな女の子が俺のまわりにはいなかったから、呉羽の行動はすべてが新鮮に感じる。

俺の言動で照れたり、笑ったり……そういう部分もかわいいんだよな。

だから、ついからかってしまう。

　驚いたのは……髪をショートにしてきたこと。

　……俺がショートヘアが好きって言ったからだと言っていた。

　これは信じてもいいやつなのか？

　呉羽のことをかなり振り回している自覚はある。

　でも、呉羽も呉羽でたまに真剣な顔で爆弾（ばくだん）発言をしてくるからこっちはそのたびにヒヤヒヤしている。

　相手は生徒、まだ16歳。

　気持ちは抑えないと……。

　そうは言っても、俺も1人の男。

　至近距離で無邪気に笑われたり、帰り際に頬に突然チューされたり、1人の女性として見て、なんて言われたら……そりゃあ、無意識に呉羽を探してしまう。

　……でも、だめだ。

　教師として、生徒とそんなことになるなんて絶対だめだろ。

　呉羽は、ついこの間まで中学生だったんだぞ。

　義務教育を受けていた小娘なんだ。

　それなりにモテる人生を生きてきた俺が、そんな小娘を好きになるはずがない。

　俺は何度も自分にそう言い聞かせ……生まれようとしている小さな気持ちをなんとか抑えた。


　そして、運命の補習授業最終日——。

　再テストが行われた。

　答え合わせは授業時間内でできないため、後日、補習を受けた生徒たちを放課後に集めて、テストの結果が言い渡されることとなった。

　みんな頑張っていたこともあり、5人全員が無事60点以上を取って合格することができた。

　……満点は1人もいなかった。

　最後に呉羽を教卓まで呼び、テストの結果を知らせた。

「95点と惜しかったな。でもよく頑張った」

　じつは、補習組の中では呉羽の95点は最高点数だった。

　それも、呉羽が頑張った成果。

　俺も近くでその頑張りを見ていたから、うれしかった。

　自分が教えたことでこうやって生徒が成長していくところを初めて見ることができた。

　教師としてのやりがいを感じ、これからもわかりやすく楽しい授業を心がけようと改めて気を引きしめられた。

　「先生、さようならー！」と他の生徒たちが帰っていき、教室には俺とあからさまに落ち込む呉羽だけになった。

　満点を取れなかった悔しさに、肩を落としながら返ってきたテストをカバンに入れて教室を出ようとした呉羽。

「呉羽つむぎ。ちょっとこっち来い」

　俺は聞きたいことがあって、呉羽を呼び止めた。

　ゆっくりと振り向く呉羽。

「あのさ、1つ確認したいんだけど……」

　先週のお願いって、どういう意味……？

　俺はそう聞こうとしていた。

　さすがに生徒からのお願いを完全に無視することもできず、せめてどういう意味だったのかだけでも知れたらなと思ってのことだった。

　しかし、俺が言いかけたところで、呉羽は俺に近づいてきて……突然、俺の両腕を掴んだ。

「先週は変なこと言ってすみませんでした」

「お、おう」

「確認したいことって、先週のお願いのことですよね？」

「まぁ、な……」

「突然、あんなこと言われたら驚きますよね」

　俺が驚いていたのはわかっているんだ……。

　なんだ？

　ただ、俺のことを驚かせたかっただけなのか？

　俺がいつもからかっているから、その仕返しで本心ではないことを言ってみただけ？

　俺はそう解釈し、ホッとしたのもつかの間。

「これからは、自分の気持ちに正直になろうと思います」

　背の低い呉羽は、俺を見上げるようにして言ってきた。

　自分の気持ち？　正直？

　俺の頭の中はクエスチョンマークだらけになった。

「瀬那先生、前に送ってくれたとき、俺のこと好きになれば？って言ったよね」

「……そんなこと、言ったかな？」

「言いました」

　はい、覚えています。

　確実に、あのとき純粋な呉羽がかわいくて調子に乗って口が滑りました。

「私、先生のこと誘惑します」

　ん？

　誘惑……!?

　今、誘惑って言ったか!?

　女子高生の口からそんな言葉が出てくることって、この世の中でありえんの？

　基本的に何事にも動じない俺が、まともに恋もしたことのない呉羽に動揺しまくっている。

「……じゃあ、覚悟しといてね」

　呉羽は頬をりんごのように赤く染めながら言った。

　……なんだこのかわいすぎる生き物は。

　この瞬間、さっきまでの俺の決意は崩れかけた。

「瀬那先生、じゃあまた明日ね」

　散々俺の心をかき乱しておいて、呉羽は恥ずかしそうにしながら教室を小走りで出ていった。


　嵐のように去っていった呉羽。

　いまだに頭の中を整理できない俺。

　なんだこれ、デジャヴか？

　先週もこんなことあったよな？

　教室で1人で頭かかえていたよな？

　……待てよ待てよ待てよ。

　誘惑するってどういうことだ？

　今時の女子高生の間で流行ってんのか？

　なんか違う意味があんのか？

　……100歩譲って、『好きです』と告白されるならまだわかる。

　それでもかなり驚くし信じられないだろうけど、まだ理解ができる。

　いきなり誘惑する宣言ってどういうこと……？

　自分で言うのも変だけど、俺は23年間生きてきて比較的恋愛経験は豊富なほうだと思う。

　そんな俺でも、さすがに『誘惑します』は言われたことない。

　明日から何されるんだ……？

　俺、女子高生に何されちゃうの……？

　期待と不安が入り混じりながら、1人暮らしの家につく。

　家に帰ってからもその言葉が頭から離れなくて……俺はつい、いろいろな妄想をしてしまった。


　そんなこんなで、次の日は胸の奥がソワソワしたまま学校へと向かった。

　あっという間に4時間目が終わり、昼休みに入る。

　職員室に向かっていると、数メートル先で重そうに何かの資料をかかえている呉羽が目に入った。

　……誰があんな荷物を持たせてんだよ。

　昨日の今日で気まずさ満点だけど、さすがに困っている生徒は放っておけない。

　少し早く歩き、呉羽に近づいていく。

「呉羽、大丈夫？　俺が半分持つよ」

　しかし、俺が追いつく前に俺のクラスの門奈が現れ、呉羽の荷物を半分持ち始めた。

「門奈くん、ありがとう」

　横顔でもわかる、呉羽が笑顔を門奈に向けている。

　それを見て、腹が立った。

　自分の生徒になんで妬いてんだ俺は。

　荷物を持ってくれたら、お礼を言うだろ。

　そんで笑うだろ。

　俺だって同じことするよ。

「もう半分は俺に貸しな」

　しかし、俺の体は勝手に動いていた。

　そう言って、俺は呉羽の持つ資料を横から奪い取る。

　俺に気づいた呉羽は驚いた顔をした。

　資料の名前を見る限り、社会の資料だとわかった。

「あとは俺と門奈で運んでおくから、呉羽は戻ってお昼食べてな」

　呉羽と他の男を２人きりにするのは死ぬほど嫌だから、それなら俺が雑用係を担ってやろう。

「ううん。私が頼まれたことだから、最後までちゃんとついていきます」

「……そうか、わかった」

　しかし、呉羽はそう言って、門奈と俺のところから少しずつ資料を持って先を歩いた。

　真面目で責任感の強い呉羽だから、そう言われてすぐに
納得した。
　……こういうところが、呉羽の魅力だと思う。

## 好きって言ったら、先生困る？

　再テストは残念ながら満点を取ることはできなかった。

　でも、瀬那先生が自分のことのように喜んでくれている姿を見ることができたので……まぁよしとしよう。

　ただ、このままでは、先生にただの生徒としか見てもらえない……。

　そう思った私は、先生の中の私の存在を大きくしてもらおうと思いきった行動に出たのだった。

「私、先生のこと誘惑します」

　ただただ先生に１人の女性として見てもらいたかったから出た言葉で……本心だった。

　気持ちを気づかせてくれた蛍のおかげで、先週からすごく積極的に行動できたと思う。

　学校へ行く途中に一語一句包み隠さずすべてを蛍に報告すると、さすがに驚いていた。

「まさかつむぎの口から誘惑なんて言葉が出るなんてねー？　案外、積極的だったのね」

「えっ、だめだったかな？　王道なアピールをしたつもりだったんだけど……」

「誘惑します、が王道アピール!?　さすが天然つむぎ……」

　笑いのツボに入ってしまったらしく、蛍はお腹をかかえて笑い始めた。

　そこまで笑う……!?

「でも、まっすぐなつむぎらしさが出てていいと思うよ」

「本当にそう思ってる？」

「思ってる思ってる！　相手は先生なんだから、そのくらいパンチのあるアピールのほうが絶対効果あるよ」

「そうだといいなぁ……」

　瀬那先生とどうこうなりたいというよりかは、まずは私が先生を好きだということを知ってほしい。

　先生は私のことをからかいやすい生徒くらいにしか思っていないだろう。

　まだまだ子どもだと甘く見ているんだろうけど、私だってもう16歳で法律上では結婚できる年齢なんだからね！

　どう誘惑するかはまったく考えていないけど、それはその場その場の流れで決めればいいかな……。

　流れに身を任せてみようと思っている。

　瀬那先生のことで頭の中がいっぱいで、その日の授業は全然集中できなかった。


　あっという間に午前中の３つの授業が終わり、４限目は地理の授業。

　午前中最後の授業は、なんとか集中することができた。

　終わりのあいさつをしたあと、地理の先生が急ぎの仕事があるため誰かに資料を持っていってほしいと、みんなに言った。

　しかし、誰も名乗り出ず……。

　たまたま目が合った先生に「呉羽、頼めるか……？」と

言われてしまったため、人からの頼みを断れない私は引き
受けることにした。

　そんなときに限って蛍は昼休みに委員会の集まりがある
からと授業が終わってすぐ教室を飛び出してしまった。

　仕方なく重い資料を持ちながら廊下をゆっくりと歩い
た。

　途中で大量の資料が私の手からこぼれ落ちてしまいそう
になった……。

　そんなときに、タイミングよく門奈くんが来てくれた。

　そのあとすぐ、なぜか瀬那先生も現れて、2人が一緒に
資料を運んでくれることになった。

　さすが男の人だけあって、重い資料も軽々と持ってい
て思わず2人に見惚れてしまった。

　……とくに、瀬那先生のほうなんだけど。

　社会科室につき、ドアを開けようとしたら後ろから誰か
が「門奈ーっ！」と叫びながら走ってきた。

　声がするほうを見てみると……1人の男の子が息苦しそ
うにしながら私たちの目の前で立ち止まった。

「門奈、今日陸上のミーティングあるんだけど……っ」

　男の子がカスカスの声でそう言うと、門奈くんは「やべ！
すっかり忘れてた！」と焦ったようにジタバタし始めた。

「門奈くん陸上部なんて入ってたっけ？」

「入ってないんだけど、秋の初めに大会があるから長距離
だけでもいいから出てくれないかって友達に言われちゃっ
てさ……」

　それで門奈くんは陸上大会に臨時で出場することになったらしい。

「ミーティングあるみたいだから、俺もう行くな。またな！」

　門奈くんは持っていた資料を瀬那先生に渡し、男の子と一緒に走っていってしまった。

　私と瀬那先生で社会科室へ入ると、奥に１つの扉があり、それを開けるとそこには資料がたくさん並べられていた。

　資料が乱雑に置かれ、少しでも振動を与えれば今すぐにでも崩れ落ちてきそう。

　そっと資料を置き、私はこの部屋を出ようと一歩を踏み出した……。

　その瞬間、無理やり棚に押し込まれていた資料が私めがけて落ちてきた。

　運動音痴な私が避けられるはずもなく……先生は私をかばうように盾となってくれた。

　私に覆い被さった先生の背中と頭にたくさんの資料が直撃した。

　私は尻もちをついたもののケガはなく、とにかく先生が心配で仕方なかった。

「瀬那先生っ！　大丈夫……っ!?」

「俺は大丈夫。呉羽は？」

「私は大丈夫だけど……」

　痛みに顔をゆがめる先生。

　頭と背中をさすり、絶対に痛いはずなのに自分のことよりも私の心配をしてくれる先生に胸がキュンとなる……。

「先生、起きれる……？」

「……今すぐは厳しいかも。ちょっと待ってな」

　今までで一番近い距離にいる先生に、こんな状況なのにドキドキの加速が止まりそうにない。

　少し体を起こし、その場で座り込む先生。

「先生、大丈夫……？　私のせいでごめんね……」

「なんで呉羽が謝るんだよ。呉羽にケガがなくて本当によかったよ」

「……私が、こんなところに連れてきたからだよ。私が1人で来れば先生がケガすることもなかったよね……」

　大好きな先生にケガをさせちゃうなんて……。

　自己嫌悪におちいる私。

「俺が勝手に守りたくて守ったんだから、呉羽が気にすることはない」

「……」

「黙って守られておけ」

　先生は、いつもと変わらない先生としての顔をしている。

　それと違って私は……心臓が口から飛び出そうなほどドキドキがおさまりそうにないのだ。

　ねぇ、先生。

　その言葉に深い意味はないんだってわかってるよ。

　わかってるけど、それでもうれしいんだ。

　好きな人に守ってもらえた……。その事実がすごくすごく大事な宝物なの。

「だいぶ落ちついてきたな。そろそろ、ここ出るか」

　そう言って起き上がろうとする先生。

　私は先生のネクタイを思わず掴んで、自分のほうへと引き寄せた。

「もし、私が好きって言ったら……先生は困る？」

　私は勇気を出して言った。あと少し先生に近づけば、キスができるほど近い距離にいる私たち。

　顔色一つ変えない先生。

「それはさすがに困るな」

　先生はそう言って……ネクタイを握る私の手をゆっくりと離した。

　わかっていたはずなのに。

　そもそも、先生とどうこうなれるはずがないのに……。

　ただの生徒に突然そんなことを言われたら、先生も困るだけ。

　想像していたはずの返事に、すごく傷ついた。

　……だけど、不思議と諦めようとは思わなかった。

　だって、私が先生を好きでいる分には先生に迷惑はかけない。

　迷惑をかけないってことは、この気持ちを無理やりなくさなくてもいいってことだよね？

　それに……先生には私のことをもっと知ってほしい。

　いろいろな私を知って、少しでも先生の頭の中に私という存在が残ってくれたらうれしい。

「……先生のことが好きです」

「おう」

「おう、って。それだけですか？」

「それだけだよ」

　その簡単すぎる返事に、先生は絶対に本気だと思ってないんだろうなと悟った。

　まぁ、本音を言うなら……私と同じ気持ちになってほしいんだけど。

「瀬那先生は、年下も恋愛対象に入りますか？」

　傷つきやすいガラスのハート……とはほど遠く、私のハートはどうやら頑丈（がんじょう）な素材でできているらしく、私はすぐに次の質問をしていた。

「……年下とは付き合ったことないな」

「じゃあ、年下と付き合えたら新鮮で楽しいかもね」

「でも、俺は色気溢れるお姉さんのほうが好みかなぁ……」

　私がアピールしているのをわかっててわざとなのか、片方の口角だけを上げてそう言う先生。

　色気溢れるお姉さん、ねぇ……。

「私だって色気ありますよ」

「この間まで中学生だったお子ちゃまが、なに言ってんの」

「……脱（ぬ）いだら、すごいかもしれないよ？」

　先生は私の頭から足の先までゆっくりと見た。

「じゃあ、ここで確認してやるよ」

　先生はそう言って、私のワイシャツのボタンに触れた。

「え……っ、ちょ、せんせっ……」

　ここで!?

　確認って、脱いで確認するってこと!?

　私は恥ずかしさで体温が上がり、どうにかなってしまいそうだった。

「あの、瀬那先生……っ」

　さすがに、この場で脱ぐのは私には難易度が高すぎる！

　そう思って、私はボタンに手をかける先生の手首をギュッと掴んだ。

「冗談だよ。こんなところで脱ぐすわけないだろ」

「……へ？　冗談、だったんですか……」

「呉羽だって本気じゃないだろ」

　先生は優しく笑ったあと、私に近づいて「それとも、本当は脱がされたかった？」と耳元で甘くささやいた。

　……こんの、チャラ男教師いーっ！

　イケメンじゃなきゃ、こんなこと許されないんだから！

　好きな人だからニヤニヤしちゃうだけなんだから！

　結局、私がどんなに先生を誘惑しようとしたところで、先生には敵わないってこと。

　私がどんなに頑張ったとしても……モテモテな人生を歩んできた先生のほうが何枚もうわてなんだ。

　それでも、私は諦めない。

　どんなに心が折れても立ち上がる！

　それが私、呉羽つむぎ！

「瀬那先生、ケガしたところ大丈夫ですか？」

「あぁ、もうなんともない」

「背中傷ついてないですか？　見ましょうか？」

「……ただ俺の体、見たいだけじゃなくて？」

「そんな……っ、100%違うわけでもないけど……」

　あんなに重そうな本やら書類やらが背中に落ちてきたから、本当に先生にケガがないか心配だった。

　でも、先生の言うとおり……先生の背中を見られるのもうれしかったり。

　そんな下心を必死に抑え、背中を向けた先生に「シャツのボタン、外してもらってもいいですか……？」とお願いをする。

　先生が、1つ1つシャツのボタンを外すのが背中からでもわかる。

　自分からお願いしたことなのに、私ってばドキドキしちゃってる……。

「外したよ」

　先生にそう言われシャツをまくると、その下に黒のTシャツがあったので、私はそれをまくり上げた。

　たくましい背中に……2ヶ所ほど、切り傷を見つけた。

「どう？」

「2ヶ所、切り傷があります」

「それなら勝手に治るだろ。見てくれてサンキュ」

「本当ですか？　保健室で手当してもらったほうが……」

「大丈夫だよ」

「……先生、本当にごめんなさい」

　Tシャツを元に戻し、再びこちらを向いた先生に私は頭を下げた。

「だから、呉羽が謝ることじゃない」

「でも、傷をつけちゃったから……」

「先生は生徒を守るのも仕事なんだよ。だから気にするな。わかった？」

「……はい」

　生徒……か。

　これがきっと、私じゃなくても守っていたんだよね。

　そんな当たり前のことを考えて、1人で落ち込む私。

「そろそろ戻るか」

　先生のその一言で、私たちは社会科室を出ることにした。


　瀬那先生と一緒に廊下を歩いていて思ったけど、本当に先生は女の子たちにモテるんだなぁと。

　どの教室の前を通っても女の子たちが先生に声をかけてくるし、私は視界に入っていないのか、私を押しのけるように先生にべったりとくっつく女の子たち。

　……これはもしかしたら、私は初めての恋にしては、なかなか厳しい戦いに挑んでしまったのかもしれない。

　目の前に現れる女の子たち全員がライバルかと思うと、早くもめまいがしてきそうだった。

　最後は先生は女の子たちに囲まれてしまったので、しゃべれる状況ではなくなってしまった。

　なので、しれーっと自分の教室へと帰ることに。


　蛍も委員会の話し合いから戻ってきていたので、私はお弁当を食べる蛍の元へ駆け寄った。

「蛍ーっ、ちょっと聞いてー……」

「つむぎおかえりー。どうした？」

　私はさっきまでの先生との出来事を蛍にすべて話した。

「ねぇ、これって告白したってことになる？」

「告白したことになるね」

「そうだよね。つい口走っちゃったんだよー……」

　頭をかかえる私の肩をポンポンと優しく叩く蛍。

「誘惑するって宣言したんでしょ？　それなら、とことん誘惑してつむぎの虜にさせようよ」

「と、虜に……!?」

「つむぎは、超かわいいんだから大丈夫だって」

　蛍に背中を押され、私はひとまず気合を入れた。


　次の日から、私はいろいろな手段を使って瀬那先生を誘惑することにした。

　まずはメイクを変えてみた。

　ブラウン系のメイクから、ピンクを取り入れた女の子らしい系のメイクに挑戦。

　リップはもちろんビビッドなピンク。

　担任の先生にプリントを渡しに来たついでで、瀬那先生の机へと立ち寄った。

「瀬那先生、今日はメイク変えてみました」

「おぉ、呉羽か。たしかに、いつもと全然違うな」

「どっちのメイクのほうが好きですか？」

　メイクを変えた私を見て、少しはときめいたりしてくれ

た？

　先生はしっかりと私の顔を見つめ……。

「俺はいつものメイクのほうが好きかな。今日もかわいいけど」

　特大の胸キュン発言をしてきた。

　先生を誘惑してドキドキさせるどころか、私のほうがドキドキさせられてるよ……。

　瀬那先生＝生徒たちからモテモテというイメージがついているからか、まわりの先生たちからは「今日も瀬那先生はモテモテですね～」と口々に言われていた。

　私がこうやってアピールしたところで、先生にとっては日常茶飯事だから、特別なことじゃないんだな……。

　それはそれでがっかりだけど、でもその分、学校でも堂々とアピールができる……！

　そう思って、私は本当に頑張った。


　ところが、毎日めげずに誘惑しても、先生には上手く流され……いつものように私ばかりがドキドキして終わってしまった。

　そもそも先生とどうにかなれるわけがない。

　ただ私の気持ちを、先生に伝えることができればそれでいいんだ。

　最初から叶う恋ではないんだから……期待しちゃいけないんだよね。

　そうはわかっていても、さすがの私でも……どうやって

も気分が上がらない日が来てしまった。

　寝起きから体も重くて、初めて学校に行くのが面倒くさいなぁと思ってしまった。

　なんとか支度をして蛍と合流し、私は今の気持ちを蛍に伝えることにした。

「どんなに頑張っても意味がないんじゃないかなって思えてきちゃって……。私、どうすればいいのかなぁ」

「……じつはさ、私もまだ伊吹くんのこと忘れられないんだよね」

「……そうだったんだね。伊吹くんのこと、まだ好き？」

「うん。たまに話したりするその少しの時間がすごく幸せで……やっぱり好きだなぁって思っちゃうんだよね」

　蛍もずっと伊吹くんに片想いしていたんだ……。

　ずっと気になっていたけど私からは切り出すことができなかったから、こうやって今の蛍の気持ちを知ることができてうれしい。

「片想いってさ、もちろん叶わないっていう辛さもあるけど、それ以上に幸せなこともある。だから、無理に忘れることなんてできないんだよ」

「……」

「ただ、他にいい人がいないかアンテナだけは張っておこ！」

「うん、そうだね。いつ運命の人が現れてもいいようにねっ」

　一番近くにいる人と一緒に片想いを頑張れる。

　そんな環境が、まず幸せすぎるじゃないか。

　蛍のおかげで気持ちもスッキリし、いつもの状態で登校することができた。
　……そして、この日の放課後。
　蛍は家の用事があるからと、蛍のお母さんが車で迎えに来ていたので先に帰ってしまった。
　今日は1人かぁ……。
　そんなことを思いながら、私は教室を出た。

## 本気で誘惑してみな？

　その日の放課後──。

　教室の入り口には門奈くんがいて、私と目が合うと手を振ってきた。

「どうしたの？」

「いや、じつは相談したいことがあってさ。今日時間ある？」

「うん、大丈夫だよ」

　めずらしく門奈くんが深刻そうな顔をしていたので、私はなんの相談なのか気になって仕方がなかった。

　とりあえず、高校の近くのファストフード店に入ることにした。

「話って……？」

「じつは、伊吹が松本のことを気になってるらしくて……」

　え……っ!?

　伊吹くんが蛍のことを……!?

　ちょうど今朝、蛍から伊吹くんのことを聞かされたところだったから、私はオーバーリアクションしてしまった。

「松本は今、どんな感じなのかなって思ってさ……」

「それがね、伊吹くんのことがまだ好きって言ってた……」

「マジ？」

「簡単には忘れられないって……」

　まさか、伊吹くんも蛍のことを好きだなんて！

「伊吹くんは、なんで蛍のことが気になり始めたの？」

「告白されて断ったけど、多少は意識してたみたいで。気づいたら松本のことを考えてたり、そういえば松本といるときは楽だなぁって思ったらしいよ」

「そうなんだね」

「伊吹って誰とも付き合ったことないから、誰かを好きになる感覚もわからなくてさ。俺は、松本といるときの伊吹はよく笑ってたからお似合いだなってずーっと思ってたんだけどね」

　伊吹くんも私と一緒で恋愛に奥手だったんだ……。

　この気持ちがなんなのかわからないから、あと一歩を踏み出せないっていうのはすごくわかる気がする。

「そしたらさ、俺が伊吹を後押ししてみる」

「本当？　なんとか２人をくっつけたいよね……」

「作戦たてるか。どっか４人で出かけて、そのときに２人をいい感じにさせるのはどう？」

「それいいね！　たぶん、蛍は１回振られちゃってるから臆病（おくびょう）になってると思うんだ。だから、私たちでなんとか２人をくっつけよ！」

「そうだな、頑張るか！」

　そのあとも蛍と伊吹くんくっつけるぞ作戦を練ること２時間……。

　あっという間に日は落ちて、外は暗くなっていた。

　作戦を練った結果、来週の土曜日にみんなの予定が合うということなので、その日に海へ遊びに行くことにした。

　夕日が沈（しず）みかけているいいムードのところで、蛍と伊吹

くんを2人きりにし……そこで伊吹くんが告白して、めでたく2人はカップルになる！　という予定。

　土曜日まで門奈くんとはたびたび2人で話せる時間を作って念入りに作戦会議をした。

　空き教室、図書室、放課後のカフェ……逆に私と門奈くんがカップルかと思うほど会っていたような気がする。

　前日の金曜日の放課後——。

　蛍には買いたいものがあるからとウソをつき、門奈くんと高校の最寄り駅近くのカフェで最後の確認をした。

「よし、明日頑張ろう」

「うん！　頑張ろ！」

　2人で気合を入れて、私たちはカフェをあとにした。

　駅に向かう途中……見覚えのある車が横を通りすぎ、そして私たちの少し手前で止まった。

「あれっ？　瀬那先生？」

　門奈くんはそう言って車へと小走りで近づいた。

　私もなんとか追いつき助手席の窓が開くと……瀬那先生の顔が見えた。

「なんだ、おまえたち最近よく一緒にいるな」

「まぁ、いろいろとあってねー」

「いろいろ？」

　私と門奈くんが最近よく話しているところを、先生にも見られていたんだ……。

　もしかして、私と門奈くんがどういう関係なのか気になってる……？

　そう思ったら、私は内心ドキドキが止まらなかった。
「あ、明日俺たち海行く予定で早起きしなきゃだからもう
帰ります！　先生またねー！」
「え、門奈くん……っ」
　私の気持ちもつゆ知らず、門奈くんはそう言うと私の手
を握り、駅のほうへと歩き出した。
　……暗くて先生の表情を見られなかったな……。
　私と門奈くんのこと、勘違いしてないよね……？
　付き合っているって思ったかな……。
　少しして振り返ると、先生の車はもうなかった。
　とりあえず、先生が誤解してないことを祈ろう……。


　……そして、運命の土曜日。
　久しぶりの海ということで、私も蛍も単純にテンション
が上がっていた。
　日中は４人でボールで遊んだり、誰が一番長く潜れるか
勝負したり……とにかく海を楽しんだ。
　途中途中で、飲み物や食べ物を買いに行ったりするとき
は、必ず蛍と伊吹くんを２人きりにするように心がけた。
　伊吹くんには門奈くんからなんとなく告白する方向で背
中を押したらしいので……あとは伊吹くんの男気次第。
　たくさん遊んだところで、シャワーを浴びて水着から洋
服に着替える。
　砂浜にレジャーシートを敷き、蛍、私、門奈くん、伊吹
くんの順番で座り、他愛もない話をしていた。

　いい感じに日が沈み始め……私と門奈くんはアイコンタクトをとった。

「海の家に忘れ物してきちゃったみたいで……探してきてもいい?」

　私がそう言うと……蛍が「私も行くよ」と言ってくれた。

　それに被せるように、門奈くんが「飲み物も買いたいし、俺が行ってくるよ!　2人は待ってて!」と、立ち上がりかけた蛍を再び座らせることに成功した。

　私も門奈くんも2人から離れていくにつれて、ニヤニヤが溢れて止まらなかった。


「ここらへんで、時間を潰すか」

「そうだね」

　海の家の後ろにある階段に座り、蛍と伊吹くんが上手くいくことをひたすら祈った……。

　日中は日差しが強く暑かったのに対して、日が暮れたことでだいぶ気温が下がった。

　初めの何分かはいつものように話していた。

　だけど、門奈くんが急にソワソワし出したのをきっかけにお互いに何もしゃべらない時間が続いた……。

　門奈くんどうしたんだろう?

　蛍と伊吹くんがうまくいっているか心配なのかな。

　門奈くんを少しそっとしておいてあげようと思い……私は近くで遊んでいる幼稚園児くらいの女の子とお母さんを眺めていた。

「俺さ、じつは……呉羽のことずっと好きだったんだ」

　……遊ぶ親子に気を取られていたから、最初は空耳だと思った。

　え……？

　今、私のこと……好きって言った？

　突然のことに、戸惑ってしまう。

　なんでか知らないけど、私のことを好きだと言ってくれる人は今までにも何人かいて……。

　告白された経験はあるけど、ここまで仲のいい友達に告白されたことはないから、どう反応すればいいかわからない。

　そもそも男友達と呼べるのは門奈くんくらいで、私はわりと心を開いていたと思う。

　そんな門奈くんが……私のことを好き？

「突然、ごめんな。じつは、中学のころから呉羽のことが好きだったんだ」

「……」

「今日も、伊吹と松本をくっつけるのが目的なのは本当だったんだけど、俺も呉羽に告白しようって思ってた」

「……そうだったんだね」

「……俺のこと、どう思ってる？」

　波が引く心地よい音と、少し冷たい海風が私たち2人を包み込む。

「門奈くんは、優しいし盛り上げ上手だし、一緒にいて楽しいよ」

「……」

「……でも、それは友達としてで。付き合うのは、考えられないかもしれない……」

　門奈くんは遠くの海を見ながら、耳だけは私へと傾けてくれた。

「この先も、彼氏になるのは難しい？」

「……うん。ごめんね、好きな人がいるんだ」

「ならしょうがないよな」

「ごめんね……」

　作り笑いをする門奈くんを見て、胸の奥がギューっと掴まれたように痛くなった。

「告白しといてなんだけど、今までどおり友達として仲良くしてほしいな……なんて」

「もちろんだよ。私にとって唯一の男友達だもん……」

「……ありがとう」

「こちらこそ……こんな私を好きだって言ってくれて、ありがとう」

　門奈くんはその場で立ち上がり、「んーっ！」と声を出しながら伸びをした。

「そろそろ、あいつらのところ行ってみるか！」

「……ん、そうだね！」

　門奈くんが気をつかって今までどおりに接してくれるので、私も今までどおりにした。

　それでも、蛍と伊吹くんのところへ行く途中は、お互いに何もしゃべることはなかった……。

　蛍と伊吹くんが楽しそうに話しているのが見えた瞬間、うまくいったんだとすぐに悟った。

　門奈くんと顔を合わせ、2人して思わずニヤける。

　どうやら門奈くんもわかったらしい。

　2人に気づかれないようにそーっと近づき……私と門奈くんは口パクで「せーの」と言ったあと、「ただいま！」と私は蛍の肩を、門奈くんは伊吹くんの肩を後ろから掴んだ。

「び……っくりした――……」

「心臓止まるかと思った」

　本気レベルで驚く蛍と伊吹くん。

　よく見てみると……ひと2人分離れて座っていたはずなのに、蛍と伊吹くんの間には数センチくらいしか空いていない。

　その距離が、2人きりだった時間にあったことを物語っていた。

「あのー……じつはですね……」

　私は蛍の隣に、門奈くんは伊吹くんの隣に座ったと同時に……蛍が口を開いた。

「伊吹くんと私、付き合うことになりました」

　蛍の表情からうれしさが溢れている。

　私は蛍に抱きつき、「おめでとうー……！」と心の底からの喜びを声にした。

「本当によかったね。私も自分のことのようにうれしい」

「つむぎ、ありがとうー……。まさかこんな日が来るなん

て思ってなかったから、まだ信じられない……」

　涙目の蛍を見て、蛍が幸せになってくれて本当によかったなと心から思った。

　伊吹くんが蛍のことを好きだって知っていたけど、こうして実際結ばれた2人を見てやっと実感が湧いた。

　……門奈くんに告白されたことは、帰りにでも蛍に話そう。

　蛍の幸せそうな顔を見て、話すのは今じゃないと思った。

　私たちは行きのコンビニで買ってあった手持ち花火を最後に楽しんだ。

　門奈くんがいつもと変わらず接してくれたので、とくに気まずい空気にはならなかった。

　今年初めての海に花火……存分に夏を満喫（まんきつ）することができた。

　もう時間も夜の8時を過ぎた。

　全員一致で帰ることになり、私たち4人は商店街を歩いていた。


　海から駅までの道には昔懐（なつ）かしい商店街があり、中には居酒屋（いざかや）がちらほらある。

　すると、1軒の居酒屋から見覚えのある人が出てきた。

「瀬那先生……？」

　女性2人、男性2人……そして、小栗先生と瀬那先生が楽しそうに談笑していた。

　私の声に反応した瀬那先生は、私たちに気づくなり、「ま

たおまえたちか」といつもの笑顔を向けてきた。

　女性がいることにモヤッとするけど、その前に、なんで小栗先生もいるの……？

　2人とも私服だからか、いつもと雰囲気が違って見える。

　こうやって学校ではない場所でプライベートの瀬那先生を見るのは初めて……。

　学校にいるときは、当たり前だけど先生感が強い。私服の瀬那先生は、まわりから浮くほどかっこよくて思わず見惚れてしまう。

　白のTシャツにダメージジーンズとシンプルでラフな格好なんだけど、瀬那先生は背が高くて顔立ちがいいから絵になる。

　……ずるいくらい、かっこいい。

　瀬那先生は学校の外でも私の心を鷲づかみにしてしまう。

「もしかして守谷たちの学校の生徒？」

　瀬那先生の友達らしき男の人がそう聞くと、「そうそう。俺のかわいい生徒たち」と言って、意味深にニヤッと笑った気がした。

　今、私のことを見ながら言ってた……？

　気のせいかな……。

　目が合ったような気がしたけど、自惚れたくないので私は気のせいだと思うことにした。

「瀬那先生たちは、なんの集まり？」

「大学のときの友達。こいつらも高校教師やってるんだよ」

「あっ、そうなんすね！　ってことは……小栗先生と瀬那先生ってもともと友達だったの？」

　門奈くんがたくさん情報を聞き出してくれるから、すごく助かる。

「小栗とは1年のときから仲いいんだよ。まさか同じ学校の教師になるなんて思ってなかったよな」

「本当だよ。職場も一緒になるなんてびっくり」

　仲良さそうな瀬那先生と小栗先生を見て、大学時代からの友達だと聞いて納得がいった。

　以前も仲良さそうに話している場面を何度か見たことがあったので、だからか……と思った。

「先生たちはこれから2軒目っすか？」

「まぁなー。けど、愛する生徒たちに会ったらそうもいかないだろ」

　そのあと、瀬那先生は私たちを最寄り駅まで送ると言い出した。

　少しお酒が入っているからか、いつもよりもしゃべり方がご機嫌な気がする。

　私は先生といる時間が長くなってうれしいので、「じゃあ、瀬那先生お願いしまーす！」と即答した。

「じゃ、こいつら送ったら合流するな」

「了解！」

　瀬那先生の友達と小栗先生とはそこでお別れし、私たちは瀬那先生と一緒に駅に向かった。

　駅につき、送ってくれた先生にみんなでお礼を言うと、

先生はやっぱりご機嫌で、『俺は教師だから、おまえらが電車に乗るのを送り届ける』と言い出した。

私たち4人は苦笑いしながらも、先生も含めた5人で改札内に入り、ホームに向かう。

ホームについたタイミングで、ちょうど電車が来た。

土曜日ということもあり、満員電車で中はぎゅうぎゅうだった。

頑張れば5人は乗れそうなので、門奈くん、伊吹くん、蛍、私の順番で電車に乗り込む。

先生が見えるよう、私は後ろ向きで乗り込んだ。

そして、私の目の前に立ち、優しく微笑む先生と目が合った瞬間……。

トゥルルルル──。

発車音とアナウンスが流れる。

そして扉が閉まり始めた……そのときだった。

ぎゅうぎゅうの車内の中で女の人が体勢を崩してしまったみたいで、奥から「きゃっ」という声が聞こえ……その反動でまわりの人たちがバランスを崩した。

最終的に私も押されてしまい、仕方なく目の前に立っていた先生の胸に激突。

そしてそのまま、私と先生は扉が閉まりきるギリギリのところで車内からホームへと放り出されてしまった。

倒れ込んできた私を守るために先生はホームに尻もちをつき、私は先生の上に乗っかってしまった。

プシュー……と電車の扉が完全に閉まる音がして、投げ

出された私たちを置いて電車は発車してしまった。

「瀬那先生っ、ごめんなさい……っ」

「俺は大丈夫。呉羽はケガないか？」

「私は大丈夫です」

　急いで先生から離れた私。

　こんなときでも自分より私の心配をしてくれる先生。

「とりあえず、次の電車来るまでここで待ってよ」

　先生は近くのベンチに座り、自分の隣をポンポンと叩いた。

　私は、ご主人様に呼ばれた飼い犬のようにしっぽを振って先生の隣に座った。

　……あ、そうだ。

　先生に言いたかったことがあったんだ。

「瀬那先生、あのね……蛍にじつは彼氏ができたの」

「松本に？　よかったじゃん、おめでとう」

「その相手がね、この前振られた人でね……」

「おー、マジか」

「……先生のクラスの伊吹くんなの」

「えっ!?　伊吹!?」

　蛍が振られて倒れてしまったとき、先生が助けてくれてアドバイスしてくれた。

　そのことが頭にあったから、蛍が無事に幸せになれたことを先生にも伝えたいと思った。

　先生は、相手がまさかの自分のクラスの伊吹くんだったので相当驚いていた。

「まさか伊吹だったとはな。あ、そうか。呉羽たち４人は同じ中学なんだよな」

「そうなの。よく遊ぶメンバーだから、こうして２人がくっついてくれてすごくうれしくて……」

　……もしかして、私が門奈くんの告白を断ってしまったことでこの４人の関係がまた変わってしまうのかな。

　伊吹くんが蛍を断ったことで、たしかにしばらくは一緒に遊んでいなかった。

　頻繁に遊ぶ関係ではなかったけど……私のせいで少しでも関係に変化があったらどうしよう。

「……れは？　呉羽？」

「えっ？」

「急に黙り込んでどうした？」

　……さっきまで舞い上がっていたのに、門奈くんに告白されたことを思い出したら、先生が隣にいることも忘れていた。

「なんでもないです」

　どうしよう……。

　先生と、いつもどおり接することができない。

「なんでもない……って顔ではないよな」

　うつむく私の顔を先生は覗き込んできた。

　突然のイケメンのドアップに心臓が止まりそうになり、反射的に顔をそらしてしまった。

　だめだよ、つむぎ。

　こんなときにドキドキしちゃだめ……！

「その態度はさすがに傷つくなぁ」

「……他にキャーキャー言ってくれる女の子たくさんいるじゃないですか」

「なんだ、今日はめずらしくツンツンキャラか？」

　頑張って先生への気持ちを奥に押し込めないと、今すぐにでも溢れ出してしまいそう……。

　門奈くんの気持ちがよくわかる。

　好きな人の近くにいると、早く好きって言ってスッキリしたい気持ちと、今の関係を保つために言いたくない気持ちの両方で頭の中がごちゃごちゃになる。

　好きって言ってしまいたい。

　でも、振られるのはわかっている……。

「やっぱり、なんかあったんだろ」

　先生の人の気持ちに敏感な察知能力を、今日だけはなくなってくれればいいのにと思ってしまう。

「今日はツンツンしたい日なんです」

「ふーん？」

　いかにも納得いかないといった感じの顔で、私のことをジーッと見つめてくる先生。

　そこまで気にされると、こっちが悪者みたいじゃん！

「俺のこと、誘惑するんじゃなかったんだ？」

「……え……」

「あぁー、さては大人をからかったな？」

「……」

　私が『誘惑します』って言ったこと、覚えていてくれた

んだ……。
　でも、今ここで持ち出してくる……!?
　必死で先生への気持ちを抑えているのに！
「からかってくるのは、先生のほうじゃないですか」
「俺がいつ、からかった？」
「いつもですよ。私は冗談なんて言いません」
「……じゃあ、本気で誘惑してみな？」
　ここで!?
「なんで……っ」
「呉羽さ、誘惑って意味わかってんのか？」
「……」
「こういうこと、すんだよ」
　先生は私の手首を掴み、自分の首元をゆっくりとなぞら
せた。
　私が先生を触っているのに、100%私のほうがドキドキ
しているのがわかる。
　先生の素肌から伝わる体温が、やけにリアルで……。
　思わず、呼吸することを忘れてしまいそうだった。
「こんなので照れてたら、誘惑なんてできないよ」
「え？　ちょっ、せんせ……っ」
　先生は私のもう片方の手首を掴み、自分のほうへ引き寄
せる。
　自然と私の顔は先生の顔へと近づき……あと少しでキス
してしまいそうなほど私たちの距離は近くなった。
「ほら……誘惑、するんだろ？」

　ニヤリと笑う……余裕たっぷりの先生。

　この人の余裕がなくなるときって、いったいどんなときなんだろう。

　本当は、先生の薄い唇に勢いに任せてキスしてしまいたい。

「今日は、誘惑休憩中です……」

　さすがに、学校の誰がいるかもわからないこのホームで先生とイチャイチャできるほどの勇気を私は持ってはいない。

　先生の腕を振りほどき……先生と距離をとるため、私はベンチから立ち上がった。

　そこにちょうど電車が来るアナウンスが流れ──すぐに電車が来た。

　電車ナイスタイミング！

「瀬那先生、ありがとうございました！　また学校でね〜」

「おう。じゃあ、学校でな」

　逃げるように電車に乗り込んだ私。

　相変わらず切り替えの早い先生。

　さっきまで私のことを散々からかっておいて、いざ私が電車に乗ったらすっかり先生の顔になっている。

　……やっぱり、私ばかりがドキドキしているんだな。

　悔しい……。

　けど、この切ない片想いを選んだのは他でもない私自身なんだ。

　ちゃんとこの想いを大切にしてあげなきゃ……。

　最寄り駅では門奈くんと伊吹くん、蛍の３人が待ってい
てくれた。

　門奈くん伊吹くんとは先に別れ……私は蛍と２人きりに
なった瞬間、門奈くんのことを切り出す。

「え!?　門奈くんに告白されたの……っ!?」

　蛍は、目玉が飛び出るんじゃないかと思うほど目を開い
て驚く。

「門奈くんは、つむぎのことが好きだったんだぁ……」

「本当にね、びっくりだよね……」

「もちろん……断ったんだよね……？」

「……うん」

「それでなんか２人の様子がおかしかったのか」

「え？　おかしかった？　結構いつもどおりにしてたつも
りだったんだけど……」

　蛍は私の肩を叩きながら、「何年親友やってると思って
るの？　つむぎの変化は気づきますから」と、かなりのド
ヤ顔で言った。

「門奈くんも、時間がたてば落ちつくと思うよ。だから、
つむぎがそんなに気にしなくても大丈夫」

「……なんで、まだ何も言ってないのに、蛍は私の気持ち
がわかるのー……」

「そりゃあわかるよ。優しいつむぎのことだから、断っ
ちゃって罪悪感がすごいんじゃないの？」

「……当たってます」

「逆に、つむぎが困ってると知ったら、門奈くんも困っちゃ

うと思うよ？　だから、つむぎが罪悪感を覚えることはな
いって」

　蛍も少し前まで門奈くんと同じ立場だったから、門奈く
んの気持ちがわかるのかな……。

　そんな蛍にそう言われたら、少し気持ちが楽になった気
がした。

「さ！　つむぎは、最強の相手にアピールしまくらなきゃ
いけないんだから！　これから頑張ろ！」

　蛍にそうやって背中を押され……私たちは夏の夜空の
下、家へと向かった。

# もう抑えられない＊瀬那先生side

あー……くそ……。

またやってしまった。

うちの学校の生徒や先生がいるかもしれない駅のホームで、呉羽にいつもように絡んでしまった。

呉羽のテンションがいつもより低いような気がして……気がつくと、俺はしつこく問い詰めていた。

いやいやいや……。

これこそ、俺に群がってくる女子生徒たちと一緒じゃねぇか。

酔っていたとはいえ、そもそもなんで俺はホームまで行ったんだよ。

改札前で見送ればよかったのに……。

呉羽のことを、ただの生徒と言い聞かせる毎日。

他の生徒と同じように接しようと努力する毎日。

つねにいろいろ我慢しているのに、こんな簡単なことで俺の面倒くさい部分が出てしまっている。

いつもは俺を見るなり、ニコニコしながら駆け寄ってきて話してくる呉羽。

偶然２人きりになったときに頑張って俺を誘惑しようとしてくる呉羽は……本音を言えばかわいすぎる。

どうしていいかわからない。

それなのに、このときの呉羽は俺と目を合わせようとも

しないし、誘惑の"ゆ"の字もない。

　教師としてはそれで安心しなきゃいけないところなんだが……俺もなかなか呉羽の魔法にやられてしまったのかもしれない。

　俺の質問に答えてくれない、そっけない態度をとる呉羽に……少しイラッとしてしまった。

　わざとあおるように……呉羽の顔を覗き込んだ。

　顔を近づけると顔を赤らめる呉羽。

　困った顔が見たい──。

　そんなことを一瞬でも思っていた俺は、変態確定だよな。

　それでもそのときの呉羽はすぐに冷静になって、『他にキャーキャー言ってくれる女の子がたくさんいるじゃないですか』なんて言ってきた。

　そりゃあ、若い女の子にキャーキャー言われてうれしくないはずがない。

　……でも、なんでだろう。

　呉羽が1人で俺のところに来てくれるほうが、疲れが取れる。

　それに、呉羽といると自分を鼓舞できる。

　前向きで明るい呉羽の性格に、俺はかなり助けられていると思う。

　呉羽のなんでも全力で頑張るところを間近で見てきたから……自然と俺も頑張らなきゃって思える。

　それだけなら、まだかわいい生徒の中の1人で済む話かもしれない。

　……だけど、呉羽と話していると、つい意地悪したくなってしまう。

　誘惑するって言っていたくせに、顔を近づけただけで赤くなっているし……。

　俺と２人きりの絶好のチャンスなのに、なんにもしてこないし……。

　しまいには俺といるのにテンション低くないか？

　そう思ったときには時すでに遅し。

『本気で誘惑してみな？』

　……なんて言っちゃっている自分が、恥ずかしくて仕方ない。

　俺は生徒に何を言ってんだ。

　７歳も下の子をなんで挑発しているんだ。

　今まで何人かと付き合ったことがあるけど、こんなに自分が自分じゃなくなることなんて１回もなかった。

　なんだこの呉羽つむぎという生き物は……。

　なんでこんなに引き寄せられるんだろう。


　呉羽を見送ってから、大学の友達が待っている居酒屋へ向かった。

「うちのクラスの生徒たちまでありがとう」

　恵玲奈は大学のときからの友達であり、今は職場の同期でもあり……そして、元カノだ。

　恵玲奈はどっちかと言うと、きれい系で大人っぽい。

　そう考えると、今まで付き合ってきたのは年上だったり

同じ年でも大人っぽい人が多かった。

　……それなのに、なんで7個も年下の呉羽が気になる？

　なんで、ついからかってしまうんだ……。

　23歳にもなって、自分のこともわからないようじゃ教師として失格なんじゃないのか。

　そう思い始めたら、もう飲まないとやってられない。

　久しぶりの飲み会ということもあり、俺はハイペースで酒をのどに流し込んだ。

　両親ともに酒が強く、その遺伝子のおかげで、普段から俺も酒を飲んで酔っ払うことはなかなかない。

　だけど、このときばかりは精神的なものもあったのか、なかなか酔っ払った気がする。

　1人暮らしの家へ、なんとか無事に到着。

　次の日の日曜日は1日中家にいて、ぐーたらして過ごした。


　……そして、休み明けの学校。

　朝のホームルームを終え、教室を出る。

　廊下では生徒たちがそれぞれ楽しそうに話している。

　キャッキャッとうれしそうに女子生徒たちが話しかけてくるのを、適当に笑ってあしらうのは毎日のこと。

　そんなとき、D組の前の廊下で門奈と呉羽が話しているのを見つけた。

　なんだか最近よく一緒にいるのを見るな……。

　中学から一緒らしいけど、そんなに仲いいのか……？

　そういえば、この前見かけたときも親しげだった。

　呉羽みたいな学年で１人か２人いるかいないかくらいの美少女とあんなに近くにいたら、誰だって好きになるよな？

　ということは、門奈は呉羽のことが好きなのか？

　じゃあ、呉羽は……？

　俺のことを誘惑するって言っておいて、じつは門奈と付き合っているのか……？

　あの日、告白してきたのはウソだったのか？

　じゃあ、呉羽は今まで俺のことをもてあそんでいたってことなのかよ。

　想像がどんどんと膨らんでいく。

　俺らしくない……。

　けど、そんなはずないよな。

　なんでも全力で、前しか見ずに一生懸命に取り組むのが呉羽つむぎだ。

　そんな呉羽が、教師をもてあそぶようなことをするはずがない。

　俺自身の願いも込めて……そう思い込むことにした。


　そんなモヤモヤをかかえながらの１時間目はＤ組。

　……ということで、授業が終わると、毎度のように呉羽がしれっと俺のところにやってきた。

　この前はめずらしくツンツンしていたくせに、今日はいつもの誘惑モードなのか、ニコニコしながら俺の目を見て

くる呉羽。

「瀬那先生、ここがよくわからなかったんですけど……」

呉羽は、さっきの授業中書いたであろうノートのある数式を指さす。

……今日は、少し時間あるか。

「放課後、少しやるか」

「えっ!? いいのっ!?」

「あぁ。ホームルーム終わったら、ここで待ってな」

他の女子生徒にも放課後に勉強を教えてほしいとよく頼まれるんだけど、基本は断っている。

大勢で本当にわからなそうなときに引き受けたことがあるが、その一度だけだ。

呉羽からのお願いも今までは断っていた。

もう夏休みに入ってしまうし、1回くらい呉羽のお願いを聞いてやろうじゃないか。

すべての授業を終え、さらに自分のクラスのホームルームも終えると、一度準備のため職員室へと戻る。

少しだけ他の先生たちと会議をし、急いでD組へ向かうと……窓側の席で窓の外を眺める呉羽が教室にいた。

教室には呉羽しかいなかった。

「悪い。待たせちゃったな」

俺の声に反応して、呉羽はこっちを勢いよく向いた。

まるで俺をずっと待ってましたと言わんばかりに目を輝かせて、「全然待ってないですよ」と、生意気に気をきかせる呉羽。

　……こういうところが、かわいいなと思ってしまう。

　呉羽は本当に勉強を教わりたかったようで、俺の話を真剣に聞いていた。

　わからない問題はひととおり終わり……最後に復習を含めていくつか問題を解いてもらうことにした。

　部活をやっている生徒以外は帰ってしまったので、学校の中は静まりかえっている。

　呉羽の握るシャーペンの音だけが教室に聞こえる。

　呉羽の、きれいな茶色の髪。

　問題を解くのに髪が邪魔をして、呉羽は途中で何度も耳にかけた。

　その仕草がやけに大人びて見え……俺はつい、呉羽から目をそらせなかった。

　耳では、透き通った青のビーズがついたイヤリングが揺れている。

「いつもこんなのつけてたっけ？」

　「え？」と顔を上げる呉羽に、俺は自分の耳を指さした。

「あ、このイヤリングですか？　じつは、さっき門奈くんにもらったんです」

「門奈に……？」

「門奈くんのお姉ちゃんが趣味で作ってるらしくて、私がいつもイヤリングつけてるから、門奈くんがお姉ちゃんに頼んで作ってもらったみたいで」

「……」

「すごくかわいくないですか？　こういうデザイン好きだ

から、うれしくてすぐつけちゃいました」

　呉羽のことだから、とくに深い意味はないのかもしれない。

　ただ単純にイヤリングをプレゼントされて、さらにデザインがかわいかったから喜んでいるだけなのかもしれない。

　……でも、俺以外の男にもらったものをうれしそうに身につけている呉羽を見て、いい気はしない。

　無邪気にうれしそうに笑う呉羽。

　そんな呉羽に苛立ちを覚えた。

「呉羽さ、最近やけに門奈と仲いいよな」

「そうですか？　門奈くんとは中学から一緒だからですかね」

　俺からの急な質問にも、呉羽は平然と答える。

「でも、２人で話してるとき楽しそうじゃん」

　完全にヤキモチからのイライラだ。

「先生、何が言いたいの？」

　さすがの天然な呉羽も俺の異変に気づいたのか、握っていたペンを一度置き、俺のことをジッと見つめた。

## 先生と×××

　放課後、瀬那先生が数学を教えてくれることになった。

　いつもは断られるのに、今日はなんでだろう？

　そう思いながらも、大好きな先生との２人きりの時間に内心ニヤケっぱなしだった。

　……それなのに、なぜか門奈くんの名前を出した途端、先生が変なことを言うようになった。

　私と門奈くんが仲いいのがそんなにおかしいことなのか、何回も同じようなことを言ってくる。

「門奈とお似合いだなって思って」

「……」

「おまえたち、付き合ってるの？」

　……さすがに、この言葉は聞きたくなかった。

　先生に一番言われたくなかった言葉かもしれない。

　先生がこんなことを言うってことは……やっぱり、私の気持ちを本気だと思ってもらえてなかったんだ。

　先生と生徒の壁は思ったよりも大きかったみたい。

「じつは……おととい、門奈くんに告白されました」

「……」

「先生は、私と門奈くんが付き合ったらいいなって思ってるんだね」

　ここでわざわざ言うことではないかもしれない。

　でも、今の私は自暴自棄になっているようで……口が勝

158

手に動いてしまった。

　これ以上、先生の気持ちを知りたくない。

　傷つきたくない……。

　先生の顔が見えないように、私は目の前のノートをひたすら見ていた。

「私、瀬那先生のことが好き」

「……」

「でも、もう先生のこと好きなのやめます」

「……」

「これ以上、迷惑かけません」

　ウソの言葉が口から出るたびに、目からは涙が溢れ出そうだった。

　泣いちゃだめ。

　こんなところで泣いたらだめだ。

　必死に自分の気持ちを抑え、ノートや筆箱を雑にカバンに押し込んだ。

　そして、先生の顔を見ないように立ち上がる。

　ドアを勢いよく開けて、教室を飛び出した。


　早く、この場から遠く離れたところに行きたい……その一心だった。

　廊下を走りながら、頬には冷たい感触が。

　涙が止まらない。

　ぬぐってもぬぐっても……涙はどんどん溢れ出た。

　私にとって、初恋だった。

　大事な大事な……初恋だったの。

　誰かを好きになると、何もかも頑張れるようになるんだと……知ることができた。

　ヤキモチを焼いたり、この気持ちが叶わないとわかっているからこそ辛くなったり……。

　初めての感情だらけで忙しかったけど、それ以上に幸せのほうが大きかった。

　だけど、それは私個人の感想。

　先生にとっては、迷惑だったよね。

　恋愛対象にもならないちんちくりんに迫られたところで、なんとも思わなかったよね。

　なんとか涙は止まったものの、触った感じでは目が腫れているのがわかる。

　今の状態で家に帰れないな……。

　だからといって、1人でどこかに行く気にもならないし、誰にも会いたくない……。


　私は、目的もなく適当に廊下をとぼとぼと歩いていた。

　涙で目がかすみ、前がよく見えず……誰かにぶつかってしまった。

「ごめんなさい……」

　泣いていたのがバレないように、目線だけ上げると……目の前には伊吹くんがいた。

「呉羽？」

「伊吹くん……ぶつかってごめんね」

「……呉羽は、大丈夫？」

　私の不注意でぶつかってしまったのに、伊吹くんは私の心配をしてくれた。

「ちょっと当たっただけだから、私は大丈夫だよ」

「……いや、そうじゃなくて」

「え？」

「何かあった？」

　伊吹くんとはあんまり話したことないはずなのに、さすがにいつもの私と違うんだとバレてしまったみたい。

「好きだった人に振られちゃって……」

　ちゃんと話したこともないのに、伊吹くんの優しさのせいで、つい本当のことを言ってしまった。

「……そうか」

「うん……」

「美術室なら空いてると思うよ」

「……え？」

「人もあんまり通らないから、1人になりたいなら最適かなって。余計なお世話だったらごめん」

　泣き顔、見られたかな。

　伊吹くんは人の気持ちを読み取るのが得意なのか、完全に私の気持ちを読まれている。

　1人で泣きたいことを理解してくれたのか、それ以上詳しく聞くこともなく、おすすめの場所を教えてくれた。

「ありがとう。蛍には、私から連絡するからこのことは内緒にしてもらっても……」

「蛍には言わないから安心して」

　伊吹くんは「じゃ、暗くなる前には帰りなよ」と……私をその場に残して、どこかへ行った。

　いつもは全然しゃべらないからどんな人なのかわからなかったけど、この短時間で、伊吹くんが優しい人なんだってことは伝わった。

　蛍の彼氏がこの人でよかったと……改めて思えた。


　伊吹くんに教えてもらった美術室に向かう。

　美術室は鍵も開いていて、誰もいなかった。

　本当は勝手に入っちゃだめなんだろうけど……今日だけならいいよね？

　神様、もし見ていたら今日だけはどうか見逃してください……。

　あと少しだけ1人になって悲しさを爆発させたら、もうこんなことはしません。

　明日から前を向いて学業に励みます。

　私は、教室内の机に突っ伏して、いろいろなことを思い出した……。

　瀬那先生と初めて会った日。

　遠足で先生は爬虫類が苦手だと知った日。

　短くした髪の毛をすぐに気づいてくれたこと。

　合同クラス会で間接キスをしたこと。

　まだ出会ってから日が浅いけど、私の中には瀬那先生との幸せな思い出が数えきれないほどたくさんある。

いつの間にか……こんなに好きだった。

いつか、瀬那先生を忘れられる日が来るのかな……。

ただの先生として見られる日が来るのかな。

そんなことを考えていると……再び涙が出てきた。

今日はもう我慢しない。

誰もいない空間で、1人で泣けるんだから思いっきり泣きたいだけ泣こう……。

涙と一緒に、瀬那先生を好きな気持ちも流れ出てしまえばいいのに……。

何も聞こえない時間が続き……少しすると、遠くのほうからわずかだけど、足音が聞こえた。

そしてすぐに……ドアがゆっくりと開く音がした。

誰……？

顔を上げて、ドアのほうに視線を向けると……そこには瀬那先生がいた。

え……なんで……？

なんでここにいるってことがわかったの？

なんで来たの？

驚きを隠せず、聞きたいことはたくさんある。

でも、今は先生の顔をちゃんと見ることができない。

そのため、私は初めて先生から顔をそらした。

私は……先生を無視してしまった。

ところが……気配で先生が私に近づいてくるのがわかる。

チラッと見てみると……先生は、テーブルを挟んで向か

い側のイスに座っていた。

「……なんでここがわかったんですか」

　さすがに先生のことをずっと無視し続けることはできなくて……私は、質問を投げかけた。

「呉羽がいるところならわかるよ」

「……」

「って言いたいところだけど、伊吹から聞いた」

　伊吹くんから？

　来る途中で2人は会ったのだろうか。

　だとしても……どうして伊吹くんは私の居場所を先生に教えたんだろう。

　私の好きな人が瀬那先生だって気づいた？

　それとも、瀬那先生が私を探してるって言ったの？

　わからないことが多すぎて、頭の中がごちゃごちゃになる。

「……なんで来たんですか」

「呉羽を傷つけたから」

　こんなときでも先生は優しいんだね。

　心配して私のことを探してくれたんだ……。

　でも、今は逆にその優しさが私の傷をさらに深くする。

「あれが先生の本心でしょ？　それなら、私が傷つこうが瀬那先生には関係ありません」

　私は先生を突き放すように言った。

　片想いの相手本人になぐさめられるなんて……それほど情けないことはない。

　私が辛くてどんなに泣こうが、先生には関係ない。

「関係あるよ」

「……」

「呉羽が泣いてるのは見たくない」

　真剣な顔の先生。

　いつもみたいにからかっているわけじゃないんだということだけはわかる。

「ずっと、呉羽にウソついてた」

「……」

「……呉羽の気持ちを聞いてないふりをして、ごまかしてた」

「……」

「門奈とお似合いだなんて、思ってない」

　先生の声だけが聞こえる静寂な空間で、木のイスがきしむ音がした……。

　脚を広げてひざにひじをつく先生は、「はぁ……」と深くため息をついた。

「俺を好きでいるの、やめんなよ」

　そう言って、私を見つめる先生の目に少し伸びた黒髪がかかる。

　急にそんなことを言われても……困るよ。

　さっきまで振られたと思って大泣きしていたのに、そんなすぐに切り替えられない。

「私が『好きって言ったら困る？』って聞いたら、先生ははっきり『困る』って言ったじゃん」

「……」

「それなのに好きなのやめるなって……さすがにひどいよ」

「あれは、おまえに好きって言われたら、気持ちを抑えられなくなるから困るって意味で言ったんだよ」

　先生の気持ちを抑えられなくなると、どうして困るの？

　そもそも、先生の気持ちっていったい……。

　もうここまでくれば、何を聞いても怖くない。

「瀬那先生の気持ちって？」

「ここまで言ってもわかんない？」

「わかんないよ……」

　私にもっと恋愛の経験があれば、ここでもっとスムーズに話すことができるのかな。

　こんなに手間を取らせることもないのかも。

　そんなことを思いながら……私は先生の薄茶色の瞳の奥に何が映っているのかを探った。

「ほんと……鈍感というか、天然というか」

「……え？　何か言いました？」

「かわいいなって言った」

「えっ!?」

　今のは聞き間違い……!?

　かわいいって言った？

「そうやってすぐに顔を赤くするところも、からかいたくなるくらいかわいい」

「……え……」

「そうなる男の気持ち、わかるだろ？」

「……わからないです」

　散々、瀬那先生には振り回されてきたんだもん。

　何が本当の気持ちで、言葉にどんな意味が込められているのかなんてわかるわけない。

　私は、誰かの気持ちを深読みできるほど器用ではない。

　わからないを連呼する私に呆れてしまったのか、先生は眉間にシワをよせた。

　そして……先生は、私の髪を耳にかけた。

「されなきゃわかんねぇの?」

　先生の少し強めの口調に、ドキッとしてしまう。

　上唇をゆっくりと触られる……。

　先生に触れられた部分が……一気に熱を持つ。

　さっきよりも顔が赤くなっているのがわかった。

「今から、わからせてやるよ」

　先生は甘く言ったあと……キスができそうなほど顔を近づけてきた。

「ま、待ってください……っ」

　反射的に、私は先生の口を手で覆ってしまった。

　私の手によってキスを阻止された先生は、心なしか残念そうに見えた。

　両手を重ねて先生の口を塞いだものの、先生のなんでも見透かしてしまうような目が私を捉えて離さない。

　今、キスしようとしたよね……?

　瀬那先生が私にキス……!?

「私のことが、好き……って、ことですか?」

「……」

　先生は、自分の口を覆っている私の手を人差し指で叩いた。

「ごめんなさい……っ」

　口を塞がれていたらしゃべれないよね……。

　私ってばもう……。

　先生から手を離した瞬間……そのまま先生に手を握られた。

　先生の手は、私と違ってゴツゴツしている。

　私の手が隠れてしまうほど大きい手。

　男の人なんだと……改めて実感した。

　あまりにも静かなため、私の心臓の音が先生に聞こえてしまうのではないかと心配になる。

　……そんな私の心配をよそに、先生は私の目線に合わせるように腰をかがめ、2人の距離を縮めた。

　そして……私の手を握る先生の手の力が少しだけ強くなった。

「好きだよ」

「……」

「呉羽のことが好きだ」

　私は……先生の薄茶色の瞳と、薄い唇をただ見つめた。

　これは、夢……？

　瀬那先生が、私のことを好き……？

　思わず、呼吸をするのを忘れてしまいそうになった。

　……それくらい、今聞いたことを信じられなかった。

「また、からかってるわけじゃないですよね……？」

「違うよ」

「みんなと同じ、生徒として好きってことじゃないですよね……？」

「違うよ。ちゃんと、1人の女性として見てる」

　どうしよう、どうしよう、どうしよう……。

　うれしすぎて、どうにかなっちゃいそうだよ。

「瀬那先生が私を好きになってくれることなんて夢のまた夢だと思ってた……」

　最初から叶わない恋だと思って始めたようなものだから、先生からの言葉を受け止めるのにちゅうちょしてしまう。

「先生、私のほっぺつねってください」

「ほっぺ？」

「これが現実なんだってまだ信じられないんです。だから、思いっきりつねってください」

　今が現実なんだとわかるためにも……。

「……わかった」

　先生はそう言うと、私の頬に優しく触れてきた。

　自分で言ったものの、痛いのが怖くなってきたので、私は目をギュッとつむった。

　そのまま、つねられ待ちをしてみたけど……いっこうに頬に痛みを感じない。

　……なんで？

　ゆっくりと目を開けると目の前に先生の顔があり……思

わず息を止めた。

「呉羽、これは現実だよ」

　先生はそう言うと、私の顔を引き寄せ、そのまま静かに私の唇にキスをした。

　先生の唇が少しだけ触れ、すぐに離れた。

　……なのに、先生の柔らかい唇の感覚がまだ残っている。

「夢じゃないってわかった？」

「……はい」

　突然のキスに、うまく頭が回らない。

　先生がいつもより何倍もかっこよく見えるのは気のせいなのかな……。

　それとも、キスのせい？

　ファーストキスって、こんなに温かい気持ちになれるんだと……このとき、私はまた１つ学んだ。

　……そういえば、唇は離れたのに、私の頬に先生は触れたまま。

「あの、瀬那先生？　この手は……」

「あぁ。もう１回しようかなって」

「もう１回って何を……？」

　私が本気でわからなくて聞くと、瀬那先生は「さすが呉羽だね」と笑った。

「そういう天然なところもかわいいと思うよ」

「……へっ？」

「キス、しようかなって思ってたんだけど」

　瀬那先生の口からは、私をドキドキさせる言葉しか出て

こない。

　私のことをどれだけ翻弄させるつもりなんだろう……。

「すぐにはまだ……恥ずかしいです」

　ついさっきファーストキスをしたばかりなんだもん。

　願わくば、もう少し余韻が欲しいです……。

「じゃあ、あとでならいいんだ」

「えっ!?」

「そういうことだろ？」

「……じゃあ、あとでお願いします……」

　私が軽く頭を下げると……先生は私の頭を優しく撫でた。

　顔を上げた私を、目尻を下げて見つめてくる先生。

「呉羽の……真面目で一生懸命なところが好きだよ」

「……」

「なんでも全力で取り組んで頑張ってる呉羽を、気がつくと目で追ってた」

「……」

「松本が振られたときも、全力でなぐさめようとして悩んでたよな。そのとき、こんなに人のために尽くせる子なんだなって思った」

「……」

「そんな呉羽に、俺はいつも元気をもらってるんだよ」

「……私に、ですか？」

　まさか、先生にそんなふうに見られていたとは思わなかった。

　たしかに何かをするときは中途半端は嫌だから、100%の力を出すようにしている。

　でも、実際はまわりが見えなくなって空回りしてしまうことがほとんどで……迷惑をかけてしまうことも多々。

　先生が元気をもらってると言ってくれて、この場で飛び上がりたいほどうれしい。

　それに、私の中身の部分をちゃんと見てくれていることに何よりニヤけてしまう。

「瀬那先生に元気を与えられているなら本望です」

　私は両手でゆるむ頬を押さえた。

「その顔、やばいな」

「へ……？」

　先生はそう言うと、頬に触れている私の両手首を掴んだ。

　そして、顔が近づいてきて……先生はキスする寸前で止まる。

「目、閉じて」

　俺様口調の先生の言うことを聞かないわけにはいかない。

　先生の言うとおり目を閉じた私の唇に……そっと先生の唇が重なった。

　さっきのように触れただけですぐに唇は離れ……たのだが、またすぐに唇同士はくっついた。

　離れてはくっついてを何度も繰り返され、私は離れた一瞬でなんとか空気を吸う。

　だんだんと苦しくなり、私は無意識に先生のワイシャツ

を握りしめていた。

「せ、な先生……も、無理……」

　キスに慣れていない私は……やはり、ギブアップ。

「悪い、さすがに激しかったか」

「……そう言いながら、瀬那先生ニヤけてますよ」

「あ、バレた？　いや、頑張ってキスに応えてる呉羽を思い出すとつい……」

「思い出さないでください……っ」

　先生からのキスの嵐に必死に応えていた私なんて、恥ずかしさのかたまりでしかない。

　それなのに、先生は……。

「俺の彼女なんだから、好きなときに好きなだけ呉羽のこと思い出すよ」

　こんなことを恥ずかしげもなく言い出す。

　これからは、私の知らないところで先生が私のことを思い出すときがあるんだと思うと……この先の私の心臓がもつか心配だ。

　そして、はっきりと聞こえた『彼女』というワードが耳から離れない。

「あの……今、彼女って言いました……？」

「言ったよ。だって、呉羽も俺のこと大好きだろ？」

「……瀬那先生が、大好きです。私、今日から先生の彼女になっていいんですか？」

　先生と生徒という禁断の関係。

　それでも、大好きで大好きでそばにいたいと思う。

「呉羽、俺の彼女になって」

「……はい」

　誰もいない静かな教室。

　決してバレてはいけない、私と瀬那先生の秘密。

　私にとって初めての、大きくて愛おしい秘密。

　うれしすぎて泣きそうになる私に気づいた先生は、優し
く私を抱きしめてくれた。

　先生の心臓の音がトクントクンと聞こえて心地よい。

　高校生になって初めての夏休み前──。

　私は、大好きな瀬那先生の彼女になった。

♡誘惑③♡

## 先生と2人きり

　季節は真夏。

　瀬那先生と付き合うことになり……私の生活は少しだけ変化した。

　先生を意識してしまうあまり、今までのように話せなくなってしまった。

　先生は大人で切り替えが上手だからか、今までと同じように話しかけてくる。

　本当に私たち付き合ってるんだよね……？

　カップルなんだよね……？

　先生がいつもと変わらなさすぎて、疑心暗鬼になってしまう。

　他に変わったことといえば……蛍と伊吹くんカップルのこと。

　もうすぐ夏休みということで、午前中に学校が終わるため、夏休みまでの1週間は毎日蛍は伊吹くんと帰っていた。

　学校に行くときは私が蛍をひとりじめしているので、帰るときくらいは伊吹くんに蛍を譲ってあげることに。

　たまたま駅のホームで見ちゃったんだけど……。

　蛍と伊吹くんが手をつないでいて、それを見つけたときは私までキュンとしてしまった。

　……それと同時に、一緒に帰れることがうらやましくも思った。

　門奈くんとは……前と変わらず、会えば話す関係のまま。

　最初こそ気まずい空気が流れていたけど、門奈くんが今までどおりに接してくれるおかげで、自然と元の関係に戻ることができた。


　──夏休み初日。

「えっ、ちょっ、えーっ!?」

「蛍、声大きいよっ」

「だ、だって、あの瀬那先生と、付き合うことになったんでしょ!?」

　蛍に瀬那先生と付き合ったことをまだ言えてなかったので、私の家に蛍を呼び、そこでついに報告をした。

　信じられないからか……蛍はその場で立ち上がり、部屋の中をうろうろし始めた。

　それでも、蛍はしばらくすると落ちつきを取り戻し、「おめでとうー！」と喜んでくれた。

「詳しく教えなさい！」

　先生に想いを告げられたあの日のことを、私は蛍に話した。

　蛍がずっとニヤニヤしながら私を見てくるため、何度も恥ずかしくなり途中話をやめたが、なんとかすべてを話すことに成功。

　誰にも言えない秘密の恋……秘密の関係。

　親友の蛍に伝えることができて、少し気持ちが楽になった気がした。

　……そして、夏休み最初の土曜日。

　瀬那先生がドライブデートを計画してくれた。

　知り合いには絶対に会わないようにと、車で２時間かかるところにある湖に向かうことになった。

　私が温泉に行きたいと言ったら、それも先生がいろいろ調べてくれたみたいだ。

　初めてのデート……！

　先生はどんな格好をしてくるんだろう。

　想像するだけでニヤけてしまう。

　私は、袖がひらひらしている白のトップスに、ベージュのショートパンツを着た。

　髪の毛はゆるく巻き、ゴールドの小さなイヤリングとネックレスをつけた。

「じゃあ、出かけてくるね！」

「おう。母さんには言ってあるの？」

「言ってある！　また帰るとき連絡するね！」

　今日もお父さんとお母さんは朝から仕事へ。

　弟の保希が家にいる。

　保希は、我が弟ながら顔が整っている。

　そのせいか、モテまくりの人生を歩んできたため……恋愛は面倒くさいなどと、中学１年生らしからぬ発言をよくする。

　冷静な性格は、お父さんにそっくりだ。

　そんな保希の将来が心配なわけなんだけど……まぁ、今は自分が幸せの絶頂期にいるので、それはそれ。

　お母さんには、とりあえず彼氏ができたことは伝えた。

　今日も彼氏と出かけてくることは伝えてある。

　さすがに、先生だということは言えてないけど、いつか
は言えたらいいなと思う。

　先生は、私の家の近くのコンビニまで車で迎えにきてく
れた。

　さっそく車に乗り込むと、そこには私服の先生が。

　もうそれはそれは……イケメン度が増していた。

　大きめの白のTシャツにデニムのスキニーパンツとシン
プルなんだけど、時計と小さな十字架のゴールドのネック
レスがオシャレ。

「……かっこいい……」

　かっこよすぎて、思わず声が漏れてしまった。

「髪の毛、巻いたんだ？」

　そう言って、私の髪に優しく触れる先生。

　髪の毛を触られているだけなのに、もう鼓動の速さが異
常レベル。

「せっかくのデートだから、頑張りました」

「そうなんだ、俺のため？」

「……はい」

「似合ってるよ。ずっと見ていたいくらい、かわいい」

「え……っ!?」

「って言っても、そしたら運転できないからね。我慢します。
では、出発～」

　まだ出発してもいないのに、私の心を鷲づかみにする先

生はそう言って車を走らせた。

　今からこんなにドキドキさせられていて、私は大丈夫なの……？

　最後まで心臓もつの……？

　そんなこんなで、自分の体が心配になりながらも、私と瀬那先生の初デートが始まった……。


　出発してから約1時間がたった。

　山道を走る途中、だんだんと気持ち悪くなってきてしまった。

　……車酔いだ。

　瀬那先生とのデートで緊張（きんちょう）していたからかもしれない。

「大丈夫か？」と言って、先生は車をいったんコンビニに止めてくれた。

「なに買ってきてほしい？」

「梅（うめ）のお菓子（かし）と、お茶がほしいです……」

　小さいころから車酔いしやすい体質で、この2つは必須（ひっす）アイテム。

　なんで、こんなときに限って車酔いしちゃうのー……。

　車の中で1人で待ちながら、悔しくなる。

　先生が買ってきてくれたお菓子とお茶を飲んだら、少し落ちついた。

「どうする？　今日はやめとく？」

「やめないやめないやめない！　デートしたい！」

「デートなら、これからいくらでもできるよ」

「今日がいい……。楽しみにしてたんだもん……」

「んー……」

「もう落ちついてきたから大丈夫です」

「……わかった。じゃあ、とりあえずつくまでは寝てろ」

　そう言って、先生は私のほっぺに軽くキスをした。

　不意打ちのキスに、まんざらでもない私。


　瀬那先生の言うことを聞き、走る車の中で30分ほど寝ると……すっかりよくなった。

　高速道路に乗り、途中にあるサービスエリアでもいったん休憩を入れてくれた。

　トイレを済ませ、先生と戻るときに派手な男の子たちとすれ違った。

「今すれ違った子、超かわいくない？」

　そんな声が聞こえたけど、自分のことだとはわからなかった。

　車の中に戻ると……。

　たまたま、前に止まっている車がその派手な男の子たちの車で、なんだかチラチラとこっちを見ている気がする。

　でも、気のせいだろうな……。

　そう思っていたら、先生が「呉羽」と優しく呼んだ。

　先生のほうを向いた瞬間、先生はいきなり顔を近づけてきた。

　あと数センチで唇が触れる距離。

「ちょっ……いきなりなにするんですかっ!?」

「牽制（けんせい）しといた」

「け、牽制？　どういう意味ですか？」

「呉羽は俺の彼女だって、あいつらに見せつけたんだよ」

　男の子たちが見ていたのって私だったの!?

　鈍感すぎて、まったく気づかなかった……。

　男の子たちに、キスしているように見せたってことだよね。

「まだあいつらが見てるから、もうちょっと激しいのしとく？」

　意地悪そうに笑う先生。

　少し楽しんでいるように見える。

　激しいのって、どんなキス……？

　内心、興味が止まらないけど、そんなこと言えるはずない。

「いいから、もう行きますよっ！」

「えー……」

「はい、しゅっぱーつ！」

　これ以上ここにいたら、先生の思いどおりにされてしまいそうなので、私は強引に出発させた。


　──そして、無事に湖に到着した。

　湖のまわりには船乗り場や釣り堀（ぼり）など、いくつか楽しめる場所がある。

　少し散歩をして、私の念願のあひるボートに乗ることに。

　私は全力でペダルをこぐが、先生はこいでいない。

「瀬那先生もこいでくださいっ」

「もうおっさんだから、体力ねぇよ……」

「全然おっさんじゃないでしょ！」

　高校生に勝るとも劣（おと）らないきれいな肌に、かっこよすぎるルックス。

　こんなおっさん見たことない。

　……でも、こういう面倒くさがりやな部分も愛しいなと思ってしまう。

「お願いだから頑張ってください」

「じゃあ、あとでご褒美ちょうだい。それなら頑張れる」

　ご褒美って何すればいいんだろう。

　まぁ、あとで何か買えばいいのかな？

「わかりました」

　そのご褒美の本当の意味を知らないまま、私はそれをまんまと受け入れてしまった……。


　それから、湖デートを満喫した私たち。

　近くのレストランでお昼を食べ、次に移動した先は……私が来たかった温泉だった。

　受付に行き、瀬那先生が何やら受付の人と話している。

「部屋予約してあるから、温泉のあとゆっくりできるよ」

「えっ!?　と、泊まりですか……っ!?」

「泊まりじゃなくて休憩する部屋。そりゃあ、俺も泊まりたいよ。でも、さすがに初デートで泊まりは……ね？」

「……っ」

「夕方には帰ろう」

　安心したような残念なような複雑な気持ち。

　それでも、こうして私のために考えてくれていたんだと思うとうれしくなる。

　まさか、温泉にそんなシステムがあるとは知らなかった。

　これが大人の男の人のデートプラン……。

　スマートでかっこよすぎる。

　さらに、私が何回もお金を出そうとしても、そのたびに先生に『女の子に出させるわけないでしょ』と言われて、お財布（さいふ）をカバンの中にしまわれてしまう。

　レストランでも温泉でも払ってもらっちゃったから申し訳ない……。

　そんなことを思いながら、私と先生は温泉へ向かった。

　いろいろな種類の温泉があり、すごくリラックスできた。

　女湯から出てカーテンを開けると……そこには、髪がまだ濡（ぬ）れている先生が。

　3台ほど並んでいるマッサージチェアに座っていた。

　いつもと違う先生に……胸の奥がキューッと締（し）めつけられる。

　最初に借りることができた浴衣（ゆかた）をお互いに着ているのだけど……先生は抜群に浴衣が似合う。

　「さ、行くか」と、手を差し出してきた先生。

　私は子どものように先生にかけ寄り、その手のひらをギュッと握った。

　……ところが、つないでいた手を離されてしまう。

「俺は、こっち派なんだけど」

　先生はそう言って、私の手を握ったと思いきや……私の指に自分の指を絡めてきた。

　これは……いわゆる恋人つなぎ。

　さらに密着した私と先生の手。

　先生に引っ張られるように私は歩き出した。


　そして、予約していた部屋へ到着。

　扉を開けると……目の前には、青い湖が広がっていた。

　私は、思わず「うわぁー！　きれーい！」と声が漏れた。

　大好きな温泉とステキな部屋に、自然とテンションが上がる。

　隣に来た瀬那先生も「景色いいなぁ」とつぶやく。

「先生、こんなステキなところに連れてきてくれてありがとう」

　この気持ちを今伝えたい……！

　私はそう言って、先生に思いっきり抱きついた。

　先生のシトラスの爽やかな香りがする。

「喜んでもらえてよかったよ」

　私は、先生を見上げ……2人の視線が絡み合う。

　こうしてよーく見ると、本当に先生の顔って整っているなぁと思う。

　芸能人にいてもおかしくない。

　きっと、スカウトや逆ナンもたくさんされてきたんだろうなぁ。

　……そんなことを考えていたら、私の後頭部に先生の手が触れた。

　先生に頭を触られると、なんだか落ちつく。

　安心するなぁ……。

　そんなふうに先生をぼーっと見ていると、先生の顔がだんだんと近づいてきた。

　私は空気を読んで、目を閉じる。

　先生の唇が重な……ることはなく、私の肩に先生のおでこが当たった。

　は、恥ずかしい……。

　てっきりキスされるんだと思ったから、目を閉じちゃったよ……。

「２人きりでいると、さらに呉羽がかわいく見える」

「……きゅ、急になんですかっ!?」

「いや。今日１日かわいいなぁって思ってたからさ。そろそろ言葉にしないと、呉羽に変なことしちゃいそうで」

　先生はそう言って……うれしそうに私を見た。

　先生には、つねにかわいいと思われたい。

　……先生からの『かわいい』は、私にとって最強の魔法の言葉だ。

　どんなプレゼントより、うれしいかもしれない。

「お茶、淹れようか」

　先生はそう言って、温かいお茶を淹れてくれた。

　部屋が涼しいので、ちょうど温かいものが飲みたかった。

　……やっぱり大人の男の人は気づかいがすごいなぁ。

　せっかく窓からの景色がきれいなので、窓際のイスに座って飲むことにした。

　それからは、和室の部屋で横になったり、テレビを見たり……こんなにゴロゴロしていいのかというほどリラックスさせてもらった。

　先生はというと……窓のところに座り、スマホをいじっている。

　もっとかまってほしいなぁ……。

　なんて、そんなこと思うのは変なのかな。

　せっかく、2人しかいない空間なんだもん。

　もっと……近くにいたい。

「……ねぇ、瀬那先生」

　私が名前を呼ぶと、先生は「ん？」と、目線だけを私に向けた。

「さっき、私に変なことしちゃいそうでって言ってましたよね……」

「うん」

「……しても、いいですよ……」

　先生の視線は私から動かないまま、スマホがテーブルに置かれる音がした。

「呉羽……それは、俺に何されるか、わかってて言ってる？」

　先生の声が、いつもよりも低い。

　その声を聞いて……自分の言ったことを少しだけ後悔した。

　先生の目は、完全にウサギを狙うオオカミそのもの。

　先生が何をしようとしているのか……だいたいわかる。

　わかっているつもりだ。

　だからこそ、わざとあおった。

「……せっかく2人きりになったんですよ。私は、もっと近くにいたいです……」

　テレビの雑音だけが聞こえる部屋の中。

　自分の心音が明らかに大きくなっているのがわかる。

「なら、近くにおいで」

　夕焼けに染まる瀬那先生が、私を誘惑する。

　蜜を求めた蜂がきれいな花に吸い寄せられるように……私も、先生に吸い寄せられた。

　私が近くに来ると、先生は私の手首を掴み自分のほうへと引き寄せる。

　浴衣を着ているから……？

　夕焼けがプラスして、先生の大人の色気がすごすぎて先生を直視できない。

「せ、んせ……」

　連続のキスに、なんだかまぶたも重く感じる。

　だけど先生は……手加減してくれない。

「呉羽、口開けて」

　頭がぼーっとしているため、私は、言われたとおりに口を開けた。

　すると……隙間から先生の舌が入ってくる。

　鼓動が速くなる。

　吐息が漏れる……。

　キスが少し続き、私は苦しさから先生の肩に倒れ込んだ。
「呉羽、大丈夫？」
　息切れしている私に対し、先生の呼吸に一切乱れはない。
「……もう少し、手加減してください……っ」
「ごめんな、止まらなかった」
　私は、先生を軽く睨む。
　先生は謝っているのに、顔からは喜びしか感じ取れない。
　そんなことは関係なしに、腰を引き寄せられたことによりさらに２人の距離は近づき……先生の唇と私の唇は触れた。
　触れては離れるを……何度も繰り返す。
　今までの軽いキスとは違う。
　離れる一瞬に、私の息が漏れる。
　どこで息をすればいいのかもわからない。
　ただただ……先生のキスに必死についていく。
　苦しさから……私は先生の浴衣をギュッと掴んだ。
「……瀬那先生の、変態……」
「これから、慣れていこうね」
　学校にいるときのように、ニコッと笑う先生。
　え!?
　今、慣れていこうねって言いました……？
「でも、嫌じゃなかっただろ」
「……ご想像にお任せします」
「よかったんだ？」
「……っ」

　先生は、私の困る顔を見て楽しんでいるに違いない。

　そう、わかってはいるけど……ついつい、先生の言動に振り回されてしまう。

　それも、先生のことを好きになってしまったからなんだろう。

「これが、あひるボートのご褒美でいいよ」

「……え？　これがですか？」

「うん。呉羽も今、しがみつくほど頑張ってたし」

　さっきのキスを思い出し、体温が上がる。

　たしかに、しがみついていたけど……！

　それを、わざわざ言葉にしなくてもいいのに……。

　私は「もう……っ」と言いながら、恥ずかしさから先生の胸を軽く叩いた。

## 先生と内緒のキス

　初めてのデートは終始ドキドキしっぱなしで、瀬那先生の俺様度が増していた気がする。

　もちろん優しいのは変わらないんだけど、私が困ったり恥ずかしがったりするたびに、先生が楽しそうにしていた。

「呉羽、浴衣似合うな。今度、花火大会があるみたいだから浴衣着て行こうか」

　温泉ではそれ以上は変なことをされずに済んだけど、誘われた花火大会ではどんなことが……？と、考えている自分がいて驚いた。

　花火大会で何かあるわけないじゃない。

　花火を見に行くんだから。

　呉羽つむぎ、しっかり……！

　先生の色気や誘惑に負けちゃいけない。

　自分をしっかりと正し、私は次のデートまでに宿題を終わらせることにした。

　次の週は、私が風邪をひいてしまったため会えなかった。

　今までは学校ですれ違ったり、授業がある日は必ず先生の顔を見ていた。

　なので、たった2週間会えないだけで、ものすごく寂しくなっている自分がいた。


　——そして、2週間後の日曜日。

　車で1時間ほどのところにある海で行われる花火大会
へ、行くことになった。

　前回と同じく、コンビニで待ち合わせをした。

　瀬那先生の車はすぐに見つけられる。

　もう、ナンバーも覚えてしまった。

「……あれ？　先生は浴衣じゃないんですか？」

「探してもなくてさ。たぶん実家に置いてきちゃったんだ
よ。ごめんな？」

　先生は、アパートで1人暮らしをしている。

　実家は数年前に県外へ引っ越したそうで遠いため、浴衣
のためだけに取りに帰るわけにもいかない。

　先生の浴衣姿もかっこよかったから、本音を言えばまた
見たかったけど……。

　先生の今日の私服は、ベージュの襟シャツに黒のパンツ
といった、この前とはまた違った大人なスタイル。

　……今日も私の彼氏は最高にかっこいい。

　これが見られただけで、よしとしよう。

　先生は私が助手席に乗ってからというものの、こっちに
身を乗り出して私のことを凝視してくる。

「何か、変ですか……？」

　お母さんの仕事がたまたま休みだったので、お母さんに
着付けと髪の毛もお願いしたんだけど……。

　久しぶりに浴衣を着させてもらったから、何か変だった
かな？

「なんでこんなにかわいいかなぁ」

　ひとりごとのようにつぶやく先生。

「今すぐキスしたいくらいかわいい」

「……ありがとうございます。じゃあ、します？」

「いいの？」

「だめです！　家の近くだし、コンビニの駐車場ですよ。キスは２人きりのときにしてください」

「……２人きりのときなら、いいんだ？」

　今回こそは勝ったと思われたが、あっさりと先生に持っていかれてしまった。

　……この先、先生に敵うことはあるのか？

　走り出す車のエンジン音を聞きながら……私はそんなことを思った。

　なんと……先生は、今回、車酔い防止の梅のお菓子とお茶を用意しておいてくれた。

　私も酔い止めの薬を持ってきていたので、そのおかげで、今回はそこまで車酔いせずに済んだ。

「つむぎ、酔ってない？」

　さらっと気にかけてくれた言葉。

　初めての、つむぎ呼び……！

「今、先生、つむぎって言った!?　言ったよね!?」

「彼女だし、下の名前で呼びたいなって」

「……うれしいです」

「つむぎも先生なしで呼んでよ」

「……頑張ります……」

　今まで生きてきて『つむぎ』と呼ばれた中で、一番うれ

しい……！

　お母さん、お父さん、つむぎという名前にしてくれてありがとう。

　改めて感謝したい。

　『つむぎ』と先生の声で、脳内に何度もリピートされる。

　ついニヤニヤしてしまい……そのたびに、先生に不審がられた。


　約１時間かけて、花火大会が行われる海岸に到着。

　駐車場に車を停め、私たちは海へと向かった。

　海沿いには屋台がずらっと並んでいる。

　ちょうどお腹も空いてきたので、何を食べようか屋台を見ていると……。

「あれ？　瀬那？」

　超絶美人なお姉さんが先生に声をかけてきた。

　美人なお姉さんは長い茶色の髪をゆるく巻いていて、レースがあしらわれたノースリーブのトップスに、淡いピンク色のタイトスカートをはいていた。

　ザ・大人のお姉さんという感じ。

　色気では100％負ける自信しかない。

「おう、久しぶりだな」

　どうやら知り合いらしく、先生も笑顔で答える。

「今、学校の先生やってるんでしょー？　どう？　女子高生はピチピチでかわいい？　毎日楽しんでるの？」

「まぁな」

「いいなぁー。相変わらずモテてるんだ？」

「キャーキャー言われてますよ」

「うざーい！」

　そう言って、先生の腕に触れる美人なお姉さん。

　話している途中も、ボディタッチが多い。

　というか、私の存在を無視してる？

　それとも気づいていないだけ……？

「あ、もしかして彼女さん……？」

　美人なお姉さんは、やっと私の存在に気づいてくれた。

「そう、彼女」

「そうなんだね！　デート中に邪魔しちゃってごめんね！」

「彼女のつむぎ。こっちは中学の同級生の海野麗華」

　海野麗華さん……。

　名前まで美しい。

　どういう関係なんだろうと思っていたけど、麗華さんとは中学の同級生なんだ……。

　それにしても、やけに先生と麗華さんの距離が近い気がするのは私だけ……？

　そこに、麗華さんと一緒に来ていた他の同級生たちも合流した。

　麗華さん以外に、男3人、女2人。

　みんな先生と同じ中学出身の同級生で、よく一緒にいたらしい。

「瀬那、久しぶりだなぁー！　なんでこんなとこにいんの？」

　短髪の男の人が先生に話しかける。
「デート中」
「うっっわ、マジかよ。リア充かよー」
「おまえらは相変わらず仲いいな」
　心なしか、久しぶりに友達に会えてうれしそうな先生。


　それから、先生たちは地元トークに花が咲き、私はまったく話に入れなかった。
　久しぶりの友達に会えたらテンションが上がるのはわかる。
　だから、盛り上がることは別にいいんだけど……。
　途中、やたらと先生を触りながら話す麗華さんが気になって仕方ない。
　……いや、麗華さんが、ただ人との距離が近い人なのかもしれない。
　そう思ったけど、よーく見てみると、先生以外の人には一切ボディタッチをしないことがわかった。
　きっとたまたまだよ。
　私はそう……必死に言い聞かせた。
　早く２人きりになりたいなぁ。
　せっかくのデートなのに。
「いい場所とったから、一緒に見ない？」
　２人になりたい私をよそに、麗華さんから誘いを受けた。
「俺の友達がつむぎと仲良くなりたいって言ってるんだけど……どうする？」

先生は、そう尋ねてきたけど……。

そう言われてしまったら、断れるわけない。

麗華さんもよかれと思って私たちを誘ってくれたんだろうし、先生ももう少し友達と話したいんだろう。

私だって、先生の友達とは仲良くなりたい。

すると、すぐに麗華さんが先生の隣に来て、それから花火大会が始まるまで、ずーっと2人は話していた。

先生は私に気をつかって、私が話に入れるようにしてくれたけど、麗華さんはそれを遮るように先生に話しかけた。

さすがの私でも……イラッとしてきたぞ。


そんなこんなで、花火大会が始まる。

麗華さんの目線が花火に向いたおかげで、先生をやっとひとり占めできそうだ。

そう思いながらも、私も花火を堪能していると……先生が腰に手を回してきた。

ドキッとする。

「せんせ……」

驚いたせいで、先生の友達がいるのに『先生』と言ってしまいそうになった。

だけど、言いかけたところで先生に口を指で押さえられた。

「今は、瀬那って呼んで」

先生に耳元で甘く小さくささやかれ……花火に集中しなきゃいけないのに、ちっとも集中できない。

　気がつけば、花火大会も、ついにクライマックス。

　連続で花火がどんどん打ち上がる。

「きれいだね……」

　あまりの迫力に、私は自然と言っていた。

　先生も同じ気持ちかな……？

　私は、先生のほうへ顔を向けた。

　ところが、先生は花火を見ていると思いきや……私のことを見ていた。

　先生は自分の口に人差し指を当て、シーッとポーズをしたあと、私にキスをしてきた。

　触れるだけのキスだった。

　先生の友達が目の前にいるのに……先生の隣には麗華さんがいるのに……。

　見られていたらどうするの……!?

「なんで今……っ」

　私は唇が離れた瞬間、先生を思いっきり睨んだ。

　なのに、先生は妖しくニヤッと笑って私に再びキスをしてくる。

「誰も見てないよ」

　しまいには、100％ウソだとわかることを言ってきた。

## このまま連れて帰るよ？＊瀬那先生side

約１年ぶりに中学の同級生に会ったため、つい話が盛り上がってしまった。

俺としたことが……つむぎを放っておいてしまったのだ。

中学のころからやたらと距離が近い麗華も、相変わらずベタベタ触ってくる。

俺のことが好きなのか、ただ自分の近くにいてほしいからなのか……。

もう23歳になるんだし、そろそろ俺に執着（しゅうちゃく）するのもやめてほしい。

天然なつむぎも、さすがに麗華が気になるらしく……めずらしく拗（す）ねている。

花火大会のクライマックス。

つむぎの機嫌がよくなってほしい思いと、ただ触れたかったという理由で……つむぎにキスをした。

キスをしたあとに赤らめる顔が、本当にかわいい。

こういう反応をされたことがないから、新鮮だ。

花火大会が終わり、つむぎは海の近くにあるトイレへと行った。

みんな考えることは同じらしく、トイレには行列ができている。

　同級生たちが一緒に待ってくれるというので、俺たちは砂浜の上にある階段で待つことにした。

「守谷さぁ、さっきキスしてただろー？」

「あー……何、バレてた？」

「バレバレだわ」

　男友達は笑いながら、俺の肩をなかなかの強さで叩いた。

「言ってやってよー。私なんて隣にいるんだから、嫌でも視界に入るんだもん」

　麗華も気づいていたらしい。

　まぁ、麗華には見せつけるようにキスしたんだけど。

「まだ付き合ったばっかり？」

「まぁな」

「思ったんだけど、かなり年下だよな？　まさか生徒とか!?」

「んなわけねぇだろ。大学生だよ」

　こいつは昔から勘が鋭い。

　俺は、必死にごまかした。

「守谷って人前でイチャイチャするタイプだったっけ？」

「私の友達と付き合っていたときも、結構イチャイチャしてみたいだよー？」

　男友達の質問に、なぜか麗華が答える。

　それ、いつの情報だよ。

「そういうこと言うな」

「なんでー？　そういえば、ふざけてだけど、私とも手つないだことあるもんねー？」

　さすがにイライラしてきた俺は、表情さえ変えないけど声を低くした。
　それでも空気が読めない麗華は、さらに余計なことを言う。
　あれは帰り道に麗華が一方的につないできただけだろ。
「あのなぁ……」
　怒り気味で俺がそう口にしたとき……。
「……あの、お待たせ」
　声が聞こえたので振り向くと、後ろにはつむぎがいた。
　……マジかよ。
　今の聞いてた？　どこから聞いてた？
　高校のときに２人の女の子と遊ぶ日が被ってしまって焦ったあの日をふと思い出した……。
「あ、彼女さんごめんねぇ？　今の聞こえちゃってたぁ？」
　わざとあおるように言う麗華。
「大丈夫、です……」
　あからさまにテンションが低いつむぎ。
　１分１秒でも早く、つむぎと２人きりになりたい。
　誤解を解きたい。
　電車で来たという同級生たちとは駅でわかれることになった。
　これから居酒屋で飲むらしい。
　駅までの道では……麗華に無理やり、俺の隣を陣取られた。
　俺の半歩後ろを歩くつむぎに手を差し出して手を握る

も、会話の主導権は麗華に握られた。

「じゃあ、またな」

「おう。また飲もうぜ」

　駅につき、ここで麗華とも離れられると思いきや……麗華は「私、疲れたから帰る」と言う。

「瀬那、一緒に帰ろうよ」

「俺ら、車で来たから」

「あ、そうなんだ。じゃあ、私は１人寂しく電車で帰るね」

「あぁ。気をつけて帰れよ」

　とにかく俺は、つむぎと２人きりになりたい。

　早く安心させたいんだよ……。

「麗華さんも一緒に乗っけてあげれば……？」

　……そう思っていたのに、お人好しな俺の彼女はそんなことを言う。

　つむぎは７歳も下の女子高生。

　だけど、なんだかんだ俺は……つむぎに弱い。

　かわいいつむぎにそう言われたら、そうしないわけにはいかない。

　かなり嫌々、麗華も後ろの席に乗せて一緒に帰ることになった。

　案の定、さっきの疲れた発言はウソのように、昔の俺についてベラベラとしゃべる麗華。

　本心はどうなのかわからないが……つむぎは、麗華の話に耳を傾けているようだった。

　麗華の家に到着すると、麗華は「瀬那、ありがとう〜！

また近いうち飲みにでも行こ！　また連絡してね〜！」と
手を振って、家の中に入っていった。

　ここ最近は一緒に飲みに行ったことなんかないのに、最
後まで荒らしていくな……。


　そして……やっとつむぎと２人きりに。

　しかし、車内には気まずい空気が流れていた。

「つむぎ、あのさ……」

　車を走らせながら、俺は重い口を開いた。

「大丈夫です！　私、何も聞いてませんから！」

　俺がまだ何も言っていないのに、つむぎは俺の言葉を遮
ぎるように大きめの声を出した。

　そういう時点で、絶対聞いてたよな……？

「どこから聞いてた？」

「……」

　何がなんでも無言を貫こうとするつむぎ。

「つむぎ？　このままじゃ、帰せないよ」

　俺はいったん、つむぎを乗せたコンビニに車を止めた。

　つむぎの近所の人に見られないように、奥のほうへ止め
た。

　さすがに、つむぎも観念したのか……シートベルトを
ギュッと握りしめた。

「……元カノさんとイチャイチャしてたらしい……ってと
ころから、聞こえました」

　そこからかー……。

　一番聞いてほしくなかった部分であり、最初のほうだったため、俺はかなりげんなりした。

「中学のときの話で、俺もよく覚えてないんだ」

「……わかってます。その当時の話ですもんね」

「麗華と手つないだって話も、麗華が勝手につないできただけのことで……」

「わかってます。別にヤキモチ焼いてないですから」

　そう言いながら、思いっきり口をとがらせるつむぎ。

　……なんだこのかわいい生き物は。

　わかりやすすぎる。

　今すぐ抱きしめて、めちゃくちゃキスしたいんだけど。

「……つむぎ」

「……なんですか」

　100%怒っているつむぎ。

「つむぎの今の気持ち言ってくれないなら、このまま無理やり俺の家まで連れて帰るよ」

　俺にそう言われて、少しうれしそうなつむぎ。

　いやいや、連れて帰られることを喜ぶな……。

　くそ、素直でかわいいな……。

　この短時間で、すっかりつむぎの天然加減のドツボにハマっている俺。

「喜んでる？」

「……はい。私のこと連れて帰ってほしいです」

　このときの俺の胸は……確実にキュンと鳴ったと思う。

　今日は、なんでこんなにかわいいんだ。

　この場でキスしたい気持ちを抑え……俺は必死に理性を保つ。

「……とりあえず、連れて帰るのはまた今度。つむぎ、話して？」

　つむぎの今の不安は、今解決してあげたい。

「麗華さんは、瀬那先生のことが好きなんですか？」

「……」

「すごく距離が近い気がして……」

　やっぱり、つむぎにはバレてたんだな。

「麗華さん、すごくきれいだから、もしそうならどうしようって……」

「どうしよう？」

「……だって、こんなちんちくりんな私よりも何倍も色気のある麗華さんのほうが魅力的だし、瀬那先生に似合ってますもん」

　ネガティブなつむぎ。

「瀬那先生、前に言ってたでしょ？　年上のお姉さんがタイプだって……」

　つむぎに諦めてもらいたかった時期に、そんなことを言ったような気もする。

　そんな一言を、つむぎが覚えていることに驚いた。

「もし、仮に麗華が俺のことを好きだとして。そしたら、つむぎは俺のこと手放すの？」

「……そ、れは……」

「俺が反対の立場だったら、つむぎのこと絶対に手放さな

いよ」

「私だって、瀬那先生と別れたくない……！」

　つむぎは、やっと本音を話し出した。

「私ね、今日のデート楽しみにしてたんです。こうして瀬那先生と２人きりになれるから……」

「……」

「本当はもっと話したかったし、イチャイチャしたかったし……もっと、キスだって……」

「……」

「さっきまでは理解のある彼女を演じようと思って強がってたけど、本当は……麗華さんとあんまり話してほしくなかった」

「……」

「私以外の女の子が瀬那先生に触ってると、嫌な気持ちになります」

　つむぎの表情は、怒っているというよりかは……どちらかというと悲しそう。

「まだまだ私、子どもなんです。わがままなんです」

「俺も一緒だよ」

「え？」

「今日のデート、すごく楽しみにしてた。つむぎの浴衣姿とか、手つないで歩けることとか。つむぎと同じようにドキドキしてたよ」

「……っ」

「ごめんな。俺が同級生たちと盛り上がっちゃったのがきっ

かけだよな」

　つむぎの頭を撫でたい衝動に駆られ、優しく触れる。

　つむぎは「……いえ」と、少し泣きそうになっていた。

「麗華とは同級生何人かでの飲み会で会うくらいだよ。あいつがいるとめんどくさいし、もう2年くらい会ってなかった」

「……」

「麗華に告白されたことはないけど、中学のときからあぁやって俺にまとわりついて彼女づらしてた」

「……そうなんですね」

「連絡ももちろん一切取らないし、異性がいる飲み会にはもう参加しないよ」

「いや、あの、そこまでしなくても……っ」

「俺がしたいんだよ。つむぎを不安にさせたくない」

　つむぎの柔らかい頬に触れる。

　そこへちょうど、1粒の涙が落ちてきた。

「俺は、つむぎがそばにいてくれたらそれでいいんだよ」

　ありがたいことに、これまでそれなりにモテてきたほうだと思う。

　ただ、好きになった子としか付き合わなかったし、浮気をしたこともない。

　年相応に、女の子の涙も見てきたと思う。

　それでも……こうして泣かれて、自分まで胸の奥が苦しくなることなんて今まではなかった。

　つむぎが悲しんでいることが悲しい。

　泣いている姿を、これ以上見たくないと思った。

「私、瀬那先生の一番そばにいたいです。離したくないです」

「俺もそう思ってるよ」

「……瀬那先生、大好き……っ」

　つむぎはそう言って……俺のほうに身を乗り出してきた。

　そして、俺の唇につむぎの唇が触れる。

「ねぇ、瀬那先生」

「ん？」

「私が今思ってることを言ってって言ったよね。だから、最後に言うね」

　突然のキスに驚きが隠せない中、つむぎが今思っていることってなんだ？と、俺は考えていた。

「さっき、瀬那先生の家に連れて帰ってほしいって言ったけど……今だって、本当は帰りたくないよ」

　……つむぎのその言葉で、俺の理性が切れた音がした。

　俺は、つむぎの腕を思いきり引き寄せる。

　つむぎに覆い被さるように……キスをした。

「せんせ……っ」

　唇を自分の唇で挟む……噛みつくようにキスをする。

　すると、つむぎの息がだんだんと乱れていく。

　その吐息が……俺の脳を麻痺させていくのも知らずに。

　つむぎの小さな口に、ゆっくりと舌を入れていく。

　ぎこちない動きから……俺についていこうとするつむぎが、さらに愛おしく思える。

　つむぎから漏れる、甘い声。

　自分が、どんどんつむぎに依存していくのがわかる。

　やっと唇が解放されたつむぎは……とろんとした目で俺を見上げた。

「そんな目で見てくるのは反則」

「へ……？」

　さすがに激しくしすぎたな。

　……この前も反省したばかりなのに、つむぎを目の前にすると止められなくなってしまう。

「そんなかわいいことばっかり言ってると、マジで食べちゃうぞ」

「……へ？　食べる？」

　つむぎは、言葉の意味もよく理解していないだろう。

　こんなときこそ、天然を発揮する。

　説明するのも恥ずかしすぎるので、俺は車の窓を開け、いったん冷静になることにした。

　落ちつけ、落ちつけ、落ちつけ。

　俺は教師で、つむぎは生徒。

　清いお付き合いをするんだって心に決めただろうが！

　揺らぐな！

　そう自分を鼓舞し……なんとかつむぎを家の前まで送り届けることに成功した。

## 先生、末永くよろしくね

　瀬那先生は、私を扱うのが本当に上手だと思う。

　麗華さんに嫉妬して、かまってもらえないからと拗ねた私。

　なかなか素直になれず、かわいくない返事をしたのにも関わらず……先生は優しく接してくれた。

　先生が……私が溜め込んでいることを、思っていることを吐き出せるような空気を作ってくれたおかげで、私は素直になれた。

　そのうえ、先生が麗華さんのことをなんとも思っていないことや、私のことを誰よりも大切に想ってくれていることを知ることができた。

　……思い出すだけでもニヤニヤが止まらない。

　口角が上がりっぱなしだ。

　その場の不安をすぐに取り除こうとしてくれるので、私はまたすぐに先生への愛を再確認することができる。

　そして……今日よりも明日、明日よりも明後日のほうが瀬那先生のことを好きになっている。

　顔もかっこよくてスタイルもよくて、中身も気づかいができる優しい人。

　キスが多くて変態だということもわかった。

　だけど、それも含めて……こんなに完璧な人がこの世の中にいてもいいんだろうか。

　そんな人が私の彼氏でいいんだろうか。

　夏休み中、私はそんなことを真剣に考えていたのであった。


　――約1ヶ月の夏休みが終わり、新学期へと突入した。

　先生とは授業中か廊下でしか会うことがないのだが、今までのように自分から近づいていくことができなくなってしまった。

　……だって、彼氏なんだよ!?

　他の生徒たちの目の前で彼氏に飛びかかれないでしょう!?

　それに、休みの日は2人きりで会えるし、もう今は不安だってない。

　そう……これが、彼女としての余裕なのだ。

　そんなこんなで暑苦しい季節もだんだんと終わりが見えてきたころ……瀬那先生から、ある提案をされた。

　先生が、私の両親に挨拶をしたいと言うのだ。

　理由は……これからも、私と真剣に付き合いたいからだそうで。

　私とのこれからを考えてくれているんだと思うと……私は、すごくうれしかった。

　私は、平日の仕事終わりのお母さんに思いきって話を切り出した。

　お父さんがいると話しづらかったため、お父さんが仕事で帰りが遅い日を狙う。

「お母さん、じつはね……彼氏が両親に挨拶したいって言ってて……今度、家に連れてきてもいいかな？」

「もちろん。お父さんには私から言っておくね」

　後日、お母さんがお父さんに話をしてくれたようで、みんなの予定が合って、保希がいない次の週の日曜日に先生を紹介することになった。

　相手が先生だとわかったら、2人はどういう反応するんだろう……。

　心配なのは、お父さんだ。

　厳しくて頑固（がんこ）だから……不安要素はたっぷり。

　お父さんとは普段話をするけど、彼氏がどうとかそういう話はしない。

　基本的に寡黙（かもく）なので……お父さんが考えていることはあまりわからない。

　それに比べて……お母さんは我が道を行くという感じだから、彼氏が先生だとしても受け入れてくれそう。

　お父さんは、すぐには受け入れてくれないだろうな。


　そして迎えた当日。

　……挨拶するわけでもない私が、当日になって緊張し始めた。

　私の両親に初めて会う先生のほうが、圧倒的（あっとうてき）に緊張しているはずだよね。

　私は堂々としていなきゃ……。

　当日、先生は、お昼前にコンビニまで車で来てくれた。

　30分ほど車に乗ったところにある、オシャレなイタリアンレストランでお昼ご飯を食べた。

　高校生は来なさそうな……ワンランク上の雰囲気が漂うお店。

　席に案内され、私と先生は本日おすすめのパスタセットを頼んだ。

　料理が来るまでの間に、私はずっと聞きたかったことを聞くことにした。

「先生は、私の両親に会うの嫌じゃないんですか……？」

「なんで？」

「……だって、私たちは先生と生徒という関係なわけで、もし反対されたらどうしようって……不安になりませんか？」

　私の考えが子どもなんだろうか。

　不安になるくらいなら、もう少し内緒にしたまま付き合っていてもいいんじゃないかとすら思ってしまう……。

「そんなの、認めてもらうしかないだろ」

　そんな私に、先生はまっすぐな目で言ってきた。

「正直、俺だって生徒を好きになるなんて思ってなかったし、好きになっちゃいけないって思ってた。それでも……気持ちが抑えられないくらい、つむぎのことが好きになっちゃったんだからしょうがないだろ？」

「……っ」

「すぐには難しいかもしれない。それでも……つむぎの両親には納得してもらいたいと思うよ。説得し続ける覚悟が

あるから、つむぎと付き合おうと思ったんだ」

「……うん」

「そうじゃなきゃ、これから末永く付き合えないだろ？」

　『末永く』という言葉が……いったいどのくらいの時間を表しているのかなんてわからない。

　それでも……私も先生と長く付き合っていきたいから。

　そう思うからこそ、先生の言葉は私の心の奥底に優しく染みた。


　あっという間に、私の家に行く時間になった。

　家の駐車場には車が２台停められるのだが……行ってみると、お父さんの車がなかった。

　嫌な予感がする……。

　家の中に入ると……その予感は見事的中した。

　玄関にはお母さんが来てくれて、先生の顔を見た一瞬だけ、目を見開いていたような気がした。

「はじめまして。守谷瀬那と申します。つむぎさんとは２ヶ月前からお付き合いをさせてもらっています。よろしくお願いします」

「つむぎの母です。じつは、主人もさっきまでいたんですけど……」

　お母さんが言うには……お父さんは、直前になって、私の彼氏にやっぱり会いたくないと言い出したらしく、どこかへ出かけてしまったらしい。

　そんなことってある……？

　私も先生もドキドキしながらこの日を迎えたのに……。
「まぁ、お父さんのことは置いておいて！　立ち話じゃなんだから、中へ入ってゆっくり話しましょ」
　お母さんの言葉に従い、とりあえず、私と先生はリビングへと向かった。
「瀬那くん、お仕事は何をしてるの？　見た目の感じからして、つむぎより結構年上かなぁって思ったんだけど」
　勘が鋭いお母さんが、私たちがソファに座るや否や爆弾を投げてくる。
　お母さんは、テーブルを挟んだ反対側に座った。
「じつは……高校の数学教師をしています」
「あら、そうなの？　……ん？　ていうことは……」
　さっきまで柔らかかったお母さんの表情が……一気に硬くなる。
「つむぎさんの通う高校で働いています。今年の３月に大学を卒業して、４月から高校教師になりました」
「……そう、なのね」
「どんなことも全力で頑張るつむぎさんの姿を見ていて、次第につむぎさんに惹かれている自分に気づきました。生徒と教師という関係で、あってはならない感情だとわかっていたので、何度も諦めようとしました」
「……」
「それでも……つむぎさんのことを忘れることができませんでした」
「……」

216

「僕とつむぎさんのお付き合いを許していただけたら、う
れしいです」

　先生は深く頭を下げた。

　……まるで、結婚の許しをもらいに来たみたい。

　先生と生徒の恋愛は、私が思うよりももっと問題がたく
さんあることなんだと、このとき改めて感じた。

「……もし、私が付き合うことに反対だと言ったらどうす
るの？」

　お母さんの問いに対して、先生は「認めてもらえるまで、
何度でも説得しに来ます」と力強く答えた。

「じゃあ、遠慮なくいかせてもらうわね」

　お母さんはそう言って、前のめりで話し出した。

「……大学を卒業したばかりっていうことは、23歳になる
のかしら。7歳も下の、ましてや働く学校の生徒と付き合
うなんてあまりにもリスクが高いんじゃない？」

「それは十分承知しています。それでも、つむぎさんとお
付き合いしたいと思ったんです」

「もしバレたらどうするの？　2人の未来どころか、つむ
ぎの未来だって危うくなるかもしれないわよね」

「学校ではもちろん、外で会うときも細心の注意を払うこ
とを心がけています。その分、つむぎさんには寂しい思い
をさせてしまっているかもしれませんが……」

　先生がそんなふうに私のことを気づかってくれていたん
だと、初めて知った。

「いずれ結婚を考える年になるわけだし、それなら同世代

の女性のほうがいいんじゃない？」

　お母さんは、まだまだ先生に意地悪な質問を続ける。

　彼氏が先生だということを隠していた罪悪感からか、お母さんの質問を邪魔することもできない……。

「つむぎさんとは、結婚も見据えています」

　先生の口から出てきた『結婚』という単語に、驚きを隠せない。

　瀬那先生が私との結婚を考えているってこと……？

　お母さんの顔をチラッと見ると、私と同じように口を開けていた。

「……つむぎのこと、本気で考えてくれているのね」

「もちろんです」

「……そう。それなら安心してもよさそうね」

　お母さんはホッとしたように笑った。

「つむぎのことを、よろしくお願いします」

　そう言って頭を下げるお母さん。

　このときのお母さんを……私は一生忘れないと思った。

「こちらこそ、よろしくお願いします」

　先生も頭を下げたので、私も同じようにお母さんに向かって頭を下げた。

「意地悪な質問ばっかりしちゃってごめんなさいね。あなたが先生だと知って、つむぎにどれくらい本気なのかを知りたかったの……」

　お母さんの不安な気持ちはよくわかる。

　そりゃあ、突然彼氏だって連れてきた人が学校の先生

だったら驚くし不安にもなるよね。

「私も、まさか先生を好きになるなんて思ってなかったよ。でも、いつの間にか瀬那先生のことばかり目で追いかけてて……」

「……まぁ、好きになるのに年齢が関係ないように、職業だって関係ないもんね。とにかく、私はあなたたちを応援するわ」

　私と保希を産んでからも、仕事を第一線で頑張っているお母さん。

　小さいころは保育園に預けられ、他の子よりも迎えの時間が遅くて泣いてしまったり、お母さんともっと一緒にいたくて寂しくなったことがたまにあった。

　それでも、休みの日は私と保希を喜ばせるために、動物園や公園と……いろいろなところへ連れていってくれた。

　習い事で、私がピアノがやりたいと言えば、すぐにピアノを習わせてくれた。

　保希がサッカーがやりたいと言えば、すぐにサッカーを習わせてくれた。

　お母さんたちが帰ってくるのが遅い分、私は他の子よりは自由に過ごしてきただろう。

　……そのおかげで、自分で考えて行動する力が身についたように思う。

　お母さんは、子どもの意見を尊重し、とりあえずしたいようにさせてくれる人。

　それは、放っておいているというわけではなく……そば

で見守ってくれているのだ。

　私たちのことをちゃんと考えてくれていることを知っているからこそ、お母さんがこうして私と先生のことを認めてくれたのは……心の底からうれしい。

　そのあと、お母さんと先生はすっかり意気投合し、先生のよさがお母さんに伝わったみたいで安心した。

「お父さんはね、つむぎに彼氏ができて少し寂しくなっちゃっただけだと思うの」

　お母さんは、直前にどこかへ出かけてしまったお父さんをフォローした。

「初めての子どもで、しかも女の子。普段は強面なお父さんが、つむぎにだけは、ずっと笑って別人になってたんだから。それくらい、お父さんにとってつむぎは大きな存在なの」

「……それなら、なおさらちゃんと瀬那先生と会ってほしかった」

「怖くなっちゃったのよ。お父さんの気持ちも少しはわかってあげて？」

　「コーヒーでも淹れるわね」とお母さんが言って、その場で立ち上がろうとしたそのとき……。

　突然、スマホから地震速報が鳴った。

　音の大きさとそのメロディーに、思わず体がビクッとする。

　私はパニックになり、頭をとりあえず守るけど……体がその場から動かない。

「つむぎとお母さん、テーブルの下に入ってください」

　先生が声をかけてくれたおかげで、慌てていた私とお母さんはダイニングテーブルの下になんとか避難することができた。

　先生も、すぐにテーブルの下に潜り込む。

　そのあと、すぐに大きな地震が来た。

　短い時間だったけど……かなり大きく揺れた。

　何分間か様子を見てその場から動かなかったけど、しばらくしても揺れないことがわかり、とりあえずテレビをつけることにした。

　このあたりは震度４の地震だったらしい。

　地震や嵐が苦手な私は……安心したと同時に、足が震えてしまい、その場でしゃがみ込んでしまった。

　そんな私の手を、先生が優しく握ってくれたことでとても安心できた。

　30分ほどしても、次の地震はなかった。

　家具や家の中のものは何も落ちていない。

　とりあえず、大ごとにならずに済んでよかった……。


「つむぎ……っ！　大丈夫か……っ!?」

　……安心していたところに、お父さんが帰ってきた。

　お父さんは、ドアを勢いよく開けてリビングへと入ってきた。

　焦っている様子を見ると……恐らく、急いで帰ってきたのだろう。

　ところが、お父さんは、私の隣に座る先生を見るなり、再び家から出ていこうとする。

「お父さん、待ってよ……っ！」

　私は玄関直前のところでお父さんの腕を掴み、なんとか引き止めようとした。

「つむぎたちの安否を確認しに来ただけだ」

「なら、私の話だけでも聞いて！」

「聞きたくない」

　……私と目すら合わせようとしない。

　どうして向き合ってくれないの……？

「聞いてくれないなら、もう一生お父さんとは話さないから！」

　しかし、私のその言葉で明らかに、お父さんの様子がおかしくなった。

「……話だけだぞ」

　お父さんが私に弱いことはわかっている。

　娘の特権だ。

　仕方なくだとしても……お父さんが、私の話を聞くことにしてくれたのならそれでいい。

　私は、お父さんが逃げないように、お父さんの腕を掴んだままその場で話を始めた。

「私がお付き合いしてる人はね、私の通う高校の先生なの」

「……は？　先生だと？」

「いいから、最後まで聞いて！」

「……わかった」

「瀬那先生は……先生だけど、私が初めて好きになった人なの。初めて、そばにいたいと思った人なの」

「……」

「見た目はチャラいかもしれないけど、生徒1人1人のことを考えてくれる誠実な人で。私のことを大事にしてくれて、私の気持ちを尊重してくれる」

「……」

「……私に、大好きって気持ちを教えてくれたんだよ」

　お父さんは……無言のまま。

　とにかく、私の先生への気持ちを伝えられればそれでいい。

「先生だから……叶わない恋だってわかってた。好きになっちゃいけない人だってわかってたの。それでも、先生じゃなきゃだめだったの……っ」

　片想いをしていたあのころの気持ちが、鮮明によみがえってくる。

　切なくて……苦しくて、胸がいつも締めつけられていた。

「たまたま、好きになった人が先生だった。ただそれだけなの……っ。私の……好きな人なんです。だから、お父さんには会ってほしかったの……っ」

　泣き出す私に、お父さんは驚く。

　昔から変わらない……お父さんは、困った様子で「つむぎ、泣くな……」と、肩をさすってくれる。

　背後に気配を感じた。

　……先生が来てくれたんだ。

「はじめまして、守谷瀬那と申します。つむぎさんの通う
高校で数学の教師をしています」

「……」

「つむぎさんとは、2ヶ月ほど前からお付き合いをさせて
もらっています」

　先生の話を聞かずにどこかへ行ってしまったらどうしよ
うかと思っていたけど、お父さんは先生の言葉に耳を傾け
てくれていた。

　……そして、やっと口を開いてくれたのだ。

「つむぎは……俺に似て、何かを頑張るとき、必ず100%
の力で取り組むんだ。全力になってしまって、まわりが見
えなくなってしまう」

　お父さんは……私について語り始めた。

「正義感が強くて、人のために一生懸命になる子なんだ。
その分、自分の許容範囲を超えて疲れてしまうことも多々
ある……」

「……」

「娘だからか……いつまでも心配なんだよ。過保護になっ
てしまう。そうならないように気にしてないふりをするが、
やっぱり子離れはなかなか難しくてね」

「……」

「情けないが、できることなら……私がつむぎのことを守っ
ていたいと思ってしまう。こんなこと、つむぎに言ったら
嫌われるとわかっていたから言わなかったけどな」

　お父さんは、そこまで私のことを大切に思ってくれてい

たなんて……。

「お父さん、私、うれしいよ。嫌いになるはずないじゃない」

　お父さんは「……そうか」と、恥ずかしそうに小さく笑った。

「守谷くんは、つむぎのことをどう思っているんだ？」

　お父さんの目線が高くなる。

　先生を見ているに違いない。

「男としても教師としても、つむぎさんが頑張り屋なのは知っています。つむぎさんのまわりには笑顔が溢れていて、僕も、そんなつむぎさんにいつも元気をもらっています」

「……」

「だから、そんなつむぎさんが疲れてしまったときは、僕が男として支えてあげたいなと思いました」

　先生が私のことをそんなにしっかりと見てくれていたことを知り……うれしいような恥ずかしいような、いろいろな感情が混ざった不思議な気持ち。

　しばらく沈黙が続き……その沈黙を破ったのは、お父さんだった。

「……さっきの地震、平気だったのか」

「先生が、私とお母さんを急いでテーブルの下に誘導してくれたの。だから、大丈夫だったよ」

「泣かなかったのか」

「……うん」

「小さいころは、お父さーんって泣いてしがみついてきていた。そんなつむぎも、もう16になったんだもんな……」

　お父さんの目が、優しくなったことに私は気づいていた。

　怖いことがあったり、嫌なことがあったりすると、泣いてはお父さんにしがみついていた覚えがある。

　そのたび、お父さんは『よしよし』と頭を優しく撫でてくれたっけ。

　……そういえば、先生もよく頭を撫でてくれる。

　気づかない間に、私はお父さんに似た人を見つけていたのかもしれない。

「……守谷瀬那くん、これからもつむぎのこと、よろしく頼むな」

　お父さんはそう言って、先生に手を差し出した。

　先生は……その手を力強く握りしめ、「こちらこそ、よろしくお願いします」と、いつもより声を張っていた。

　なんとか……お父さんに認めてもらえた。

　最難関を突破したことで、安堵感に包まれる私。

　……すると、突然お父さんが先生に近づいたと思ったら、お父さんは先生に何かを耳打ちした。

　え!?

　なになに!?

　なんの話をしているの!?

　気になる私をよそに、耳打ちされた先生は、一瞬苦笑いをしたように見えた。

　しかし、またすぐに、いつもの先生モードの得意のイケメンスマイルで……。

「もちろんです。健全なお付き合いをしていきます」

と言った。

いったい、なんの話……？

気になって仕方ないけど、お父さんを前に堂々と先生に聞けるわけがない。

お父さんが帰ってきたということで、私と先生、お母さんとお父さんの4人でリビングで少し話をしていた。

つくづく……先生のコミュニケーション能力の高さには感心した。

そのおかげで、楽しい時間を過ごすことができた。

そして、先生は帰ることに。


私は、先生を玄関まで見送りに行く。

「先生さぁ、さっきお父さんになんて言われたの？」

今なら聞ける……！

そう思った私は、座って靴を履く先生に思いきって問いただした。

「あぁー……」と、はぐらかそうとする先生。

「気になるから教えて！」

「つむぎには関係のないことだよ」

「そんなことあるはずない！　教えてくれるまで、ずっと聞き続けるから！」

しつこい女だなぁと思われたかも。

私のしつこさに負けた先生は、「わかったよ」と言って、そのあとに深いため息をついた。

「……卒業するまでは、その……そういうことはするなよっ

て話」

「え？　そういうこと？」

「……わかるだろ」

「わからない」

　先生は、またため息をつく。

「キスより、先のことだよ……」

「キスより先のこと……？　って何？」

　信じられない、という顔をする先生。

　本当にわからないんだもん。

　卒業するまでしちゃいけない、キスより先のことって

いったい何？

　もしかして、なぞなぞ？

　ここまでくるともう笑うしかないみたいで、先生はおも

しろがって……私の耳元で、色っぽくささやいた。

「……エッチのことだよ」

　強力接着剤のごとく、固まる私。

　そして、耳元にささやかれたことにより耳がぞわぞわす

る……。

「心配しなくても、しないから安心しろ」

「……」

「つむぎー、おーい」

「……」

「俺、もう行くぞ？」

「……」

　頭の中で『エッチ』という言葉が何回もこだまする。

　私の人生で初めて直接耳にする言葉。

　一切動かない私を動かすため、最後に私にキスをする先生。

　私は、それでハッと意識を取り戻した。

「あ……先生、じゃあ、学校でね……」

「おう。また明日な」

　先生は、そう言って去っていった。


　次の日……さすがに気になって、私は蛍に聞いてみることにした。

　蛍は、私の家に来てくれた。

　昨日、瀬那先生が両親にあいさつしに来てくれたことを話し……最後に言われたことについて聞いてみた。

「あのさ、エッチって……あれだよね？　あれのことだよね？」

「そうだろうねぇ。なっち、我慢しなくちゃいけないんだね……」

「え？　なっちって、瀬那先生のこと？」

「うん。だって、これから学校で瀬那先生のことを話すときに、本名で言ったらまずいでしょ？　だから、つむぎと話すとき専用であだ名つけたの」

「ありがとう……」

　『なっち』というあだ名は、蛍なりの気づかいだった。

　……そして、本題へ。

「先生は、その……我慢してるの？」

「そりゃ、本当はしたいでしょ」

「えっ……でも、健全なお付き合いをするってお父さんに言ってたよ？」

「そりゃ、お父さんにそう言われたらそう言うしかないよ」

「……へ？」

「先生も、健全な"お・と・こ"なんだからね？　つむぎとしたいことは、たくさんあると思うよー？」

　そういうものなの……？

　先生は我慢してまで、私のお父さんとの約束を守ろうとしてくれている……？

　蛍の言葉が……しばらく頭から離れなかった。

## 先生と、あんなことやこんなこと

　10月に突入し、季節もだんだん秋らしくなってきた。

　ワイシャツの上にカーディガンを着るのが私的に一番好きな制服の着こなし方。

　このごろ、日中と朝晩では気温差が激しい。

　そんな中で……瀬那先生が熱を出してしまった。

　メッセージアプリでそのことを知り、私は先生のことが心配でいてもたってもいられず……先生の家へ行くことにした。

　【今から行きます】とメッセージを送った。

　学校帰りにお母さんに電話でアドバイスをもらい、スーパーで食材を買って、たまごがゆを作ってあげることに。

　さすがに、制服で先生の家へ行くのは近所の人に会ったときに大変なことになると思い、いったん家に帰り私服に着替えた。


　先生から住所を送ってもらい、地図アプリを使ってなんとかたどりついた。

　高校の最寄り駅から10分くらい歩いたところ。

　２階建ての新築のアパートで、先生の部屋は２階の左側の角部屋。

　チャイムを押すのにもドキドキする。

　先生の１人暮らしの部屋、どんな感じなんだろう。

　私は、意を決してチャイムを押した。

　《今行く》と、インターホン越しに先生の声が聞こえた。

　そして、玄関から出てきたのは……顔を真っ赤にしてだるそうな先生だった。

「大丈夫ですか……!?」

「まあまあかな……」

　今にも倒れてしまいそうなほど、ふらふらな先生。

　そんな先生を支えながら、とりあえずベッドへと寝かせる。

　……すると、玄関のチャイムが鳴った。

「つむぎ、悪い。代わりに出てくれるか……？」

「わかりました」

　インターホンの画面を覗くと……そこには、花火大会ぶりの麗華さんがいた。

　なんで……麗華さんがここにいるの？

　不安で気持ち悪くなる。

「麗華さんが来たみたいです……」

「……麗華が？　なんでだ？　つーか、なんで家を知ってんだよ……」

　先生はダルそうに起き上がり、インターホンの通話ボタンを押すと……「今行く」とだけ言った。

　玄関を開けると……そこには、相変わらずきれいな麗華さんがいた。

「具合悪いって聞いて心配だから、あいつらに住所を教えてもらって仕事も早退して来ちゃった」

　具合悪いことを聞いたってことは……先生と連絡を取り合っているってことなのかな。

　いろいろなことが……頭をよぎる。

「麗華ありがとう。でも、帰っていいよ」

「えー？　ほんとに大丈夫？」

「つむぎがいるからいい」

　私がいるのにも関わらず、断固として帰ろうとしない麗華さん。

　なかなか、しぶとい……。

　結局、そのまま帰らせるわけにもいかないから、麗華さんも家に上がることになった。

　歩くのにふらふらしている先生。

　心配になり、おでこに触れた。

　高熱なのがわかる。

　麗華さんは放っておいて、今は先生の体調が第一だ。

　再び、先生をベッドに寝かせた。

　ここが先生がいつも寝ている部屋……！

　玄関に入ってから思ったけど、先生のつけているシトラスの香水の香りがほのかにする。

　こんな状況なのに、それだけでテンションが上がる私。

「何か食べましたか……？」

「私、ゼリーとかスープは買ってきたよ」

　麗華さんに聞いてないのに、麗華さんは食い気味でそう答える。

　そもそも……彼女じゃないのに、普通に寝室に入ってき

ているのもどうなんだろうか。

　私だって、初めて先生の部屋に入ったのに……！

「……つむぎ、何か作れる？」

　先生の弱々しい声が部屋に響く。

「昨日から何も食べてないから、ごはん系食べたい……」

「そしたら、おかゆ作りますね。待っててください」

　元気のない、かすれた声を出す先生。

　私は、先生に寝てもらっている間におかゆを作ることに
した。


　麗華さんは帰るかと思いきや……まだ帰る気配はない。

　カウンターキッチンで、料理しながらリビングが見渡せ
るようになっている。

　そのリビングにつながっている一部屋が寝室で、扉がつ
いているのでそれによって仕切られている。

　麗華さんは手伝ってくれるわけでもなく、私がおかゆを
作っている最中ずっと、カウンターから身を乗り出して話
しかけてきた。

「つむぎちゃん、だっけ？　若いよね？　いくつ？」

「……18です」

　高校生だってバレたら大変だ。

　とっさにウソついた。

「瀬那ってモテモテだから心配になるでしょー」

「そうですね……」

「女友達も多いし、優しいしさぁ。こうして私は特別扱い

してくれて、何かあるとすぐに連絡してくれるんだよねぇ」

　聞きたくない……本当なのかウソなのかわからない話。

「今までの彼女も必ず紹介してくれたの。私には会わせたいらしくて」

　聞き流したいけど嫌でも耳に残る。

「だから、私もつい期待しちゃうんだよね……。彼女がいても、結局私が特別なことに変わりないのかなって」

　こんなことを言われたときは、私はなんて返すのが正解なの?

　気を抜いたら泣いてしまいそうで……私は透明の耳栓をした。

「……あ、あと、今同じ職場に元カノがいるらしく、その元カノがすごい美人で、さすがの私もびっくりしたなぁ」

　しかし、その耳栓はすぐに外れてしまった。

　同じ職場?　ていうことは、先生の誰かが瀬那先生の元カノ……?

「あっ、思い出した。恵玲奈って子だ。名前まで美人で、瀬那とお似合いだったなぁ」

　小栗恵玲奈先生と瀬那先生が、まさか以前付き合っていたなんて……。

　いつ?　どのくらい付き合っていたんだろう……。

　私は、泣きそうになるのを必死に堪える。

「おかゆ、私が持ってくね」

　おかゆは無事にできあがったけど、麗華さんが勝手に運んでいってしまった。

　まぁ、いいか……。

　なんか一気に聞きすぎて、疲れてしまった。

　飲み物を忘れたので、私は後から寝室へと行った。

　紺色と白を基調にしたスッキリとした寝室。

　瀬那先生っぽい部屋だなと思った。

「お水、ここに置いておきますね」

　私は、ベッドの横にあるサイドテーブルに水が入った
コップを置いた。

「瀬那、おかゆできたよ。食べさせてあげるね」

　先生は上半身だけを起こして、寄りかかるように座って
いた。

　まだ、だるいんだろうなぁ……。

　麗華さんは、そう言って先生の口に運ぼうとした。

　もう少しで先生の口に入りそうな……そのとき。

「つむぎからがいい」

　先生は私を見て、そう言った。

「つむぎ、食べさせて」

「……私が食べさせてあげるよっ。あ、つむぎちゃん、帰っ
て学校のレポートをやらなくちゃいけないんだって！
ね？　そうだよね？」

　麗華さんは私にしか見えないように、私のことを睨んだ。

「あの……」

　この威圧的な態度で、先生の歴代の彼女を蹴落としてき
たのかな……。

　不思議と私は、そんなふうに冷静に考えていた。

　どうすればいいかわからない私の手首を掴む先生。

　先生の熱のせいで、握られた手首が熱い。

　私を見つめるその視線が、いつもよりも色っぽくて……そこから視線をそらせなくなった。

「……俺のお願い、聞けるよね？」

　聞いてくれる？ではなく、聞けるよね？と言われたら断ることなんてできるはずない。

　それに、私だって先生に“あーん”してあげたい。

　私は、先生に言われたとおりにした。

　麗華さんはイスに座ったまま、その場から動こうとしない。

「おいしい」とつぶやく先生は、やっぱり色っぽくて、いつもよりもドキドキしてしまう。

「……いつから具合悪いの？」

　麗華さんがそう聞くと、「昨日から」と、先生はどことなく冷たい返しをした。

「じゃあ、お風呂は？」

「入ってない。臭い？」

　麗華さんが聞いてきたのに、先生は私に近づいて聞いてきた。

　先生は自らパジャマの襟元を下げ、鎖骨をあらわにさせる。

　これは……私に、確認してってことかな？

　とくに何も考えず、私は先生の首元をかいだ。

　いつもの先生の匂い……と、少し汗の匂いが混じってい

る。

　不思議と……嫌じゃない。

「本当につむぎは無防備だな」

「え？」

「ベッドの上で、こんなに男に近づいたら危険だよ」

「……危険？」

　先生の手が私のほうへ伸びてくる。

「あんなところやこんなところ触られちゃうよ」

「……ひゃっ」

　先生は、さらっと私の腰を撫でた。

　くすぐったくて、思わず変な声が出てしまった。

「俺が熱でよかったね。つむぎちゃん」

「……うう」

　先生の流れにまんまと乗せられて、ここに麗華さんがいることをすっかり忘れていた。

　ふと麗華さんを見ると、ものすごい機嫌が悪そうだ。

「あ、麗華いるの忘れてた。ごめん。もうつむぎいるから帰っていいよ」

　先生は絶対に麗華さんがいることをわかっていて、私をからかったに違いない。

　内心、おもしろがっているのがわかる。

　そんな先生に対して、あからさまに悔しそうな顔をする麗華さん。

「体、拭くでしょ？　タオル温めてくるね」

　それでも諦めない麗華さんは……そう言って寝室を出て

いった。


「……つむぎ、ごめんね」
「なんでですか？」
　２人きりになった瞬間、先生は申し訳なさそうに謝ってきた。
「麗華、意地悪なこと言ってくるだろ」
　さすがに、首を縦に動かすことはできず……私は、笑ってごまかした。
　麗華さんは温めたタオルを持って、すぐに寝室に戻ってきた。
「私が拭こうか？」
　なんとしてでもこの場にいようとする麗華さんに、もはや怒りを通り越して……尊敬すらした。
　ここまで先生のことが好きなのに、どうして今までその想いを伝えなかったんだろう。
「じゃあ、そうしてもらおうかな」
　断るかと思っていた先生のまさかの言葉に、私は驚く。
　そして、「りょうかーい」と、あからさまにうれしそうな麗華さん。
　嫌だよ……そんなところ見たくない。
　急に麗華さんにそんなことを頼む先生の気持ちが、わからないよ……。
　さすがに、他の女の人が大好きな人の体を拭くところを見ていられるほど、私のハートは強くない。

　私は……寝室を出ようと先生に背中を向けた。

「つむぎが、脱がせて」

　そんな私の腕を掴んで、私の動きを止める先生。

「自分で脱げますよね……？」

「だるくて脱げない」

「じゃあ、麗華さんに……」

「つむぎにお願いしてるんだよ」

　熱で弱々しくなるのならわかるんだけど、先生はさらに俺様度が上がっている気がする。

　……私が断れないのわかってるくせに。

　仕方なく、私は、再び先生に言われたとおりにする。

　パジャマのTシャツに手をかけ、ゆっくりと脱がせる。

　初めて見る先生の裸に……ドキドキする。

　先生って細身かと思っていたけど、意外と筋肉があるんだな……。

　男の人の体って感じ。

　上を脱がせ終えると、先生は「ん」と自分の脚を叩く。

「つむぎ、ここに座って」

「え……？」

　まさか……私に先生の上に座れと……!?

「麗華、俺ら今からイチャイチャするけど、それでいいなら拭いて」

　本当に、この人は熱があるんだよね？

　そう疑わざるをえないほど、今日の先生は爆弾発言が多い。

　だって、イチャイチャって……？

　麗華さんいるのに!?

　そんな麗華さんも、「瀬那って人に見られて興奮するタイプなんだ？」と、まったく動じない。

「かもな。それと……」

「それと？」

「勘違い女にわからせてやりたくて」

　さっきまでのふざけた感じから一変して、急に冷めた声を出す先生。

　花火大会のときにも聞いた声だ。

「麗華がつむぎに何吹き込んだのか知らないけど、ウソばっかり口にして、むなしくなんねぇの？」

「……」

「俺のこと好きなのか、縛っておきたいだけかはどっちでもいいよ。そもそも俺の中で麗華はただの中学の同級生。それ以上になることはこの先ない」

「……」

「けど、これからもまだ、俺の大事なつむぎに余計なことするんだったら……それ以下になるからな」

「……」

「ってことで、早くつむぎとイチャイチャしたいから、さっさと帰れ」

　こんなに怖い顔をする先生を……初めて見た。

　とうとう、麗華さんは泣きながら部屋を出ていった。

　私は、スッキリした反面……麗華さんのことが少し気に

なった。


「何が聞きたい？」

　今度こそ、本当に2人だけになった。

　私を気にかけ、そう聞いてくれる先生。

　キッチンでは麗華さんの言葉を聞かないようにしていた
はずなのに、しっかりと頭の中に残っている。

　このモヤモヤを、早く先生に消してほしい……。

「麗華さんがね、自分のことだけは特別扱いしてくれるっ
て言ってて……本当なのかなって」

「特別扱いなんてしたことないよ。むしろ、なぜか昔から
彼女づらしてくるから、うまくあしらってたつもりなんだ
けど……それが裏目に出たな」

「裏目？」

「俺は麗華に告白されたわけじゃないから、振ったことは
ない。はっきり突き放したわけでもない。今まで適当に相
手してた俺にバチが当たったんだ」

　こんなときでも、私をちゃんと安心させてくれる先生。

　でも、熱が高くて呼吸が苦しそう……。

　体調が悪いときに、こんな話をさせてしまって申し訳な
い……。

「でも、あいつそんな勝手なこと言ってたんだな。本当に
ムカついてきた……つむぎが傷つけられるのは許せない」

「ふふっ……」

「なんで笑ってんの」

「いや、不思議だなと思って……。麗華さんといたときは不安で押しつぶされそうだったのに、先生の一言で不安なんて一気に飛んじゃいました」

　私が笑ったあと、先生も同じように笑った。

「俺は、つむぎしか欲しくないんだよ。それをちゃんと覚えてて」

　先生の熱い手が私のほっぺに触れる。

　こんなふうに言われたら、忘れたくても忘れられない。

　私だって……先生しかいらないよ。

　……私は恥ずかしさを押し殺し、温め直したタオルで先生の体を拭き始めた。

　先生の筋肉質な体にドキドキが止まらない。

　タオル越しじゃなくて、直接手で触りたいとすら思ってしまう……。

　先生との距離が近くて、息づかいも聞こえてくる。

「俺が何かしてこないか……ドキドキしないの?」

　先生は、私の顔が近づいたときを狙って、わざと私の耳元で言ってきた。

　そりゃあ、何かされるかも……って少しはドキドキしていたけど、本人にそんなこと言えるわけない。

「……先生、熱でもうおふざけできないでしょ」

「……なんだ、つむぎのほうが1枚うわてか」

「……それに……」

「それに?」

　いつも、先生のペースに流されてしまう。

　たまには、私のペースに先生を巻き込みたい……。

　私は、タオルを握りしめる力を強くした。

「先生になら、何されても大丈夫です」

　すると、先生が「はぁ……」と大きくため息をついた。

「つむぎちゃん、そういうことは今、言わないでほしかったよ」

「……え？」

「完全に生殺しなんだけど。なんで俺は、こんなときに熱なんだよ……」

　猛烈に悔しがる先生に、私の頭の中ははてなだらけ。

　先生が我慢しているかもしれないって蛍に言われたから、安心してもらうために、私もこの先、何をされてもいいよって意味で言ったんだけど……。

　どうやら、タイミングを間違えたみたい？

　「下は自分で拭くから大丈夫」と、先生は私からタオルを奪った。

「え、でも、だるくて拭けないんじゃ……」

「いろいろ抑えなきゃいけないものがあるんだよ。とりあえず、つむぎはリビングで待ってて」

「……わかりました」

　いろいろ抑えなきゃいけないものって、なんだろう？

　私にどうしても寝室から出ていってほしいようだったから、よく理解できないまま、私は終わるまでリビングで待っていた。

　着替えを終わった先生が、寝室から「つむぎー……」と

　私の名前を呼ぶ。

　薬を飲んでいないことに気づき、私は寝室に向かうと先生に薬を渡した。

　先生は薬を飲んだあと、「もう先生は寝ます」と言って布団をかぶった。

　誰かと話すのって、意外と体力を使うよね。

　かえって疲れさせちゃったのではないだろうか……。

「先生、最後に熱だけ測らせてください」

「ん」

　音がした体温計を確認すると、【38.6度】と表示されている。

　これは大人の男の人でも、相当辛いよね。

「先生、しっかり寝てくださいね。おかゆ多めに作ったので、よかったら食べてください」

「つむぎ……今日はありがとう。助かった。明るいうちに早く帰りな」

　私にできることは何もないし、もう帰ろう。

　帰る支度をし終わり、帰る前に一度だけ先生の顔を見に行った。

　そこには、無防備に寝ている先生がいた。

　初めての寝顔に……愛しさが溢れ出す。

　この場から動きたくなくなってしまい、私はそのまま先生のベッドに頭と腕を乗せて先生のことを眺めていた。


　気がつくと……私も寝てしまっていた。

「……むぎ、つむぎ」

　私は、先生に肩を叩かれながら起こされた。

　壁にかけられている時計をふと見る。

　夜の10時になっている。

「えっ!?　もう10時!?」

「俺もさっき起きたんだけど、そしたら隣にかわいい寝顔があったからつい見惚れちゃった」

「こんなときにドキドキさせないでください……っ」

「俺が送ってやりたいところだけど、今日はさすがにきついなぁ……」

　もちろん、具合が悪い先生に送ってもらうわけにはいかない！

「全然大丈夫です！」

「親御さんは迎えに来られる？」

「今日はお母さんが夜勤でまだ帰ってきてなくて、お父さんはわからないです。帰りは遅くなると言っておいたし、1人で帰ります」

「いや、先生としてもだけど、彼氏としてもこんな夜に1人で帰らせることはできない」

　先生、本当に紳士でステキ……。

　……って、惚れ直している場合じゃない。

「じゃあ、とりあえずお母さんに聞いてみますね……」

　私は一か八か、お母さんに電話をかけた。

《どうしたの？》

　仕事中にもかかわらず、電話に出てくれたお母さん。

「先生の看病してて、気づいたら寝ちゃっててね……。こんな時間だし、危なくて1人では帰らせられないって先生が。お父さんって迎えに来られるかなぁ?」

《あら〜。お父さん今日から出張なのよ》

「そうなの!? じゃあ、どうしよう……」

《私もまだ帰れそうにないし……だからって1人で帰らせるのは心配だなぁ》

　お母さんもお父さんも、私が小さいころから仕事人間だ。

　中学生になってからは、夜に2人がいないことは多々あった。

　それが私と弟にとっての日常だし、さすがにこの年になるととくに寂しいとは思わない。

《つむぎ、明日は学校休みだよね?》

「そうだけど……」

《じゃあ、泊まってくれば?》

「えっ!? と、泊まり……!?」

《瀬那くん、今、電話出られる?》

「いや、でもね、お母さん……っ」

《つむぎ、瀬那くんに代わってくれる?》

　お母さんが、たまに出す怖い声。

　これを聞いたときは、100%お母さんの言うとおりにしたほうがいい。

　仕方なく……私は先生に電話を代わってもらった。

　お母さんと何かを話している先生。

「はい。わかりました。また連絡させます」

　そのあと、再び電話を私が代わった。

《瀬那くんの承諾もらえたから。今日は泊まってきなさい》

「えっ!?　本当の話!?」

《つむぎが嫌なら別にいいのよ。お母さんの仕事が終わるのを待っててくれればいいだけだし》

「嫌とか、そういうわけじゃないけど……」

《なら、決まりね。瀬那くんによろしくねー》

「えっ、ちょっ、お母さん……！」

　プープー……と電話が切れた音がする。

　こうして、私は瀬那先生の家に泊まることになったのでした。

## 甘い声がもっと聞きたい＊瀬那先生side

「とりあえず、寝るときの服とズボンは俺のでよかったら
貸すよ。足りないものあるなら、近くのコンビで買ってく
るか？」

「だ、だだ、大丈夫です。せ、先生の貸してください……」

　いきなり泊まることになったからか、明らかにつむぎは
動揺している。

　とはいえ、俺は病人だ。

　何かがある前に……そんな体力すらない。

　俺の部屋で、つむぎが寝るというだけのこと。

　7歳も上の俺は冷静でいなければ……。

「そういえば、瀬那先生は体調どうですか？」

「あぁ、つむぎのおかげでだいぶよくなったよ」

　つむぎは背伸びをして、俺のおでこを触る。

「でも、まだ熱があるので横になっててくださいね」

「はい、そうします」

　つむぎは学校では天然でおっちょこちょいなイメージが
ある。

　けど、家では両親が仕事でいないことが多いからか、長
女としてしっかりしているんだなと今日知った。

　つむぎの新たな一面を知ることができて……さらに愛し
くなった。

「つむぎは、とりあえずお風呂に入ってきな」

　風呂は洗ったままきれいな状態なので、あとはお湯を溜めるだけ。

　15分ほどでお湯が溜まり、つむぎは風呂へと向かった。

　その間、まだ体がだるい俺はベッドで横になっていた。

　ついでに体温計で熱を測る……と、38度と少し下がっていた。

　風呂場からシャワーの水の音がする。

　それがなんだかやけにリアルで……つむぎの風呂に入っている姿を想像してしまう。

　これじゃあ、そこらへんの男子高校生と同じじゃねえか。

　変な想像は、やめろ！

　俺は冷静になるため、キッチンに飲み物を取りに行った。

　そして頭の中が空になるよう、勢いよく麦茶を喉へと流し込む。

　……そして数十分後、つむぎが風呂から出てきた。

「着た感じは、どう……」

　寝室につむぎが来た気配がしたので、俺はベッドから起き上がり……尋ねる。

　目の前には……俺が用意した上のスウェットだけを着ているつむぎ。

　……もちろん、下は何もはいてないように見える。

「あれ？　ズボンなかったか……？」

「ズボンはいてみたんですけど、私にはゆるくて落ちてきてしまって。でも、上のスウェットが大きめなので、これ

で大丈夫です」

　いや、俺が大丈夫じゃない。

　なんだこのエロすぎる格好は……。

　そんな格好でいられたら、あっという間に襲ってしまいそうだ。

「その格好は完全にアウトだな」

「え？　アウト？」

「かわいいってことだよ」

　つむぎは本当に俺がかわいいとしか思ってないと思っているみたいで、子どものように無邪気に喜んだ。

　……ここにきて、つむぎの天然が俺の理性を邪魔してくるとは。

　教師でありながら、さすがに予想できなかった。

「とりあえずもう寝よう」

　これ以上今のつむぎを見ていたら、それこそつむぎのお父さんとの約束を果たせなくなりそうだ。

　それはあってはならない。

「俺はソファで寝るから、つむぎはベッドで寝ていいよ」

「……なんでですか？」

　そんなの、一緒にベッドで寝てたらつむぎに変なことをしかねないからだよ。

　……なんて、言えるわけない。

「先生はまだ熱あるんだから、ベッドで寝なきゃだめだよ！私も、一緒に寝ますから」

「は？」

「え？　だって、一緒に寝たほうが温かいし、よくないですか？」

　さらに、天然を爆発させるつむぎ。

　俺がベッドで、つむぎがソファとかではなく、温かいから自分も一緒にベッドで寝るという……なんともつむぎらしい考え方。

　つむぎには言葉でちゃんと説明しなきゃ、今の俺の状況は理解してもらえなさそうだな……。

「いや、あのな、いくら熱があるっていったって……俺もいちおう男なんだぞ」

「先生が女じゃなくて男なのはわかってます」

　熱があるからか、これ以上頭が回りそうにない。

　……俺は、つむぎに完敗し、仕方なくつむぎと寝ることにした。

「風邪をうつしたら嫌だから、背中向けるからな」

　他の意味も含めて、俺はつむぎに背中を向けた。

　背中合わせなのに、つむぎからは俺がいつも使っているシャンプーの匂いがして……俺を誘惑してくる。

　セミダブルベッドで、まだよかったかもしれない。

　これがシングルサイズだったら、もっと密着していることになる。

　さっさと寝てしまおう……。

　そうすれば、余計なことを考えずに済む。

　……そう思って、俺は目をつむった。

　それなのに……。

　なんの危機感もなく、つむぎが後ろから抱きついてきた。

　がっつりと、俺の背中につむぎの胸が当たっている。

　ムラムラしないわけがない。

　このままじゃ……寝られない。

　俺は、心を鬼にした。

「つむぎ、くっつくのやめろ」

　顔も見ずに言う。

　さすがに……言い方が冷たかったか？

　ところが、何も言わずにつむぎは静かに離れた。

　……背中越しだけど、泣いているのがわかる。

　あー……。なんでこうなるんだ、泣かしたいわけじゃないのに。

　気持ちをコントロールできない自分にイラついて、思わずため息が漏れる。

　その間も、鼻をすする音が聞こえる。

　俺は、ゆっくりとつむぎのほうを向いた。

　つむぎは毛布を顔まで被り、声を押し殺して泣いていた。

　自分が泣かせてしまったことにより、俺はものすごい罪悪感に駆られた。

「つむぎ」

「……」

「顔、出して」

「……やだ」

　弱々しい声を出す、子どもみたいなつむぎ。

　毛布は案外簡単にはがれ、その中からは……目に涙をた

めたつむぎが出てきた。

「一緒に寝たくないとか、くっついてほしくないなんて思って
てない」

「……」

「……俺にも、いろいろ事情があるんだよ」

「……事情?」

　つむぎは純粋な眼差しを俺に向ける。

　当の俺は……至近距離でのつむぎの上目づかいに、完全
に心を撃ち抜かれていた。

「つむぎにこうやってくっつかれると、歯止めが効かなく
なる」

「……」

「キスしたり、それ以上のことをしたくなる」

「……っ!」

　サイドテーブルに置かれている小さなランプのみ点い
た、薄暗い部屋。

　そんな中でも……つむぎの顔が赤くなったのは表情から
想像できた。

　やっと理解してくれたらしい。

「わかったら、さっさともう寝ろ」

　俺は、やけくそでつむぎを強く抱きしめた。

　すると……つむぎは大人しくなった。


　つむぎの頭の下に腕を忍ばせ、腕枕をするような体勢の
ため、俺の胸のあたりにつむぎの顔があって起きているの

か確認できない。

　静かだな……寝たか？

　俺はホッとし、眠りにつこうとした……その瞬間。

「ねぇ、瀬那先生」

　まだ寝ていなかったらしいつむぎが、つぶやく。

「先生のしたいこと、していいよ」

　は……？

　この子は、何を言っているんだ？

「さっきの俺の話、聞いてた？」

「聞いてた」

「なら……」

「瀬那先生に、我慢してほしくないの」

　俺は腕の中にいるつむぎに視線を向ける。

　上目づかいでまっすぐに俺のことを見ていた。

　その目を見て……俺の中の何かがプツンと切れた。

「もう、知らねぇからな」

　さすがに、キスはできない。

　それなら……。

　俺は、つむぎの首に顔を埋めた。

　チュッと音を立ててキスをする。

　……つむぎの体が反応する。

　耳にもキスをし、唇で甘噛みをしてみる。

　つむぎから初めて聞く……恥ずかしい声。

　俺がそれを繰り返すたびに、つむぎの甘い声が漏れる。

　かわいすぎる。

　あー……やべぇな……。

　こんなん歯止めが効くわけがない。

　俺はスウェットの中に手をすべらせ、つむぎの素肌に触れる。

　また、ピクッと反応する。

　それが、いちいちかわいい。

　そのまま手を上に持っていき……下着の上から胸に触れた。

　相変わらず、首や耳……首筋、鎖骨にキスを繰り返す。

　つむぎが嫌がってないかを確認する……が、かわいい声が漏れているので、その心配はなさそうだ。

　俺の背中を掴むつむぎの手に……力が入る。

　その行為が余計に俺をあおることを、つむぎは知らない。

　つむぎの体のラインを、優しく手のひらでなぞる。

　……そのまま、下へと手を滑らせた。

　下着しかつけていない、あらわになったつむぎのお尻に触れる。

　つむぎの甘く切ない声をもっと聞きたいと思ってしまう。

　もっと欲しいと思ってしまう。

　もはや、俺もどこでやめればいいのかわからなくなってきた。

　次第に……頭がボーッとしてくる。

　最後までしているわけじゃないのに、思考回路停止か？

　普段の俺ならありえないのに……。

　あ……なんかだめだ……。

　本当に、意識が朦朧としてきた。

「瀬那、先生……？　あの……」

「……うう……」

「え？　瀬那先生……!?　大丈夫ですか!?」

　教師であろうこの俺が……彼女のお尻を触ったまま体が動かなくなるなんて。

　これは、熱なのにつむぎに手を出した罰だ。

　どうやら……調子に乗った俺は、また熱が上がってきたみたいだ。

　服をすぐに整えたつむぎが、急いで水と氷枕を持ってきてくれた。

　一気に頭が冷やされ、少し楽になる。

　自然と気持ちも冷静になってきた。

　欲に勝てずに、まんまとつむぎの誘惑に負けた。

　つむぎの体を触りまくり、しまいには熱が上がって看病されるって……こんなに情けないことはない……。


　反省しながらも、睡魔が襲ってきたことにより、俺は気づくと寝ていて……次起きたときには、朝になっていた。

　隣には……かわいい寝顔のつむぎがいた。

　俺にぴったりとくっついて寝ていたらしい。

　体がかなり軽い。

　近くの体温計で熱を測ると……【36.7度】とだいぶ下がっていた。

　つきっきりで、つむぎが看病してくれたおかげだ。

　……想像以上に触ってしまったし、いろいろな意味で疲れたよな。

　寝かせてあげよう。

　俺は久しぶりにキッチンに立ち、簡単な朝食を作った。

　そして、まだ気持ちよさそうに寝ているつむぎを起こす。

「んんー……っ、お母さんもうちょっとー……」

　どうやら、俺を母親と勘違いしている。

「何が、もうちょっと？」

「えー……？」

「昨日みたいに、触ってほしいの？」

　そう言いながら、つむぎの頭を優しく撫でる。

　「んー？」と言いながら、薄く開いたつむぎの目。

　俺に気づき、ハッとする。

「えっ、あ、瀬那先生……っ」

「つむぎ、おはよ」

「おはようございます……」

「つむぎは、寝起きもかわいいな」

　わかりやすく照れるつむぎ。

「瀬那先生、体調もうよくなったんですか？」

「あぁ。つむぎのおかげで」

「それはよかったです」

「……ということで、昨日の続きしていい？」

「えっ、ちょ、瀬那せんせ……っ」

　俺は布団をどかし、つむぎに覆いかぶさった。

　俺を見上げながら、焦るつむぎ。

　そんなつむぎの反応がかわいくて、首元に顔を近づける。

「朝からは、さすがに……っ」

　嫌がられると、さらにしたくなってしまうのが男という生き物で。

　首筋を噛むようにキスをすると、つむぎは昨日のように甘い声を出す。

「瀬那せんせ……っ」

　2人だけでいるときは『先生をつけないでほしい』と言ったけど……いざ甘い声で言われると、それはそれでたまらない。

「ごめんね」

「……へ？」

「つむぎの反応がかわいくて、ついからかっちゃった」

　朝からがっつく男だと思われたくない。

　……本音を言えば、がっつきたいけど。

　朝からラブラブできて幸せな俺は、相当安上がりだと思う。

　体調もよくなったので、お昼前に車でつむぎを家に送り届けた。


　そのあと、家に帰ってくると……アパートの前には麗華がいた。

「ちゃんと、言っておきたいと思って」

「……近くに公園があるから、そこで話そう」

　麗華を部屋には入れたくなかったため、俺たちは公園の
ベンチで話すことにした。
「そんで、何」
「本当はね……ずっと瀬那のことが好きだったの」
「……」
「でも、告白して振られたら友達の関係に戻れない気がし
て……それなら、一番近い女友達でいようと思ったの。そ
うすればこの先も瀬那の近くにいられると思って……」
　俺は、麗華の話を黙って聞いていた。
「瀬那のことが……好きです。付き合ってください」
「……麗華の気持ちは、なんとなく気づいてた。それなの
に……なぁなぁにしてた俺も悪かったと思う」
「……悪いと思うなら、償いでもいいから付き合ってよ」
　俺の手を握ってくる麗華。
　その手を……俺はそっとどかした。
「それはできない。つむぎのことを、これからもずっと大
事にしたいんだ」
「あの子まだ10代でしょ？　瀬那のこと、遊びかもしれな
いよ？」
「つむぎは、そういう器用なことできないよ」
「……よく、知ってるんだね」
「それくらい好きだから」
　俺の揺るがない気持ちが伝わったのか……さすがに麗華
は諦めがついたみたいで。
「……わかった、諦めるよ。もうあんなにイチャイチャ見

せつけられたくないからね」

　それは俺も反省している。

　麗華にはつむぎとのイチャイチャを見せつけすぎた。

　俺は返す言葉も見つからず、笑うしかなかった。

「花火大会のキスといい、昨日といい、人に見られて興奮するタイプなの？」

「今までそんなことないし、今も基本的にないけど……つむぎが恥ずかしがってる顔見るのが好きなんだよね」

「それ、変態っていうんだよ」

「そうなんだ」

　つむぎと付き合ってから、自分が相当な変態なんだということはわかってきた。

「変なことして引かれないようにね」

「頑張るわ」

　麗華は最後に嫌味を残し……「じゃあ、またみんなで集まるときにね」と、俺に背中を向けた。

「麗華、ありがとう」

　いろいろあったけど、好きになってくれた気持ちはありがたく思う。

　俺の言葉が聞こえたのか……麗華は振り返り、顔の前で大きくピースをした。

# ♡誘惑④♡

## 先生にしてほしいこと

お泊まりから帰ってきたその日に、瀬那先生から電話があった。

麗華さんが家の前に来ていたらしい。

本当はやりとりのすべてを聞きたかったけど……聞いてしまったら、それはそれで嫉妬してしまいそうなのでやめておいた。

先生を……信じてる。

何よりも、麗華さんからの告白を先生がはっきりと断ったことを聞いてホッとした。

麗華さんも、また一歩前へと進めたらいいなと思う。


大きなイベント、体育祭も終わり……だんだんと寒くなってきた。

そんなある日の数学の授業中……。

家庭科室から火災発生との校内放送が流れた。

ただちに避難（ひなん）をするようにと放送があり、私たちは廊下に出席番号順で並ぶ。

先生は、生徒全員の安否確認のため……最後に教室を出ることになった。

避難訓練は何度もしたことがあるけど、実際に避難するのは初めてのこと。

ザワザワしながらも順番に階段を下りていく。

　……すると、後ろからパニックになってしまった男の子
が、階段を急いで下りてきた。

　まわりの生徒たちは騒ぎだす。

　私は安全に階段を下りることに集中していたため、後ろ
でそんなことが起きているとは思ってもみなかった。

　……そして運悪く……勢いよく下りてきた男の子は私に
ぶつかってきた。

　私は、階段を3段ほど踏み外し……そのまま壁へと激突
した。

「いった……っ」

　あまりの痛みに、それ以上声も出ない。

　足首に激痛が走った。

　ざわつくクラスメイト。

「つむぎ……!?　どうしたの!?」

　後ろにいる蛍も異変に気づいたようだった。

「慌ててたら、階段から落ちちゃって……」

　誰かもわからないし、こんなときに犯人探しみたいなこ
とはしたくない。

　「でも、大丈夫だよ」と言って、私は立ち上がろうとす
るけど……痛くて足に力を入れられない。

　そこに……瀬那先生が来てくれた。

「呉羽、どうした!?」

「階段から落ちちゃって……」

「立てそうにないか?」

　立とうとすると、足首に激痛が走る。

「おまえたちは気にしなくていいから、どんどん進め」

　ざわついて動かない生徒たちに、めずらしく低い声を出す先生。

「とりあえず、俺が連れていく」

　そう言って、先生は私を軽々とお姫様抱っこした。

「落ちないように掴まれ」

　私は、言われたとおりに先生の首に手を回す。

　自然と密着する2人の体。

　こんなときなのに……ドキドキしてしまう。

　キスだって、それ以上のことだってしたことあるのにどうしてだろう……。

　先生の顔が近くて、恥ずかしさから火を吹きそうだ。

　そして、無事に全校生徒と教師が校庭に避難することができた。

　消防車も到着し、学校は一気に騒然とする。

　ところが……連絡が早かったのが救いで、火元はそこまでひどくならなかったらしく、家庭科室の一部の床が黒くなっただけで済んだという。

　救急車も到着したが、幸い……私以外の負傷者や、気分の悪い人はいなかった。

　私は、瀬那先生から担任の小栗先生へと受け渡され、車に乗せてもらって病院へ行くことになった。

　麗華さんに聞いたあの日から……結局、瀬那先生には小栗先生のことを聞けずにいた。

　元カノってだけで、いちいち聞いてたらさすがにうざい

よね。

　気にすることじゃない。

　それでも、付き合っていたころの2人を想像してしまう。


　大きな病院で診てもらった結果、私の足首は捻挫していた。

　捻挫の中でも、重傷らしい。

　腫れがひどく、筋が伸びているとのことで……ギプスを固定して治すことになった。

　完治するまでには3～4週間はかかるらしく、仕事を抜けたお母さんが、病院まで車で迎えに来てくれた。

　小栗先生も一緒に乗らないかと、お母さんが言ったんだけど、「タクシーで帰れるので大丈夫ですよ。呉羽さん、お大事にね」と、あっさり言われてしまった。


　なんとか家に到着し、その日の夜の6時ごろ……瀬那先生から電話がかかってきた。

《今、仕事が終わったんだけど……これから家に行っていい?》

「来てくれるんですかっ!?　うれしい!」

　放課後に、先生に会えるなんて……!

《そう言うと思って、もう来てるんだ》

「えっ!?」

　私はびっくりして、部屋の窓から外を覗く。

　そこには……先生の車が止まっていた。

　家のチャイムが鳴り、動きづらい私の代わりにお母さんが出てくれた。

「瀬那くん来てくれたわよ」

　そう言ってリビングのドアが開くと、そこには先生がいた。

「足、大丈夫か？」

「足首が捻挫してました。様子を見て、ギプスは早めに外せるかもしれないって」

「そうか……」

「少しの間は松葉杖生活になりそうです」

「他は？　どこか痛いところないのか？」

「他にも先生に診てもらったけど大丈夫です。痛いところもないし」

「……そうか」

　大きなため息をついて、崩れるように座る先生。

「……つむぎの部屋に案内してあげたら？　まだ入ったことないでしょ？」

　お母さんは気をつかって、そう言ってくれたのだろう。

　松葉杖がないと歩けない私を、またいとも簡単に持ち上げる先生。


　自分の部屋へと案内し、先生が初めて私の部屋へ足を踏み入れた……。

　私はベッドによりかかるように床に座り足を伸ばし、その隣に先生はあぐらをかいて座った。

「とりあえず、ホッとした……」

「私のケガですか？」

「すごい心配してたんだよ。心配しすぎて、つむぎが救急車に乗ったあとからの記憶がまったくない」

「そんなに……!?」

「そんなにって、彼女なんだから心配するのは当たり前だろ」

　ハートの矢が、勢いよく私の心へと刺さった。

　あぁ……本当に大好き。

「何か欲しいものとか、してほしいこととかあったら遠慮なく言えよ」

「……それは、なんでもいいんですか？」

「叶えられるものならな」

　先生がなんでもしてくれる……!?

　こんな機会、この先いつあるかなんてわからない。

「じゃあ……」

　私は、ここぞとばかりに甘えてみることにした。

「抱きしめてほしいです」

　一瞬だけ先生は戸惑いを見せたけど、すぐに私を持ち上げた。

　あぐらをかいた自分の脚の上に優しく私を乗せ、ご要望どおり……私をギュッと抱きしめた。

　先生の匂いが鼻をかすめる……。

「先生……知ってますか？」

「ん？」

「ハグをすると、幸せホルモンがたくさん分泌されるから、
幸せな気分になれるらしいんです」

「じゃあ……つむぎは今、幸せ？」

「……言わなくてもわかってるくせに」

「言ってほしいんだよ」

　顔を見なくても、先生が意地悪を楽しんでいる顔をして
いるのがわかる。

「すごくすごく幸せです……。先生は？」

「幸せだよ。でも、幸せだけでは……ないかな」

　予想とは違う答えに、私はショックを受ける。

「どういうことですか～？」

　いったん抱きしめられるのを中止して、私は先生の腕を
思いっきり掴んだ。

　私が怒っているのに、先生はそんな私を見て楽しそうに
笑っている。

　先生はいつも余裕でうらやましいな……。

「違うよ。幸せよりも、勝る気持ちがあるんだよ」

「それってどういう気持ちですか……？」

　私が聞くと、目を細めた先生が私に近づいてきた。

「言っていいの？」

　嫌な予感がしてきた。

「つむぎと密着してたら……いたずらしたくなる」

　いたずら好きな子どものように、そんなことを言う先生。

　いたずらとは……なんて、聞かない。

　鈍感な私も先生と付き合っていくうちに、なんとなくわ

かるようになってきた。

「男の人って、大変ですね」

「ひとごとだね、つむぎちゃん」

　私も余裕があるふりをしたくて、口から出た言葉だったのに……。

　私の顔を覗き込んでくる先生の顔がかっこよすぎて……もう余裕のあるふりなんてしていられるはずがない。

「キスも、してほしいだろ？」

「……言わなくてもわかりますよね」

　先生は「わかんない」と言いながら……私の唇に自分の唇を重ねた。

　結局は、私の考えなんて先生にはお見通しということ。

　私が、どんなに頑張って背伸びをしたところで……先生に敵うはずがない。

　触れるだけのキスを繰り返し、私の呼吸はだんだんと荒くなる。

　途中で「せ、な……」と名前を呼ぶと一瞬中断してくれるんだけど、再び私の唇は先生のものになってしまう。

　ゆっくりと私は先生に押し倒され……さらに、触れるだけのキスは続いた。

　これ以上は、苦しくて無理……っ。


「ご飯できたよー！」

　そう思っていたときにちょうど、1階からお母さんの声がした。

　キスに夢中になっていた私たちは、ハッとする。

　目が合い……先生が先に笑い始めたので、私も釣られて笑ってしまった。

「お母さんが、呼んでくれてよかった」

「なんでですか？」

「歯止めがきかなそうだったからね」

　先生に最後の最後に顔を赤くされ、私たちは、1階へ下りて……一緒に夜ご飯を食べた。


　それからは……お母さんが、車で毎朝学校まで送ってくれることになった。

　仕事先に事情を話すと、すぐにOKが出たらしい。

　最初こそ松葉杖生活は大変だったけど……2週間がたつころには慣れてきた。

　そして、もう1つ。

　普段は気にならなかったのに、小栗先生と瀬那先生が話しているところを見ると胸がざわざわするようになった。

　麗華さんが終わったと思ったら、今度は小栗先生……。

　元カノというだけで、今は仲のいい同僚。

　ヤキモチを焼いたって仕方ないのに……。

　蛍に相談すると、「なら、つむぎも子どもじゃないんだぞってところを見せてやればいいんじゃない？」と言われた。

　つまり、女の色気を出せと。

　悩みに悩んだ結果……また、瀬那先生を誘惑してみるこ

とにした。

　足首を捻挫してから、3週間がたった。

　病院の先生には、腫れも治ってきたからギプスを取っていいとの許可をもらえた。

　つまり、松葉杖生活とも今日でおさらば……！

　ありがとう、松葉杖……！

　ありがとう、ギプス……！

　でも、まだ以前のように完全に足に力を入れることはできない。

　リハビリをしなくてはいけないのだ。

　まだ歩くのにも力があまり入らないため……体育の授業は、捻挫が完全に治るまでは、見学することになった。

　授業1回につき、1枚のレポートを書くことになっている。

　それなのに、体育の先生がレポート用紙を職員室に忘れてしまった。

「私が取りに行ってきます！」

　体育の先生は足を心配してくれたが、私は率先して取りに行くことにした。

　あまり動かないのも筋肉によくないと病院の先生から聞いたので、最近はなるべく動くようにしている。

　筋肉を休ませすぎると、筋肉が硬くなってしまい、治りも遅くなるそうだ。

　職員室までの道を、片足を引きずりながら歩く私。

　職員室につき、無事にレポート用紙を手に入れた。

　帰りの体育館に向かう途中の廊下で……うっかり手がすべり、レポート用紙を落としてしまった。

　拾おうと、腰をかがめたら……足に力が入らずバランスを崩した。

　倒れるかと思った、その瞬間……。

「……っぷねぇ」と、瀬那先生が後ろから私を抱きかかえて助けてくれた。

「瀬那先生、ありがとうございます……」

　最近は、新任研修や学校のことで忙しい先生。

　こうして２人だけの空間になるのは……久しぶりな気がする。

　ということで、久しぶりの先生にドキドキしてしまう。

「ケガしてるんだから気をつけろよ」

「……ごめんなさい」

「まぁ、つむぎに触れたから、俺としては万々歳だけど」

　さらっと私を赤面させる先生。

「どこか痛めてないか？」

「大丈夫ですよ？　先生って、本当に心配性ですよね」

　私は、このときまで、先生がただの心配性なんだと思っていた。

　私を支えながら、少し拗ねた顔をする先生。

「……そりゃあ、心配で仕方ないよ」

「……」

「いろんな男子生徒がつむぎのことを狙ってて、それを妬んだ女子生徒にいじめられてないかなとか。ずっと心配」

　そういう意味の心配？と思いながらも、私は単純だからうれしくなってしまう。

「叶うことなら、ずっと俺の目が届くところに置いておきたい」

「えっ!?」

「それくらい、つむぎのことが心配だってことだよ」

　最後に、私の耳の近くでしゃべる先生。

　くすぐったくて、思わず体がピクッと反応してしまう。

「ここ、学校ですよっ」

「だから？」

「こういうのはだめですっ」

「耳、弱いよな」

「それも言わないでください」

　誰もいないからいいけど、誰かに見られてたら大変だ。

　先生の暴走から逃げるように……私は体育館へ向かった。


　瀬那先生の独占欲が強くて、少しびっくりしている。

　あんなにかっこよくて自信もありそうなのに。

　こんなちんちくりんな私のことが……心配になる？

　いまいち実感がわかない。

　それに、ケガもしているからデートにも行けないし、学校内も必要最低限の移動しかしないから、先生に会うのも

授業のみ。

　なんなら、もうすぐテスト期間に入るので、先生はこれからさらにテスト作りで忙しい。

　電話もほとんどできないし、それから次の休みの日も家に来てくれたけど少ししか会えなかった。

　瀬那先生不足だ。

　先生に会いたい、先生が足りない。

　やっぱり、あの学校でたまたま2人になれたときに、もっとイチャイチャすればよかったかな……。

　でも、もしそれを誰かに見られていたら大変なことになるし……。

　会いたすぎて、私は先生の夢まで見るようになっていた。

　それに加えて……小栗先生へのモヤモヤもまだ消えていない。

　先生に聞いてスッキリしてしまえばいいのに、なんて聞けばいいのかもわからない。

　そんなこんなで、それから1週間がたった。

## 保健室で先生と

その日の授業の4時間目のときに、足首に巻いていた包帯が取れてしまった。

自分では上手に巻くことができず……お昼ご飯を食べたあと、蛍と一緒に保健室へ行くことにした。

しかし、保健室の先生は不在。

まだ包帯をしていないと少しだけ痛い。

……そこで、蛍に挑戦してもらうことにした。

ところが、何度も包帯を巻いてもらっても、どうもうまくいかない。


あーだこーだ言いながらやっていると……1つだけ閉まっていたベッドのカーテンが音を立てて開いた。

驚く私たち。

「……やっぱり、つむぎと松本か」

まさかの、瀬那先生がそこにはいた。

先生には、蛍が私たちの関係を知っていることを話している。

つむぎと呉羽の呼び方の使い分け、先生は本当に上手だよなぁ……なんて、感心していると、ベッドに寝ていたらしい先生が、だるそうに起き上がる。

先生は寝癖（ねぐせ）を直すように、髪の毛を雑にとかす。

「瀬那先生、どうしたの？」

「この時期、偏頭痛(へんずつう)によくなるんだよ。さっき授業もなかったから少し休んでた」

「大丈夫なんですか?」

「寝たらだいぶましになった。それより、2人はどうした」

　私はまだ痛い足首を先生に見せる。

「包帯が取れちゃって、保健室の先生にやってもらおうと思ったんだけどいないから……」

「私が代わりにやってみたけど、うまくいかなくて……」

　蛍の言葉に先生は立ち上がり……私に近づいてきた。

　そして、「貸してみな」と蛍から包帯を受け取る。

　なんと病院の先生が巻いてくれたように、私の足首にきれいに包帯を巻いてくれた。

「えっ、すご!」

　思わず、蛍も驚く。

「お母さんより上手です!」

「部活やってたときによくケガしてたから、包帯くらい朝飯前だな」

「部活って、何してたんですか……?」

「サッカーだよ。中高ってサッカー部で、大学ではフットサルをやってた」

　先生、サッカー部だったんだ……。

　さぞかしモテモテだっただろうなぁ。

「……あっ!　私、用事思い出した!」

　蛍が突然そんなことを言い出す。

「え?　用事って何?」

「用事は用事！　じゃ、私、先に戻ってるね！　あとはご
ゆっくり〜」
　さっきまで用事があるなんて言ってなかったのに。
　ニヤニヤしている蛍は、早足で保健室から出ていった。
　何がなんだかわからない……。
「松本に気いつかわせちゃったな」
「……え？」
「俺らを２人きりにしてくれたんだよ」
　私は、そういうことか！と納得。
　同時に、『２人きり』というワードに顔が上げられなく
なってしまった。
「なんで、つむぎはモジモジしてるの？」
「え!?」
「さては、変な妄想してるな」
「し、してませんっ！」
　先生は脚を組んで、慌てる私を見つめてくる。
「２人きりだけど、学校だから何もしないよ」
「わかってます……！」
　そりゃそうだよね！
　少しだけ妄想してしまった自分が恥ずかしい。
「足首は、だいぶよくなってきた？」
「はい。先生に少しずつ動かすようにしなさいって言われ
ました」
「じゃあ、マッサージしてあげるよ」
　先生にそう言われ、私はベッドに座った。

　私は脚を伸ばし、先生は優しく私の足首を動かす。

「いっ……た……」

「悪い。痛かったか」

「ちょっとだけ……。痛くても少しずつほぐさなくちゃいけないんですけど、なかなか自分ではできなくて……」

　そのあとも、先生は真剣にマッサージをしてくれた。

　おかげで、少し動かしやすくなった気がする。

　……すると、遠くから女の子たちのはしゃぐ声が聞こえてきた。

　目が合った私と先生は、やべっと同じような顔をする。

　危機を感じた先生は、私の乗るベッドに乗ってきて……カーテンを閉めた。

　それと同じタイミングで、保健室の扉が勢いよく開く音がする。

「あれー？　瀬那先生いないよー？」

「えー……どこにもいないから、ここだと思ったんだけどなぁ」

　どうやら……女の子たちは瀬那先生目当てで来たらしい。

　先生は急いでベッドに乗ったため……たまたま私の上に覆いかぶさる形になっていた。

　カーテン1枚越しに聞こえる……女の子たちの声。

「ねぇねぇ。このベッド閉まってるから、ここで瀬那先生寝てるんじゃないの？」

「たしかに！」

　瀬那先生がいるかもしれないといううれしさからか、キャッキャッと騒ぎ始める女の子たち。

　こんなところ見られたら、大変なことになってしまう！

　焦る私とは対照的に……ニヤニヤする先生。

　なんでピンチなときに、先生はこんなに余裕そうなの？

　先生の顔が……私にだんだんと近づいてくる。

　まさか、キスしようとしている!?

　私が口パクで「だめ！」と伝えると、シーと人差し指を唇に当てる先生。

　いや、静かにじゃないよっ。

　私の意図がまったく伝わってない……。

　すぐそこに生徒がいるのに、キスなんて……っ。

「……っ」

　……そうだよね。

　もともと、私に勝ち目なんてないんだ。

　私は先生にあっという間に口を塞がれ、両手も掴まれたことにより、身動きもとれなくなってしまった。

「でもさぁ、もし瀬那先生じゃなかったらやばくない？」

「それはそうだよね。しかも、先生がベッドで寝てるわけないか」

　先生からのキスの嵐を受けながら、私は、女の子たちの声をなんとなく聞いていた。

　結局のところ、私も先生とこうして触れ合えることがうれしいから、なんだかんだ受け入れてしまう。

　……触れられている間は、先生にさらに愛されているん

だと、実感することができる。

「またあとで、瀬那先生を探そう！」

「最近、なんか全然捕まらないもんね～」

　女の子たちの声が遠のき……彼女たちが保健室から出ていったのがわかった。

　連続のキスも終わった……かと思えたが、先生は今度は顔を下へと移動させ、私の首筋に唇をはわせた。

　思いがけず出てしまう変な声。

　そのとき、私の腕を掴む先生の手の力がゆるんだ。

　それに気づいた私は、腕に力を入れて先生の顔を両手で挟むようにして私から遠ざけた。

　とぼけた顔をする先生を、私は睨みつける。

「あれ？　怒った？」

「さっき、学校だから何もしないよって言いませんでした？」

「言ったっけ？」

「言いましたよっ」

　先生は「はははっ」と笑いながら起き上がり、ベッドに腰かける。

　私も起き上がり、先生から少し離れた斜め後ろに座った。

　私はまだ怒っている。

　それなのに……愛おしそうに私のことを見つめてくる先生。

　怒る私の頭を……いつものように優しく撫でた。

「つむぎは、怒っててもかわいいな」

　なんで先生は、私の心をいとも簡単にかき乱せるんだろう。

　さっきまでの怒りの感情は一切消え、体温が一気に上がるのがわかる。

　先生の言動にいちいち一喜一憂して、私は本当に幼い子どものようだ。

「私が喜ぶの知ってて、そういうこと言うんですよね？そう言えばいいと思って……ずるい」

「ずるいのは、つむぎだって同じだろ」

　私がずるい？

「学校では先生として接しなきゃいけないって思ってるのに、いざ、つむぎを目の前にすると、ブレーキがきかなくなるんだ」

「……」

「つむぎが、俺を1人の先生から1人の男にするんだよ」

　ここは学校なのに。

　いつ誰が来てもおかしくない場所なのに。

　それなのに……今は、先生のことしか考えられない。

　先生で頭の中がいっぱいだ。

　先生のことが好きだという気持ちで溢れている。

「今すぐ、誰にも邪魔されないところに行きたい」

　先生は、私の髪の毛を指ですくった……。

　私だって同じ気持ちだよ。

　何も気にせず先生とイチャイチャしたい……。

　先生と私のおでこが……くっつく。

　近すぎて、思わず呼吸を止めてしまう。

　あと少しで……キスができそうな距離だ。

「つむぎのこと、ここから連れ出していい?」

　そんなことできないのはわかっているけど、私は小さく「うん」と答えた。

　想像していた返しとは違ったのか……先生のおでこが離れていった。

「そこは、それはできませんよ、って言わなきゃ」

「私、ウソつけないんです」

　内心、先生から言っておいて?と思う私。

「けど、そんなふうに言わせてるのは俺か」

「自覚はあるんですね」

「それくらい、つむぎは俺に影響されてるだろ?」

　自信満々な先生。

「悔しいけど、合ってます」

　先生がたくさん私のことをかわいいと言ってくれるから、愛を伝えてくれるから……私も自然と先生には私の気持ちを全部知ってもらいたいと思うようになった。

「……俺も、同じくらいつむぎに影響されてる。それは覚えておいて」

　最後に、私の手の甲にキスをした先生。

　これ以上2人でいたら怪しまれそうなので、私たちはそれぞれの教室へと戻った。

　……私は、教室に戻ってから気づいた。

　また小栗先生のことを聞けなかった……。

　瀬那先生に聞いて、『付き合ってたよ』と言われたところで、私はどうすることもできないんだけどね。

　それでも先生の情報は、ちゃんと先生本人から聞きたい。

　それがたとえ、どんなに不安になるようなことだったとしても。

　……次のときには必ず聞こうと、私は心に決めた。

　それから1週間がたち……捻挫も無事に完治した。

　そして、クリスマスに向けてのテスト期間に入り……私は、苦手な数学を入念に勉強したのだった。

## 先生のウワサ

　テスト期間が終わり、冬休みが来た。

　瀬那先生と車で遠くにある神社に初詣（はつもうで）に行き、その帰りにまた温泉に行った。

　先生の実家は県外で飛行機に乗らないといけないため、先生の両親に挨拶しに行くのは、またの機会に。

　新年を迎え……冬休みも終わり、新学期が始まる。

　それと同時に、１年生の終わりも近づいてきた。

「伊吹くんとは最近どう？」

「この前、ケンカしちゃったんだけど、昨日やっと仲直りできて……今はラブラブですっ」

　学校につくまで、私と蛍は近況報告をしあっていた。

　伊吹くんとラブラブなようで一安心。

　学校につき、教室に入ると……なんだか女の子たちがざわついていた。

「どうしたの？」

　近くの席の女の子にそう聞くと、その子は前のめりで私にしゃべってきた。

「ウワサなんだけど、守谷瀬那先生と小栗恵玲奈先生が結婚するらしいよ」

　……え……？

　目が点になる私と蛍。

　瀬那先生と小栗先生が、結婚……？

「きっと何かの勘違いだよ」と、強く反論する蛍のその言葉も……私には届かなかった。

状況が、いまいちのみ込めない……。

とにかく瀬那先生本人に聞いてみないとわからない。

ウワサだから、勝手な憶測で考えてはいけないと思う。

真相を知りたい。

なんとしてでも、先生を捕まえて２人きりになれる場所で聞き出さないと……！

……そうは思うけど、こういうときに限ってなかなか捕まらない。

モテモテな瀬那先生が結婚というビッグニュースに、他の女の子たちもショックを受けているようだ。

泣く子だったり、怒る子だったり……廊下を歩けば女の子たちの口から瀬那先生の名前を聞いた。

先生を見かけたとしても、近寄れないほどの女の子たちがまわりを取り囲んでいるため、話を聞くどころじゃない。

だからって……メッセージや電話でも聞きたくない。

直接、先生の目を見てちゃんと聞きたい。

ウソだと信じているけど……先生の口から真実を聞くまでは眠れない夜が続いた。

真相を知ることができないまま……気づけば、３日がたっていた。

私は古典の先生に用事があり、職員室に来た。

そこで私は、職員室のコピー機の前で書類を整理している瀬那先生を見つけた。

　……しかし、隣には小栗先生がいて２人は楽しそうに話をしている。

　反射的に見つかってはいけないと思った私は……急いで職員室のドアに隠れた。

　こうなったら盗み聞きしちゃおう……。

　瀬那先生と小栗先生が仲良さそうに話しているところを見る限り、お似合いだなぁと思ってしまう。

　本当に２人が結婚するような気がしてきて……私はめまいがしそうになった。

「いや〜、それにしても小栗先生が結婚するのがせなくんとはね」

　よく知らないおじさん先生が、２人に話しかけてきた。

　え……？

　結婚するのが瀬那くんって言った……？

　それってつまり小栗先生と瀬那先生が結婚するからってことだよね……？

「ややこしくなってしまいますよね」

　照れながらそう言う小栗先生。

「そんな偶然が起こるものなんだね〜」

　ややこしくってって……同じ職場に夫婦がいるからってこと!?

　偶然って……こんな近くで結婚する運命の人に出会えたからってこと!?

「名前が一緒ってなんか恥ずかしいね……」

　恥ずかしげに瀬那先生を見つめる小栗先生。
　……ここまでくると、もう大好きな人を見る瞳<ruby>瞳<rt>ひとみ</rt></ruby>にしか見えなくなってきた。
　名字が一緒になるのが恥ずかしいってことだよね？
　小栗先生から出る言葉１つ１つが結婚への確信へと変わっていく。
「そうか？　めでたいことなんだからいいじゃん。しばらくは慣れないだろうけどな」
　瀬那先生の返しもなんだか小栗先生の結婚相手だからこその言葉なような気もしてきた。
　なんだか頭痛がする……。
　２人の絡みを見るのはもう耐えられそうにない。
　これ以上は聞きたくない。
　とにかく走った。
　心臓を誰かに揉<ruby>揉<rt>も</rt></ruby>まれているかのような、気持ち悪い初めての感覚。
　それに気づかないふりをするように……私はとにかく教室まで走った。


　教室で女の子たちと話している蛍に、思いっきり抱きつく私。
「つむぎ……？　どうした？」
　教室内が少しざわつくのがわかる。
　……でも、みんながいる前で瀬那先生のことは言えない。
「次の授業、サボろっか」

「……え……？」

「たまにはいいでしょ。さ、空き教室でも探しに行きますかぁ」

　蛍は私の異変を感じ取り、いろいろ察してくれた。

　私の腕を強引に引っ張る蛍についていく私。

　私たちは空き教室を探す旅に出かけた……。

　前に伊吹くんに教えてもらった美術室へ行ってみることにした。

　運よく、授業中でもなく鍵も開いていた。

「……じゃ、何があったか言ってごらん？」

　美術室の四角い小さな木のイスに向かい合う形で座る私と蛍。

　今にも泣きそうな私の両手を、蛍はギュッと握りしめてくれた。

「……瀬那先生のウワサ、本当かもしれない」

「なんで？」

「さっき職員室で小栗先生の結婚する人が瀬那先生だって話してるの聞こえたの」

「……」

「それに、小栗先生も瀬那先生も仲良さそうに話してて、いつかは慣れるでしょうって言ってた……」

　思い出すだけでも、また頭痛がしてくる。

　私の体は嫌なことがあるとこんな拒否反応が起こるようになってしまったの？

「んー……つまり、つむぎはそれを聞いて、2人が結婚す

るんだと思ったわけだ」

「だって、小栗先生の旦那さんの名前がせなくんで、さらに大学のときに付き合ってたんだよ？　美男美女で絵にもなる……」

「けど、誰からも瀬那先生と小栗先生が結婚するって言葉は聞いてないんだよね？」

「……うん」

「しかも、瀬那先生が小栗先生と婚約してるのにつむぎと浮気するような最低な人だと思う？」

「……思わない」

　瀬那先生は女の子に慣れていて優しくて、一見チャラい。

　だけど……誰にでも真摯に向き合って、一緒に問題を解決してくれようとするお手本のような先生だ。

　私と付き合ってからも、きちんと私の両親に挨拶をしてくれて、先生には辛いだろう卒業までの約束も果たそうとしてくれた。

　いつも私のことを優先して考えて、私が不安にならないように接してくれる……私のことを一途に愛してくれていた。

　……そうだよ。

　瀬那先生のことを最後まで信じなきゃ。

　蛍のおかげで目を覚ますことができた。


【次の土曜日、会いたいです】

　その日の夜、私は1行だけのメッセージを送った。

290

【俺の家においで】

　瀬那先生からの返信はすぐにあった。

　それまでの毎日は本当に憂鬱だった。

　先生の顔を見ると、自然と避けるようになっていた。

　私は基本的にポジティブなのに、このときはめずらしく落ち込んでしまった。

『子どもじゃないんだぞってところを見せてやればいいんじゃない？』

　そんなとき、前に言われた蛍からの言葉を思い出す。

　……私にできることはすべてやろう。

　最後になるかもしれないけど……私なりの悪あがきだ。


　その次の日の放課後に、私は蛍と買い物へ出かけた。

　目的は……新しい下着を買うこと。

　いつもはパステル系の色を選ぶことが多いのだけれど、今回は大人っぽくセクシーなものを買うことに。

　たくさんの種類があり悩んだあげく……黒のレースがあしらわれた下着にした。

　パンツなんて……後ろの部分が総レースになっている。

　これは身につけている意味があるのかと心配になるけど、これこそ私の中での大人っぽい下着なのだ。

　しかも、店員さんからこれが一番人気で彼氏ウケがいいと聞いてしまったら、これ以外はもう買えない。


　そして、やってきた土曜日。

　朝からどしゃ降りの雨だったので、瀬那先生が家の前まで車で迎えに来てくれた。

　そのまま先生の家にお邪魔させてもらうことになった。

　定番化しているお家デート。

　のんびりできるし、誰かにバレる心配もないし私は結構好きだ。

　……それに、先生とイチャイチャだってできる。

　でも、今日はいつもとは違う。

　私には先生に聞かなくちゃいけないことがあるんだ。

　私がお昼ご飯でチャーハンを作って、先生がお皿などを洗った。

　いつも、私が料理担当で先生が食器洗い担当。

　……小栗先生とも、こうして役割分担をしているんだろうか。

　小栗先生が料理を作って瀬那先生が食器を洗っているんだろうか。

　どうしても……卑屈なことばかりを考えてしまう。

　私って、こんなに面倒くさい女だったっけ？

　気持ちを切り替えて、今日はなんとしてでも瀬那先生を誘惑してやるんだから。

　女子高生だって色気はあるんだぞってところを見せつけてやるんだ。

　小栗先生のことがなければ、単純に瀬那先生に見てもらいたいという、その想いだけだったと思う。

　かわいいって言ってもらえたらうれしいな。

　瀬那先生が洗い物に夢中になっている隙を狙い、私は寝室へと向かった。

　洗い物が終わり、リビングへと戻ってきた先生。

　リビングに私がいないことに気づいたようだ。

　……足音が近づいてくる。

　先生が寝室へと入ってきた。

　照明がついていなくても……先生がベッドの上に座る私を凝視しているのがわかる。

「つむぎ？」

　先生のいつもの優しい声。

　その声が私は大好きだ。

　私は着ている洋服を順番に脱いでいく。

　洋服をすべて脱ぎ……私は下着姿になった。

　新しい黒の下着しか身につけていない。

　そんな私を見て驚く先生。

「……どうした」

　自分で脱いでおいてなんだけど……恥ずかしくて顔から火を吹きそう。

　どこを見ていいのかわからない。

　リビングからの明かりで私の体も照らされている。

　それでも……先生にはちゃんと見てほしい。

「新しい下着を買ったから、先生に見てほしくて」

「……」

「私ね、もう子どもじゃないんだよ。もう16歳で結婚もできる年なの」

「……」

　先生は体も顔も眉毛すらも動かさない。

　ずっと無言のままで、何を考えているのか私にはまったくわからなかった。

「卒業するまでのお父さんとの約束……守らなくてもいいんじゃないかな」

「……」

「待たなくてもいいんだよ。私はもう、心の準備できてるか……」

　言いかけたところで、毛布を体にかけられた。

　そして、私に聞こえるように先生は大きくため息をつく。

「とりあえず着ろ」

　見たことのない冷たい目をする先生。

　怒っているようだ。

　それも、かなりのお怒り。

　小栗先生のほうがきれいで魅力的だから、こんな貧相な体は見たくないってこと？

　私がまだまだ子どもだから小栗先生と結婚するの？

　それとも……私とは最初から遊びだったの？

　洋服を着てしまったら……私たちの関係がもう終わってしまうような気がした。

「……やだ」

「やだじゃない。いいから着て」

　駄々をこねる子どものように抵抗する私。

　いつもならそんな私も面倒くさがらずに相手をしてくれ

る。

　ところが、今日の先生はそんな私の相手もしたくないらしい。

　先生が私の目の前に服を置いた。

「瀬那先生、私……」

「いいから着ろ」

　突き放すような言い方をする先生。

　麗華さんに向けていたあの冷たい声と一緒。

　まさか、私に向けられるとは……。

　せっかく新しい下着を買って、意を決してここで脱いでみたのに先生は無反応。

　むしろ迷惑だったのかもしれない。

　私は仕方なく服を着た。

「今日はもう帰れ」

　着替え終わり、ソファに座っている先生の元へ行く私に彼は言い放った。

「……なんで？　私は……」

「まだ明るいから１人で帰れるだろ」

「……」

「１人になりたい」

　幻滅した？

　そうだよね……。

　突然自分から脱ぎ始めるなんて引くよね。

　だって……少しでも私が子どもじゃないんだってところを知ってほしかったんだもん。

　そうしたら、先生の心をまだつなぎ止めておけるかなって。

　でも……触れてもくれなかった。

　小栗先生への愛が本物だったんだ……。

　やっぱり小栗先生と結婚するのは本当なんだね……。

　私は、荷物を急いでまとめて部屋を飛び出した。

　その瞬間……涙が洪水のように溢れた。

　あぁ……飛び出してきたから傘を忘れてしまった。

　外はまだどしゃ降りの雨。

　私は、完全な悲劇のヒロイン。

　……こんなはずじゃなかったのに。

　もう雨なのか涙なのかもわからない。

　現実にこんなこと起こるんだなぁ。

　でも、今の私にはちょうどいいかもしれない。

　強く雨に打たれることで頭が冷やせる。

　雨の冷たさで感覚がまひして、余計なことを考えなくて済む。


　駅の近くまで……歩いてきた。

　先生は追いかけてこない。

　心配して追いかけてきてくれるかもと少しでも期待した自分に腹が立つ……。

「ねぇねぇ、そこのびしょびしょのお姉さん！」

　こんな大雨の中びしょびしょのお姉さんなんて私しかいないだろう。

こういうときに限って冷静に考えることができる。

呼ばれたからには……と、私は勢いよく振り返る。

けど、相手は見知らぬ金髪でスーツを着た派手な男。

あぁ……この人が瀬那先生だったらどれだけうれしかったか。

心底そう思う。

派手男は「そんなに濡れたらさすがに風邪ひくよー？」と、私の上に親切に傘をさしてくれた。

「なんかあったんなら、うちで休んでいきなよ」

女子高生にもわかる、絶対に裏がある笑顔を見せてくる。

明らかに怪しい。

答える気力もない。

……傘をさしてもらっておいてなんだけど、肩がさっきから当たっている。

好きじゃない人とここまでの至近距離って、なかなかな嫌悪感をいだく。

「え、ていうかさ、めちゃくちゃかわいいね!?　この見た目だったら、すぐうちのキャバクラでナンバーワンになれるよ！」

私が無視を貫き通しても、しつこく話しかけてくる派手男。

「私、もう行きます……。傘、ありがとうございました」

そう言って立ち去ろうとする私の腕を強く掴んできた派手男。

「行かせたくないな～。とりあえずさ、見学だけでもして

いきなよ。ね？」

「大丈夫です」

「いやいや……とりあえず俺と行こう」

　掴む力がどんどん強くなっていく。

　腕を抜こうとするけど、女の力で男に敵うはずがない。

　さすがにこの状況って、やばい……？と、やっと私は気づき始めた。

　「お店すぐそこだからさ！」と、私は派手男に無理やり引っ張られる。

　なんでこんな人生どん底の日に、神様は私にさらなる試練を与えるのよ〜！

　泣きながら走ってきたから、体力的にも精神的にももうズタボロなのに……。

　必死に抵抗するも、派手男に引きずられるようにして私はお店のほうへと連れていかれる。


「あの」

　うるさすぎる雨の音の中から、鮮明にその声だけがはっきりと聞こえた。

　目の前には……大好きで大好きで大嫌いな人。

　傘を２つ持った瀬那先生が眉間にシワを寄せていた。

「その子の手、離してもらえますか」

「あ？　突然なんだ？」

「いいから離してください」

「なんでおまえの言うことを聞かなきゃなんねぇんだよ？」

　先生と派手男は睨み合い、一触即発の状態になった。

　今にも殴り合いになりそうな雰囲気だ……。

　どうしよう。

　私のせいで先生がケガをしてしまうかもしれない……。

　すると、今度は先生の顔が悲しげに見えた。

「俺の大事な彼女なんだよ。いいから離せ」

　威圧感のある怖く低い声で話しているのに、どうしてそんなに悲しそうなんだろう。

　諦めてくれたのか、派手男は大きく舌打ちをしたあとに私を離しその場から去った。

「……とりあえず、俺の家に戻ろ」

　先生に肩を抱かれ、有無を言う間もなく連れていかれる。

　私がこれ以上雨に濡れないようにと傘を私のほうに傾けてくれているんだけど、そのせいで先生の肩が濡れてしまっている。

「傘もう１つ持ってきてくれたんですよね。私、そっち使いますよ」

　先生に風邪をひいてほしくない。

　そう思った私は、私の肩を抱く手と反対の手にかけられているもう１つの傘を取ろうとした……。

「俺と相合い傘するの嫌？」

「……そ、ういうわけじゃない、ですけど……瀬那先生の肩がさっきから濡れてるから……」

「これくらい大丈夫。今は、つむぎとこうして歩きたいんだよ」

　何それ……。

　なんで、そんな惑わすようなことを言うの……？

　そんなふうに言われて断れるはずないじゃない。

　私たちはそのまま何もしゃべらず、私は先生の腰をギュッと掴みながら家までの道を歩いた。


　瀬那先生の家に到着し、すぐに先生はお風呂を沸かしてくれた。

　沸くまでの間、風邪をひくからと……この前泊まったときのと同じ先生のスウェットを貸してくれた。

　私は温かいシャワーを浴び、湯船に浸かる。

　さっきまで冷たかった体が一気に温かくなった。

　幸い、新しく買った黒の下着はそこまで濡れなかったので身につけることができた。

　さすがにノーブラ＆ノーパンでスウェットは厳しいものがある……。

　お風呂を出ると、リビングのテーブルには淹れたばかりだろう紅茶が置いてあった。

「これ、足にかけな」

　そう言って、先生に渡されたのはブランケット。

　風邪をひかないように、気をつかってくれているのがわかる。

　いつもの優しい先生。

　だからこそ、胸の奥が痛くなった。

　「俺も温まってくる」と言って、先生はお風呂場へ行っ

てしまった。

　この紅茶を飲んで、先生がお風呂から出てきたら帰ろう。

　きっと、先生も１人になりたいだろうし。

　先生の匂いがするブランケットに包まれながら、私は紅茶をいつもよりもゆっくりと……飲み始めた。

## 仲直りのあとの＊瀬那先生side

　突然、つむぎが下着姿でベッドに座っていて状況をすぐに理解できなかった。

「新しい下着を買ったから、先生に見てほしくて」

　いくら天然だからって、男に下着を見せる＝どんなことをされるかくらいわかるはず。

「私ね、もう子どもじゃないんだよ。もう16歳で結婚もできる年なの」

　わかってるよ、もう子どもじゃないことくらい。

　俺自身23歳にもなって、7歳も下の子に普通に欲情しているんだから。

「卒業するまでのお父さんとの約束……守らなくてもいいんじゃないかな」

　必死に理性を働かせて我慢しているのは、いつか結婚したいと思っているからだ。

　いくら想い合っていたとしても、世間から見れば俺とつむぎは先生と生徒の関係。

　堂々とカップルとして、外を歩ける関係じゃない。

　それなのに、つむぎの両親は俺のことを認めてくれた。

　それがすごくうれしかった。

　だって……お父さんが、つむぎのことを大事に思う気持ちはわかる。

　手塩にかけて育ててきた娘を大切にしてほしいと思うこ

とは、親として当たり前のことだと思う。

　俺の気持ちが本気だとわかってもらうためにも、俺の中でけじめをつけるためにも、お父さんとの約束は守りたいと思っていた。

　……本音を言えば、今すぐこの場で抱いてしまいたい。

　言葉では伝えられないこの気持ちを、つむぎの体で感じてほしい。

　だけど、それでも最後まではしないことが、俺にとってはつむぎと付き合っていく上でのけじめなんだ。

「待たなくてもいいんだよ。私はもう、心の準備できてるか……」

　なのにバカつむぎは、さらに俺のことをあおってきた。

　手が震えてるのが見えてるんだよ。

　心の準備なんてできてないくせに。

　俺がどれだけ我慢していると思ってんだよ……。

　俺はさすがに手に負えなくなり、大きなため息が出た。

「今日はもう帰れ」と冷たく言い放つ俺に、泣きそうになるつむぎ。

　これ以上今のつむぎといても、もっとひどいケンカになる予感しかしない。

　……それに、今度こそ脱がれてしまったら、そのときは我慢できるか自分でもわからない。

　とにかく、俺は１人になって頭を冷やしたかった。

　勢いよく家から出ていったつむぎ。

　ガチャンッと……玄関のドアが閉まる大きな音がした。

　まだ夕方前だし、1人で帰らせても安全だろう。

　そんなことを考えながら、俺は頭を冷やす。

　そして10分くらいたったころ、俺はため息をついて玄関の鍵を閉めに行く。

　……すると、つむぎが持ってきたはずの傘が傘立てに置かれたままだった。

　慌ててドアを開け、外の様子を確認する。

　つむぎの姿はもうない。

　そして……どしゃ降りの雨と他の音をかき消すくらいの大きな雨音。

　こんなどしゃ降りの中、傘もささずに帰ったのか……？

　……って、完全に俺のせいだろ。

　急いで帰らせたのは俺じゃねぇか。

　やるせない気持ちに支配されそうになりながらも、俺は気づけば傘を2本手に持ち、アパートから飛び出していた。


　必死で走り続け、駅の手前でつむぎを見つけた。

　スーツを着た金髪の男に、無理やり引っ張られている。

　……はらわたが煮えくり返るとはこのことかと、そのとき初めて知った。

　俺のつむぎに触るんじゃねぇ。

　その腕も、肩も、脚も……唇も、触っていいのは俺だけだ。

　これからも、そうであってほしいんだ。

　殴り合いのケンカなんてしたことないけど、俺はそう

なってもいいほどに相手の男を威圧していた。

　相手が潔かったおかげでケンカになることはなく、なんとかつむぎを捕獲することができた。


　俺の家に戻り、つむぎに先に風呂に入ってもらい、そのあとに俺が入った。

　風呂から出ると、つむぎはソファに座って紅茶を飲んでいた。

　淹れた紅茶はそんなに量が多くなかったはずなのに、まだ入っているのか？

　疑問に思いつつも、俺はつむぎの隣に座った。

「私、この紅茶を飲み終わったら帰りますね」

　つむぎはそう言って、また一口紅茶を口に入れる。

　家に戻っているときから思っていたけど……つむぎの口調にどことなくトゲがあるような気がする。

　もしかして怒っている……のか？

　だけど、そのわりには一気に飲めば帰れるのに残り少ない紅茶をちびちびと飲んでいるつむぎ。

　怒っているのは間違いないみたいだけど、本心は帰りたくないと思っているのかもしれない。

「まだ帰さないよ」

　俺はつむぎの手から紅茶が入ったマグカップを奪い、テーブルの上のつむぎが届かない位置に置いた。

　これでもう、つむぎは紅茶を飲めなくなった。

　何も解決してないのに、このまま帰すわけにはいかない。

　さっきの俺もどうかしていた。

　突然のつむぎの下着姿と誘惑に、俺の思考回路はめちゃくちゃになっていたに違いない。

　あからさまに不安そうな顔をするつむぎ。

　すぐに俺から視線をそらし、うつむいてしまった。

「……俺は超能力者じゃないから、話してくれないとわからないこともある」

「……なら……」

「ん？」

「瀬那先生の本当の気持ちも全部話してくださいね」

　さっきまで子どものように怒った顔をしていたつむぎが、急に大人びた表情をした。

　驚いた俺はそれを隠すように……「わかった」と口にした。

　ブランケットをギュッと握り、つむぎはゆっくりと口を開いた。

「どこから何を話せばいいのかわからないから、とりあえず思ってること、今の気持ちを全部話します」

「……うん」

「先生の第一印象は最悪でした」

　予想外の出だしに、思わずツッコミそうになるもののなんとか抑えた。

　そういえば、つむぎの俺の第一印象って最悪だったんだと今さら思い出し、単純にショックを受ける俺。

「チャラくて、みんなにニコニコしていて……なんでこん

な人が先生なんかやってるんだろうって思ってました」

「……」

「でも、蛍が失恋したときに、先生は蛍と私の背中まで押
してくれて。誠実で生徒のことを真剣に考えてくれる先生
のことを……だんだん意識するようになりました」

　つむぎは……俺のことをそんなふうに思っていたのかと
初めて知った。

　俺も、つむぎが気になったきっかけは松本が失恋したあ
のときだった。

　友達が苦しんでいるからと、自分のことのように親身に
なって寄り添うつむぎの姿が愛おしく思えたんだ。

「そして、気がつくと好きになってました」

「……」

「最初は先生と生徒という関係だから、叶うはずのない恋
だって思ってた」

「……」

「けど、やっぱり私のことを見てほしくて……先生に迷惑
をかけるとわかっていたけど、告白してしまいました」

　追試のテストを返したあとに『先生のこと誘惑します』
と言われたことは、今でも昨日のことのように思い出せる。

　俺の中ではそれだけ印象的で、俺の中のつむぎという存
在が大きくなった瞬間でもあった。

「先生も私と同じ気持ちだと知ったときは本当に信じられ
なくて……。だけど、人生で一番幸せでした」

「……」

「話したりデートしたり、先生との時間はすべて大切な思い出です」

　それは、つむぎが勇気を出して俺に気持ちを伝えてくれたから……。

　全力で俺にアタックしてきてくれたから……俺たちは今こうしてそばにいることができるんだ。

　聞いたことのなかったその時々のつむぎの気持ちを聞けて、俺はうれしかった。

　だけど、『思い出』という言葉にどうしても引っかかってしまった。

「なんで過去のことみたいに言うんだよ」

「……だって、今日で私たちは終わりなんでしょ？」

「……は？」

　終わり？　別れるってことか？

　どういうことだ？

　つむぎの言っていることが理解できないまま、つむぎはさらに話を続ける。

「たとえ、結婚するまでの遊びだったとしても、私にとって先生との時間はかけがえのないもので……」

「ちょっと待て。結婚？　遊び？　なんのことだ？」

　突然出てきた言葉に驚きを隠せない。

「小栗先生と結婚するんですよね？」

　俺を睨みながら涙を流すつむぎ。

「小栗先生って、小栗恵玲奈のことか？」

「はい。小栗先生は結婚して名字が守谷になるんですもん

ね……っ」

「待て待て。１回整理させてくれ。まさか、恵玲奈と俺が
結婚すると思ってんのか？」

「……そうですけど」

　つむぎの表情を見る限り、俺のことをからかって言って
いるとは思えない。

　どうやら本気でそう思っているらしい。

　俺は深くため息をついたあと、このあと何をどう説明す
ればいいのか考えるために頭をかかえた。

「そんなにバレちゃってショックなんですね……」

　バレてしまい、俺がショックを受けているんだとつむぎ
は勘違いしている。

「それさ、誰から聞いたの？」

「……同じクラスの女の子からです」

「その子は誰から聞いたって？」

「他のクラスの女の子たちがウワサしてたって、言ってま
した」

　俺は、横目で髪の間からつむぎを見る。

　誰かが職員室で恵玲奈が結婚することを聞いて、何をど
う勘違いしたのか、俺と恵玲奈が結婚するんだとウワサを
広めたと……。

　今回の勘違い事件の真相は、そういうことか。

　鼻をすすりながらまだ泣いているつむぎの涙を指ですく
う。

「……つむぎは、それを信じたんだ？」

「……はい」

　たしかに仕事が忙しくて最近つむぎとちゃんと話す時間がなかった。

　少しでもいいから時間を見つけて会いに行けばよかったんだ。

　俺は自己嫌悪におちいる。

「恵玲奈は……俺とは別人の瀬名（せな）って人と結婚するんだよ。しかも、瀬は俺と同じ字だけど、名は名前の名なんだ」

「……え？」

「結婚相手は俺じゃない」

　涙が引っ込み、思考が停止しているであろうつむぎ。

「誰かが俺と結婚するって勘違いして、そのウソが広がったんだなきっと……」

「じゃあ、瀬那先生は誰とも結婚しないの……？」

「しないよ」

「勘違いだったんだ……」

　他の先生と比べても生徒たちとはよくコミュニケーションをとるほうだと思っていたけど、今回の結婚のウワサのことはまったく知らなかった。

　あとから女子生徒に聞いた話によると、あまりのショックで本人の俺には聞けずにいたらしい。

　……そのおかげで、俺の大事なつむぎちゃんが俺と別れようとしていたんだぞ。

　なんて、言えるはずもない。

「まさか、さっき下着姿になったのも、俺が結婚すると思っ

てたから……？」

「先生が大人の女の人が好きなんだったら、最後に誘惑したいって思って……」

「俺をつなぎ止めようとしたんだ？」

「……はい……」

　つむぎは恥ずかしさで、ゆでだこ状態になっている。

　それで、あんな大胆な行動に出たのか。

　……だからといって、納得しきれないことも多々ある。

「でも、ショックだな。俺がつむぎとは遊びで付き合ってると思ってたんだろ？」

「それは、小栗先生と結婚するって思ってたからで……。それがなかったら、先生のことそんなふうに思いません」

「なら、もっと早く聞いてくれればよかったのに」

「２人が結婚するんだって信じ込んでたから、そんな簡単に聞くなんて無理ですよ……」

　つむぎが今日まで１人でどんな想いでいたか、どれだけ辛かったかを考えると……いたたまれない気持ちになった。

「……つむぎ、おいで」

　俺はつむぎに向かって手を広げる。

　つむぎは俺の胸に勢いよく飛び込んできた。

　俺は華奢なその背中に手を回す。

「じつは、瀬那先生と小栗先生が昔に付き合ってたことを麗華さんから聞いてたんです」

「あー……なるほど」

「それもあった上で２人がたまに仲良さそうにしていると
ころを見てたから……結婚するんだとすっかり信じちゃい
ました」

　どんなに言葉で信じてほしいと言ったところで、俺が行
動に示さなければ、つむぎも信じられなくなる。

「つむぎに信じてもらえなかったのは俺の力不足だ。辛い
思いさせてごめんな」

「……ううん……」

　優しく頭を撫で、つむぎの柔らかい髪に触れた。

「恵玲奈とは大学３年のときに少しだけ付き合ってたんだ。
でも、学校のことが忙しくてすれ違うようになって別れた」

「……」

「でも、学校のことが忙しいっていうのは言い訳で、時間
を作ろうと思えば作れたのに俺はそうしなかった」

「……」

「恵玲奈は、俺の気持ちが離れていってることに気づいた
んだろうな。そのあとすぐに友達に戻ろうって言われたん
だ」

　あのころの俺は本当に最低だったと思う。

　だんだんと自分の恵玲奈に対する気持ちが冷めていって
いることに気づいていたのに、見て見ぬ振りをしていた。

　傷つけたくなくて別れたいと言えなかった。

　……それは結局、恵玲奈のことを思ってじゃなくて、自
分がひどいやつになりたくないからだ。

　麗華のときもそうだ。

　俺は、突き放す覚悟がない偽善者だった。

「つむぎと付き合っている今はなんでかわからないけど、どんなに忙しくても数分でもいいから会いたいって思うよ」

「……っ」

「こんなふうに思うのは、つむぎが初めてだ。つむぎだから……これからも一緒にいたいって思うんだよ」

　つむぎには、そんな最低な自分でさえもさらけ出してもいいかなと思える……。

　それが不思議なんだよな。

「俺が、どれだけつむぎのことを考えてるかわかった？」

「……はい」

「つむぎに俺の頭の中を覗かせてやりたいよ」

　けど、実際にそうしたらそうしたで……つむぎのことばっかりで逆に引かれてしまうかもしれない。

　久しぶりに見たつむぎのくしゃっとした笑顔に、俺の心はいとも簡単に鷲づかみされる。

　もっとつむぎとくっつきたい……。

　俺は、ゆっくりとソファにつむぎを押し倒した。

「……あの、瀬那先生？」

　破壊力抜群の上目づかいで俺のことを見てくるつむぎ。

　戸惑う顔がさらにやばい……。

「その"先生呼び"、そろそろやめない？」

「学校で間違えて呼んじゃったらって思うとなかなか……」

「そのときはそのときだろ？　2人きりのときは、瀬那っ

て呼んでほしい」

　つむぎにとって、俺がもっと特別な存在になりたい。

「この体勢で言われると、従わなければいけないような気
になります……」

「それは正解だと思うよ」

「う……」

　つむぎは何回も「せ……」と繰り返した。

　たった2文字を言うだけなのにこんなに苦戦している。

　……その頑張る姿が、男の俺にはグッとくるものがある。

「せ、瀬那……」

　耳まで真っ赤にして、やっと言えた。

　これには俺も「うん。合格」と大満足。

「これは課題だから」

「課題ですか……？」

「2人きりのときは『瀬那』で頑張ろうな」

「……なるべく、頑張ります」

「それと、敬語もなくしてほしいな」

「敬語もだめなんですか!?」

「だめだよ。今は先生と生徒じゃなくて彼氏と彼女なんだ
から。つむぎにはもっとリラックスしてほしいんだよ」

　俺がそう言うと、「むしろ、ため口で話すほうが緊張し
ちゃいます……」と、つむぎはぶつぶつ文句を言っていた。

「つむぎの頑張る姿を見るのが好きなんだよ」

「……この体勢で言われても説得力ないんですけど……」

「そう？」

　内心、たしかにと納得してしまった。

　……そういえば、俺のために新しい下着を買ってきてく
れたんだっけ？

　俺はつむぎのスウェットの中に手を忍ばせた。

「せ、瀬那先生……っ!?」

「瀬那、でしょ」

　俺はしゃべりながらつむぎの背中に触れ……ブラジャー
のホックを外した。

「あの、せ、瀬那……」

「ん？」

「これ、ね、瀬那のために新しく買ったの……」

「……」

「だから、その、ちゃんと見てほしい……です」

　さすがにやりすぎたか？と思いきや……つむぎからは予
想外の言葉が。

　『見てほしい』だと……？

　そりゃあ、俺だって見たいよ。

　変態だと思われてもいい覚悟で、まじまじと見たいよ。

　……でも、つむぎの下着姿を見て「かわいいね」とだけ
言ってそれだけで終われる自信はない。

「見たら、止められないかもしれないよ」

「……でも、さっき見たときはなんにも……」

「さっきは、ムカつきのほうが勝ってたから。今は、たぶ
ん無理」

　俺の気持ちも知らずにあおってくるつむぎにムカついた

から、正直ムラムラするどころじゃなかった。

けど、今は違う……。

こんな状況で止められる自信なんてない。

「止められなくても……大丈夫です」

「意味わかってて言ってるんだよな」

はっきりと頷くつむぎ。

「じゃあ、見てあげるよ」

俺はつむぎの上からいったんどいて、ソファに座る。

つむぎも起き上がり、座った……かと思ったら、スウェットを本当に脱ぎ始めた。

つむぎの華奢な体が現れ……初めてちゃんと見たけど、素直にきれいだと思った。

黒のレースの下着って……。

なんでこんなエロい下着を選んだんだよ。

かわいすぎるだろ……。

「……どう？」

俺の気持ちも知らずに、純粋に自分を見ての感想を聞きたがる天然つむぎ。

「想像以上にかわいいし、きれいだと思った」

「……それなら、よかった」

俺からの『かわいい』でこんなに喜んでもらえるなら、つねに言いたくなってしまう。

「もう我慢しない」

「……」

「かわいい声、たくさん聞かせてもらうからな」

　それから俺は……つむぎに、あんなことやこんなことを
たくさんした。

　途中に聞こえるつむぎの甘い声に、俺の暴走は止まらな
かった。

　俺は、つむぎのかわいい声をたくさん聞けて大満足。

　終始顔を隠すつむぎにキスの嵐を浴びせ、最後のほうに
は自分の唇がヒリヒリしていた。

「この世には、こんなに恥ずかしいことがあるんだね……」

「まだ序の口だよ」

「えっ!?」

　つむぎは、驚きの声を上げる。

　さすがに、つむぎにとっては刺激が強すぎたか……?

　だけど、俺はお父さんとの約束を守り最後まではしな
かった。

　これだけは絶対に守る。

　俺の我慢のおかげでこの約束が成り立っていることを、
きっとつむぎはまだ知らないだろう……。


　つむぎの服が雨で濡れてしまい着れなくなってしまった
ので、結局その日は俺の家につむぎが泊まることになった。

「別々で寝るなんて寂しいから一緒に寝よ」

　スウェット1枚だけの誘惑スタイルのつむぎにそう言わ
れ、俺は断ることもできず、仕方なくつむぎと一緒にベッ
ドで寝た。

　……自分で自分を褒めてやりたい。

　きっとつむぎは、ただ隣同士で寝るだけなのにこんなにいろいろと我慢しているだなんて思いもしないだろうな。

　それもこれも、すべては俺とつむぎのためだ。

　俺のつむぎへの本気度をお父さんにわかってもらうためにも、なんとしてでも卒業するまでは絶対に最後まではしない……！

　俺の決意は固かった。


　次の週の学校では、とにかく誤解を解くためにひたすら生徒たちに説明をした。

　毎回冒頭（ぼうとう）で説明をしてから授業を始めた。

　俺と恵玲奈が結婚しないことがわかると、女子生徒たちは授業中にも関わらず、その場で立ち上がるほど喜んだ。

　俺と恵玲奈が結婚するというウソのウワサもまったくなくなったところで、安心したのもつかの間……。

　女子生徒たちは以前よりも俺に絡んでくるようになっていた。

　女子生徒に囲まれながら歩く廊下。

　そこで、つむぎとたまにすれ違う。

　わかりやすく眉間にシワを寄せて怒っているのがわかった。

　デートしているときに『あのとき怒ってた？』と聞くと、つむぎは『だって、私だって先生のそばに行きたいもん』と口をとがらせた。

　なんだこのかわいい生き物は……と今すぐ抱きしめたい

気持ちを抑えて、俺は車を走らせた……。

　学校ではほぼ毎日顔を合わせているけど、俺はどうしても先生の顔で先生としての態度しかとれない。

　だから、大好きなつむぎを目の前にしても……つねに犬がおやつをおあずけさせられているような気分になる。

　その分、休みの日に1日会えるとつむぎへの想いが勝手にどんどん溢れてしまう。

　それをコントロールできるのが大人のはずなんだけど、まだまだおこちゃまの俺にはそれは難しいみたいだ。

## 先生のけじめ

私の高校生活は、瀬那先生一色だったと言っても過言ではない。

まさかの先生を好きになり、付き合うことになった高校１年生。

私が先生を誘惑するんだと意気込んでいたのに、現実は違った。

先生の一言、指先の動きだけで……胸が高鳴った。

そして、私は無事に２年に進級した。

まさかの……瀬那先生が担任になった。

日誌の交換や、プリントの収集など……先生となるべく多く関われるように心がけた。


毎日がバラ色とはこういうことなんだと実感した……そんな高校２年生だった。

……そして月日がたち、私は高校３年生に。

具体的にどこが成長したのかはわからないけど、将来のことをしっかりと考えるようになった。

職業体験で幼稚園へ行った際に、小さな子どもと関わる時間がすごく楽しくて、自分が生き生きしていることに気づいた。

そのため、子どものことを学びたいと思った私は幼児教育を学べる短期大学へ行くことを目指す。

　出席日数や成績など、いろいろな面を学校側が判断した結果……私をその短期大学へ推薦(すいせん)してくれることになった。

　面接のみを受けて、後日、無事に合格の連絡が。

　瀬那先生も一緒に喜んでくれた。


　冬も終わりを告げ、春風が吹く季節になってきた。

　私は今日で……この学校を卒業する。

　卒業式が終わり、廊下で門奈くん、伊吹くん、蛍と私のいつもの４人で仲良く話していた。

「門奈くんと伊吹くんは大学だよね？」

「そうそう。まだやりたいこともとくに決まってないから、大学４年間の中で見つけられればいいかなぁと思ってさ」

「それもいいかもね」

　門奈くんと伊吹くんは春から同じ大学へ行くらしい。

　まだまだ人生は長い。

　ゆっくりこれからのことを考えたって全然ありだよね。

「蛍は美容の専門学校かぁ。どんどんオシャレにきれいになってくんだろうなぁ」

「それはどうかわからないけど、そこで身につけた技をつむぎで試させてもらうからね。よろしく！」

「親友の頼みならＯＫです！」

　蛍は美容師になるため、美容の専門学校へ行くことにした。

　たまたま、その専門学校と私が行く短大の最寄り駅が一

緒なので、時間が合えばもしかしたら一緒に行けるかもしれない。

　……それでも、４月からはそれぞれの道へ進んでいく。

　その事実に変わりはない。

　幼稚園からずっと一緒だった蛍と離れ離れになってしまうんだと……今やっと実感してきた。

　胸の奥がキューッと締めつけられる。

　だめだ、だめだ、泣くな自分。

　笑顔で卒業するって昨日決めたじゃないか。

　気づかれないように太ももを強くつねってみるけど……その痛みよりも、蛍と離れる寂しさや辛さのほうが何倍も勝っていた。

「つむぎー……泣かないでよー。つられ泣きしちゃうじゃんかぁ……っ」

　私が泣いているのを見て、蛍の目からも涙が溢れ出てきた。

　またいつでも会えるのに、もう同じ学校に通うことができないだけで、なんでこんなにも寂しくて苦しくて辛いんだろう……。

「つむぎ、おいでっ」

「うんっ」

　両手を大きく広げた蛍の胸に私は勢いよく飛び込む。

　……不思議と、心は落ちついていった。

　瀬那先生のときもそうだったように、本当にハグをすると人は幸せな気分になれるのだと思った。

「おまえたちは本当に仲いいよな」

　門奈くんが抱き合う私と蛍を見てそうつぶやいた。

「うらやましいんなら、門奈も混ざれば？」

　めずらしく口角を上げる伊吹くん。

「あ、じゃあ、俺も卒業するの寂しいからそのハグに混ぜ
てもらおっかな～」

　門奈くんが絶対にそんなことする気がないのはわかる。

　お得意のおふざけだ。

　……それは、この場にいる4人全員がわかっていたこと
なのに。

　突然、私の目の前にスーツ姿の誰かが現れた。

　……その正体は、瀬那先生だ。

「みんな、卒業おめでとう」

「瀬那先生！　今までありがとうな！」

「よし、門奈、ハグしたいなら俺がハグしてやる」

「は？　……って、ちょっ！」

　先生はわざと私と門奈くんの間に立ち、私から門奈くん
が見えなくなった。

　驚く門奈くんを無視し、一方的に門奈くんを抱きしめる
瀬那先生。

「いや、あのっ、マジで大丈夫っすから！　離してくださ
いっ！」

　本気で先生を押し返す門奈くん。

　そんな門奈くんに対し、「恥ずかしがるなよ～」と笑う
先生。

　先生は、抱きしめるというよりは門奈くんを羽交い締めにしているようにしか見えない。

　先生……絶対に門奈くんにヤキモチ焼いてるよね。

　さっき、先生が少しイラッとした顔をしたのを私は見逃さなかった。


　数分後──。

　門奈くんは無事に解放され、また先生に狙われると思ったのか、伊吹くんを連れてどこかへと行ってしまった。

　先生とも学校で会うのは今日が最後。

　つまり、先生と生徒という関係も今日で終わりだ……。

「あの、瀬那先生……」

　最後だから、学校にいるうちにちゃんと話したい。

　そう思って私が口を開いたタイミングで、瀬那先生の後ろから瀬那先生のことが大好きな女の子たちが、勢いよくこちらへ向かって走ってくるのが見えた。

　案の定、いつものように先生はあっという間にたくさんの女の子たちに囲まれ、最後ということで、みんなから写真を撮ってほしいとお願いされている。

　……そういえば、制服姿で先生と写真撮ったことないな。

　放課後に先生の家に行ったとしても、制服のまま行くのはだめだとわかっていたから、必ず私服に着替えていた。

　私も先生と写真を撮りたい……。

　でも、このままじゃ撮れない確率のほうが高いな。

　そんな予想は大当たり。

　友達と写真を撮ったり話したり……高校生最後にやり残したことがないように思う存分楽しんだ。

　その合間に先生を見つけても、まだまだまわりには女の子たちがいて近寄りがたい。

　お昼には同じクラスの女の子たちだけで打ち上げと称して、駅近のカラオケへ行くことになっている。

　もうそろそろ学校を出ないとだ……。

　最後の最後は探しても先生を見つけることができず、私はさすがに諦めた。

「なっちの家に制服持っていって、そこで着て撮ればいいんじゃない？」

「そうだよね。そうする！」

　蛍がフォローしてくれたけど、私の中では学校で撮ることに意味があったんだけどなぁ……とまだ納得がいかない部分があった。

　教室にカバンを取りに行き、私と蛍は下駄箱へと向かった。

　靴を履いている途中……突然私のスマホが鳴った。

　ブレザーのポケットから取り出すと……スマホの画面には【なっち着信】と表示されている。

　高校を卒業するまでは、画面を誰に見られてもいいように瀬那先生の電話番号を『なっち』で登録していた。

　……それも、今日からは『瀬那』にできるんだ。

「もしもし？　どうしたの？」

《1年D組の教室、覚えてる？》

「覚えてるけど……」

《今から来てほしい》

え……っ!?

今から!?

しかも、1年D組って私が1年のときに使っていた教室
だ。

あえて、そこを選んでくれたのかな……。

でも、もうすぐ打ち上げがあるし……。

本心は、先生が私を呼んでくれているなら今すぐに飛ん
でいきたい。

私が悩んでいると……蛍が私の肩をツンツンと指で突い
てきた。

私が「ん?」と蛍へ視線を移すと、蛍は「い、き、な」
と小声で伝えてきた。

どうやら、瀬那先生の声がスマホから漏れていたらしい。

「クラスの子には私が適当に言っとくから。早くなっちの
ところ行ってきなっ」

蛍に背中を押された私は、「ありがとう」と蛍に伝え、
先生がいるところへ急いで向かった……。

卒業式ということで2年生と3年生のみ登校し、1年生
は休んでいる。

そのため、1年生の教室が並ぶ2階は一気に静まりか
えっていた。

懐かしいなぁ……。

そう思いながら、私は1年D組の教室の扉をゆっくりと

開けた。

　教室内を見渡しても、瀬那先生らしき人はいない。

　あれ……？　ここだって言ってたよね？

　不安に駆られる中……一瞬だけ教卓の向こう側に人影<ruby>（ひとかげ）</ruby>が見えた。

　もし瀬那先生じゃなかったとき大変だから、私はその人が誰なのか確かめるように顔を覗いた。

「つむぎか、よかった……」

　床に座り小さく体育座りしている先生は、私の顔を見て、迷子だった子どもが母親を見つけたときのようにうれしそうな顔をした。

　私は先生の隣に座ることにした。

「もしかして女の子たちから逃げて、見つからないようにここに隠れてたの？」

「そう。最後につむぎと２人きりになりたかったから」

「……っ」

「あ、ニヤけてる」

「わざわざ言わなくていいよっ」

　先生も私と同じ気持ちだったと知って、ニヤけないわけないでしょう。

　私たちは最後に秘密を守るために小声で話した。

「あのね、制服で写真撮ったことないから撮りたいんだけど……いい？」

「そういえばそうだな。全然いいよ」

　お互いの肩がつくほど密着した状態で写真を撮る。

　今までに何回も2人で写真を撮ってきたのに、なんだか
やけに緊張した。

　写真を確認すると、先生はいつもどおりかっこいいのに
私は少し笑顔がひきつっていた。

「……他の女の子とも、こうやって写真撮ってたんだよね」

「頼まれたから仕方なくな。先生としての仕事だよ」

　そうだよ。

　先生が生徒のためを思ってやっていたということくらい
わかる。

　先生として生徒のお願いを聞いてあげたんだよね。

　そうとわかっていても、どんどん欲張りになっている私
は……。

「もっと、瀬那先生にとって私が特別なんだって思わせて
ほしい……」

　先生の肩に頭を乗せてみた。

「本当につむぎは俺をその気にさせるのが上手だな」

　先生はそう言って……あぐらをかいた自分のひざの上に
私を横向きで乗せた。

「声、抑えろよ?」

　私の両腕を自分の首へと回しながら、先生は私の耳元で
意地悪にささやいた。

　それに従うしかない私は……噛みつくようにキスをして
きた先生を受け入れた。

　先生が私の腰を自分のほうへ引き寄せるので、自然とキ
スは深くなる……。

　柔らかい感触がして、私の口の中をそれが……ゆっくりと動く。

　声を出さない代わりに、先生の首に回る腕の力を強めるしかない。

　甘く激しいキスが終わり唇が離れる。

　私は深く息を吸う。

　……かなりの体力を消耗し、私は先生に寄りかかった。

「これで特別だって思えた?」

「……思えた。参りました……」

「ならよろしい」

　主導権をたまに握ってみたくなるので握ってみるものの、いつの間にか主導権は先生のものになってしまう。

　これがお決まりのパターンだ。

　先生は本当にキスが上手。

　他の人としたことがないから比べようがないけど、いつも私は先生のテクニックに翻弄されてしまうんだ……。

「……つむぎのお願い聞いたから、俺のお願いも聞いてくれる?」

「私ができる範囲なら全然いいよ……?」

「俺とお父さんの約束覚えてる?」

　先生からのお願いだから、ドキドキしながら待っていると……久しぶりに聞いたその言葉に背筋が伸びた。

　私は、頷いた。

「その約束、無事に果たせたことだし……もう、つむぎの全部もらっていいかな」

「……っ」

「……つむぎの全部が欲しいんだ」

「……そんなの……っ」

「ん？」

「そんなの、私だって瀬那の全部が欲しいよ」

　恥ずかしさを隠すようにうつむく私の横髪を、優しく触る先生。

「今度の土曜日、家においで」

　私は先生からお誘いを受けた。

　その日は、高校を卒業してから初めてのお家デートになる。

　全部が欲しいって、つまり、そういうことだよね……。

　もうすでにドキドキが止まらないよ……。

　定番のお家デートなのに、行く前から浮き足立ってしまうのは、まだ進んだことのない道が待ち受けているからだ。

　教室を出る直前に、先生が「つむぎ、改めて卒業おめでとう」と言ってくれた。

「この学校に来てよかったと思える一番の理由は、瀬那先生と出会えたことです。この３年間、先生のおかげで成長できました」

「それは俺も同じだよ。この学校の教師になれてよかったよ。俺も、つむぎのおかげで頑張れることがたくさんあった。この３年間本当にありがとう」

　生徒としても彼女としても……瀬那先生から得るものはたくさんあった。

　……私にとって一生忘れることのない、かけがえのない高校生活だった。

　私が先に教室を出て、先生は私が見えなくなってから教室を出た。

　打ち上げには途中から参加することができ、私は女子高生としてもこの日を楽しむことができた……。


　——そして、数日後の土曜日。

　瀬那先生がいつものように車で迎えに来てくれて、私は先生の家の中へと案内された。

　入ったばかりなのに、あからさまにソワソワしてしまう。

　どうしよ……手に冷や汗かいている。

　もう、さっそくする感じなのかな？

　こういうときってどうすればいいんだろう。

　考えれば考えるほど私の動きはぎこちなくなっていき、とりあえずソファに座ることにした。

「はい」と、冷たい紅茶が入ったコップを持ってきてくれた先生は私の隣に座った。

　先生が近くに来ただけで体がビクッとなってしまう。

「そんなすぐに取って食わないよ」

「え？」

「映画でも見るか」

　私が緊張しているのを察してくれたのか、先生はリラックスさせようと映画を見せてくれた。

　……そうか、もう『先生』や『瀬那先生』じゃなくてい

いんだ。

　いつもは、甘い雰囲気に流されているときだけ『瀬那』って呼び捨てにできるんだけど、徐々にそう呼べるようにしなきゃ……。

「つむぎはホラー見られる？」

「見られるよ」

「さては、怖がるついでに俺に抱きつく作戦だろ」

　先生はうれしそうにそう言って、リモコンの再生ボタンを押した。

　しかし、本当に私はホラー系が得意で、ホラー映画も心霊番組もかわいげなく見ることができる。

　そのため、私は怖がる素振り一切なしのまま、最後まで見続けた。

　気づけば、何もなく見終わってしまった。

　……あれ？

　これってウソでもいいから怖がる演技をしたほうがよかったんじゃないの？

　しかし、時すでに遅し。

「つむぎ、ホラー大丈夫なんだ？」

「うん。どうやって作ってあるんだろう、とか、演技すごいなぁとか思って見てたら……怖くなくなっちゃって……」

　むしろ、先生のほうが途中ビクッとなっていた気がする。

「意外と怖がりなの……？」

「それは言うな」

　怖がっていたのがバレたくなかったのか、めずらしく拗

ねるように私から顔を背ける先生。

　ちょっと、何この反応……。

　かわいすぎじゃない……？

　先生が私の困った顔が好きだって言っていた意味がわかる。

「かわいかったなぁ～」

「かわいいところあるんだね」

「かわいいね～？」

　こんなチャンスもうないと思い、私はこれでもかとそのあともかわいい攻撃をした。

　まさか、このあと何倍にもされて攻撃をされるとも知らずに……。

「俺のどこがかわいいの？　言ってみて」

　先生は私のほうに体を向けて座り、顔をグッと近づけてきた。

　急に先生の視線を感じてドキッとしてしまう。

「つむぎ、言って」

　口をつむぐ私を追い詰めてくる先生。

　このまま笑ってごまかそうと思ったけど、そう上手くはいかないか……。

「かわいいなと思ったのは……怖いシーンで肩がビクってなってたところ？」

「あとは？」

　あ、あと……!?

　先生のかわいいところってどこだろう……。

　さらに私との距離を縮める先生。

「あ、あとは……ナスが嫌いなところが、かわいいなって思う」

「あとは？」

　先生から逃げるように少しずつ後ろへ下がるものの、これ以上後ろへは下がれない。

「もう、ないよ……」

　キスができそうなほど近いのに、決してキスはしてこない先生。

　こんな至近距離で見られるくらいなら、キスしてくれたほうがいいよ……。

　この状態のままだと生きた心地がしない。

　自分の鼻息が先生にかかってしまうのではないかと、ハラハラする。

「ごめんなさいっ、もう、かわいいなんて言わないから許してっ」

「あ、さすがに意地悪しすぎた？」

　先生はうれしそうに私のほっぺを撫でてくる。

「しすぎた！　こんなに追い詰めなくてもいいじゃんっ」

「かわいいつむぎが悪いんだろ？」

「また、かわいいと言えばいいと思って……」

「違うの？　顔にうれしいって書いてあるよ」

　先生は私の上に覆いかぶさり、私の鼻筋をなぞるように触った。

　先生の触り方っていちいちエッチな気がする。

　私が意識しすぎているだけ……？

　シトラスの爽やかな香りが私を誘惑し、胸の奥がザワザワしてくる。

　どうしよう……今すごく先生にキスしたい……。

「今は、キスしたいって顔してる」

「え……っ」

「当たった？」

　図星で何も言えなくなる私の唇に……先生の唇が重なった。

　先生の前髪が私のおでこにこすれる。

　その前髪さえも……愛しく感じる。

　触れては離れてを繰り返すだけのキスなのに、なんだか今日はいつもよりも呼吸がしづらい。

　……その理由は、なんとなくわかっているのだけれど。

「……つむぎ」

「ん？」

「ベッド、行こうか」

「……ん」

　私は先生にお姫様抱っこをされ、そのままベッドへと移動した。

　私の呼吸が荒いまま、先生が私の首筋に顔を埋める。

「さっき俺のことかわいいって言ったけどさ……やっぱりつむぎが、一番かわいいよ」

　私の服をまくり上げ、服を脱がせながらささやく先生。

「今、言わないで……っ」

「なんで？」

「なんでって、わかるでしょ……っ」

「んー？　わからない」

　あっという間に脱がされていき……私は下着姿に。

　先生も上半身だけ服を脱いだ。

　……うわ。

　……ほどよい筋肉が大人の色気をかもし出している。

「カーテンだけ、閉めてほしい……」

「さすがに恥ずかしいか」

「……うん」

　ベッド横にある窓から夕日が入り込み、2人を照らす。

　先生はカーテンを閉めると、またすぐにキスをしてきた。

　私の体のいろいろなところにキスをしていく先生。

　そんな恥ずかしいところも……？と思いながらも、先生
からの甘い攻撃に私は完全に溺れていた。

　声が漏れ、手で口を塞ぐ。

　そんな私を見て、先生は満足げだった。

　……正直、先生に身を任せていたので、後半ははっきり
と覚えていない。

　ただただ「つむぎ、好きだよ」と甘く低い声が頭上から
聞こえていた……。

　私たちは……ついに結ばれた。

　私は先生に最初から最後まで愛されまくり、こんなに幸
せな気持ちになれるのだと知った……。

　疲れていた私は先生に腕枕をされ、裸のまま少し寝てしまった。

　起きたときには、夜の6時になっていた。

　目を開けると……もちろん隣には先生が。

　寝る前と同じ体勢で腕枕をしてくれている。

「体、辛くない?」

「……うん」

「ならよかった」

「瀬那も……腕、大丈夫?」

「全然大丈夫だよ。むしろ、つむぎが寝てる間にいろいろ楽しめたから」

「えっ!?　何したのっ!?」

　私が本気にすると、先生は……。

「触ったりいたずらしたりはまだしてないよ?　子どもみたいなかわいい寝顔を眺めてただけ」

　そう言って私のほっぺをプニプニと触った。

　先生って私のほっぺ好きだよなぁ。

　……なんて、呑気なことを考えていたけど、ちゃっかり問題発言してない!?

「今、まだって言ったよね?　これから触ろうと思ってたってこと?」

「今日はさすがにつむぎも疲れてるだろうからもうしないよ」

「……今日は……?」

「そりゃあ、つむぎの全部を知っちゃったら我慢できない

こともあるでしょ」

　……我慢できないとは。

　なんて子どものような言い訳なんだ。

「そもそも、私の寝顔が子どもみたいって言ってたでしょ？
それなのに……？」

「それは寝顔の話。さっきまで俺の下にいたつむぎの顔は
もう忘れないよ」

「ちょ……っ、それは今すぐに忘れてっ」

「無理です。あんなかわいかった姿を忘れられるはずがな
い」

　あまりの恥ずかしさから逃げるように先生に背を向ける
私。

「……あれ？　怒った？」

「……」

「おーい、つむぎちゃーん」

　私の背中をツンツンしてくる先生。

　私は再び先生のほうを向き、少しだけ見上げた。

「今日からは、１分１秒ずーっと私のこと考えててね。私
も……瀬那のこと、ずっと考えちゃいそうだから」

「……いや、急になんだよそれ」

「私だってこんなに好きなんだよって知ってもらいたく
なったの」

「伝わったよ。伝わったけど……。今この状況で誘惑する
なよ……」

　先生は蚊の鳴くような声でぼやいた。

　あれ？　こういうときこそ自分の気持ちをさらけ出すんじゃないの？

　タイミング間違えたのかなぁ……。

「俺はこれからもつむぎに誘惑され続けそうな予感がする」

「誘惑？　今の別に誘ってないよ？」

「そう言うと思った」

　先生の優しい笑顔を見ると、心が落ちつく。

　好き……私は瀬那先生が大好きだ。

　そんなことを思いながら、私は自分から先生の唇にキスをした……。

☆
☆
☆
☆

# 本書限定　番外編

## 甘々な修学旅行

　季節は春、私は高校3年生になった。

　3年では理系と文系でクラスがわけられるため、数学が苦手な私は文系へと進んだ。

　数学教師である瀬那先生が2年連続で私の担任になるはずもなく……先生はA組の担任、私はE組と高校最後の年にしてかなり離れてしまった。

　数学の授業もないため、廊下ですれ違ったり全校集会のときに見かけたりするくらいで、学校では本当に瀬那先生との接点がなくなってしまった。

　……それでも、学校が休みの日はお家デートしたり、少し車でドライブしたりと会えてはいるので、遠距離恋愛をしている人たちに比べたら幸せなほうなのかもしれない。

　本音は、もっと先生との時間がほしいんだけどね……。

　だけど、そんなわがまま言えるわけない。

　受験の年ということもあって、先生たちが忙しいのはわかっている。

　子どもみたいなことを言って、先生を困らせたくない。

　A組の生徒たちはほとんどが受験をするらしく、その担任の瀬那先生もなんだかピリピリしている気がする。

　教師になって初めて迎える受験だもんね……そりゃあ、いつも余裕がある先生でも大変だよね。

　——しかし、一大イベントといっても過言ではないあの

行事がやってきた。

そう……修学旅行!

しかも、行き先は常夏の島、沖縄!

私は飛行機にすら乗ったことがないので、高校に入学したときからこの修学旅行を心から楽しみにしていた。

といっても、修学旅行の準備や打ち合わせでさらに忙しくなってしまった先生。

修学旅行の前の2週間は休みの日も会えず、学校で挨拶を交わした程度。

電話は何回かしたけど、2週間もちゃんと会えていないのだ……。


──6月中旬。

そして、待ちに待った修学旅行当日。

空港で待ち合わせをし学年全員で飛行機に乗り込み、無事に沖縄に到着した。

もちろん瀬那先生も引率で一緒に来ているので……内心ドキドキだったりする。

自由行動もあるから、そのときにちょっとでも会えたりするかな～なんて、私は到着早々すっかり浮かれていた。

ついてすぐにホテルへ向かい、荷物を軽く整理する。

蛍とは2年生のときにクラスが離れて、3年生でまたクラスが一緒になった。

なので、修学旅行の部屋はもちろん一緒にした。

私と蛍の2人部屋だ。

　１日目の今日は、これから沖縄で有名な水族館に行くことになっている。

　久しぶりの水族館にテンションが上がる私は、蛍と水族館を満喫した。

　クラスごとに移動していくので、先頭にいる瀬那先生のA組を発見することができなかった。

　薄暗い場所だし、あわよくば先生と２人きりに……なんて考えていたけど、結局１日目は先生を見ること自体ほとんどないまま終わってしまった。

　私の高校の修学旅行は２泊３日で、３日目は夕方には飛行機に乗らないといけないので、実質あと１日半しか先生と２人きりになれるチャンスがない。


　──２日目。

　今日は朝から洋服の下に水着を着て、蛍とさっそく海へと向かった。

　雲１つない青空が広がる海日和（うみびより）で、自然と私は心が躍っていた。

　砂浜にレジャーシートを敷き、その上に荷物を置いて洋服を脱ぎ水着姿になった。

　私は蛍と一緒に買った、上が黒のオフショルで下が白地で花柄のスカートになっている水着を着た。

　蛍のスカイブルーのあざやかなビキニもとてもよく似合っている。

　初めて見る沖縄の海は透き通るほど海がきれいで、思わ

ず見惚れてしまった。

　さっそく蛍やクラスの友達と写真を撮ったりしていると、まわりの女の子たちが「キャー！」、「ウソウソウソ!?」と騒ぎ始めた。

　私は、何かと思い女の子たちが見る方向に視線を向ける。

　そこには……上半身裸でカーキ色の無地の海パンをはいた瀬那先生がいた。

　え!?　先生も海に入るの!?

　まわりを見渡すと、他の先生たちは海の家で洋服のまま座って雑談をしているではないか。

　でも、自分の彼氏だからということを抜きにしても同級生の男の子たちと比べても筋肉や体つきが全然違う……。

　少しだけ腹筋が割れているのが見えたんだけど、先生があんなにいい体していたなんて知らなかった……。

　顔は説明するまでもなく抜群に整っていることは知っていたけど、まさか見えないところまでとは……。

　あれ？　私ってもしかして変態？

　だけど、離れているからか、先生の上半身を凝視してしまう私。

　大好きな人がすぐそこにいるのに、触れることも近づくこともできないこの歯がゆさ……。

　案の定、ハチが蜜を求め花に群がるように、女の子たちは瀬那先生に近づき、むやみやたらに肌を触りまくる。

　ちょ……っ！　私の瀬那先生なのに……！

　このままでは嫉妬でどうにかなりそう……。

　そう思った私は、現実逃避のため海へと走っていった。

「つむぎ……っ!?」

　後ろから蛍の驚いた声が聞こえてきた。

　私は胸がつかるくらいの深さまで来た。

　自分の体が見えるほど海は澄んでいて、冷たくて気持ちいい。

　やっと沖縄の海を楽しめてきた私の元に浮き輪に浮かんだ蛍がやってきた。

「急に走り出すからどうしたのかと思ったよ」

「あは、ごめんね」

「どうせ瀬那先生でしょ？」

「え？　なんでわかったの？」

「つむぎの視線の先をたどったら、ハーレム状態の瀬那先生を見つけたから。きっとヤキモチ焼いて海に飛び込んだんだろうなぁと」

「……親友はなんでもお見通しだね」

「当たり前でしょ！」

　瀬那先生が女の子たちから人気なのは入学当初からだったし、私が彼女だっていうことを言うこともできないから、しょうがないとは思うんだけど……。

　それでも、先生ももうちょっと私に気をつかってくれてもよくない!?

　女の子たちが来ても一定の距離を保つとか、肌は触らせないとかさ……。

　ニコニコして楽しそうに話している瀬那先生を見て、今

は怒りしか浮かんでこない。

　それに、瀬那先生のまわりにいる女の子ってかわいい子が多くて、さらに今日なんて水着だよ……？

　まさか、これを機会に振られたりしないよね……？

　私がそんな勝手な想像をしているころ、私の知らない間に波が徐々に高くなっていた。

「……っ！」

　気づいたときにはすでに遅くて、私はあっという間に大きな波にのまれてしまった。

　浮かびあがろうと手足を激しく動かせば動かすほど沈んでいく体。

　空気を吸いたい……苦しい……。

　さっきまで足がついていたのに、どんなに足を伸ばしてもつくことはない。

　あぁ、どうしよう、私このまま溺れて死んじゃうの？

　……そんなことを意識が遠のく中で考えていた私は、突然誰かに体を抱きかかえられた。

　そのまま海の上へと引き上げられ、反射的に飲み込んでしまった海水を吐き出した。

「……ゲホッ、ゲホッ」

「呉羽、大丈夫か!?」

　張りついた前髪と海水を手でぬぐうと……目の前には大好きな人の姿があった。

　瀬那先生の真っ青になった顔と慌てた声で、どれだけ私のことを心配してくれているのかがわかった。

　……先生が助けてくれたんだ。

　こんな状況なのに、その事実がうれしくて思わず頬がゆるむ。

「なんでおまえはニヤけてんだよ」

「だって、ヒーローみたいな先生があまりにもかっこよくて、つい……。助けてくれてありがとう」

「……おまえな、そういうことここで言うなよ」

「思ってることがすぐ口に出ちゃうんだもん」

　まわりに聞こえないように小さな声で話す私に、先生は困惑する表情をした。

「こっちの気も知らないで……」

「え……？」

　ボソッとつぶやく先生の声がよく聞こえず聞き返す私。

　先生は「なんでもない」と言うと、私をお姫様抱っこしたまま砂浜へ向かって海の中を歩いていく。

　先生に抱っこされ密着する体。

　こんなときなのにドキドキが止まらない。

　やっぱり私って変態要素があるの……？

　落ちないように先生の首へ両手を回したおかげで顔の距離も近くなり、さらにドキドキを加速させる。

「もう深いところは行くなよ」

　不謹慎な私とは正反対で、本気で心配してくれていた先生は今度はご立腹のようで。

「……わかりました」

「ったく、生きた心地しなかったんだからな」

「……ごめんなさい」

「とりあえず無事でよかった。それに別に怒ってないから謝らなくていいよ。ただ、俺がいつでも助けに来られるわけじゃないんだって思っておけよ」

「……え？　瀬那先生がいつでも助けに来てくれるんじゃないの？」

「いつでもそばにいるわけじゃないだろ」

「そばにいてよ」

「……おまえなぁ……」

　まわりに他の生徒がいるため、私たちは目を合わせず声を小さく話すことを心がけた。

「だって、助けてくれるのは瀬那先生じゃなきゃ嫌だもん」

「俺だって、呉羽がピンチのときは俺が助けてやりたいよ。けど、現実はそうもいかないだろ？」

「そうなったらいいなって理想の話をしてるんじゃん。最初から諦めてたら、どんなこともできないと思います」

「……そうきたか」

「私の目には瀬那先生しか映らないから、先生がピンチのときは私が一番に助けられる自信があるもん」

「だから廊下を歩いていると、よく視線を感じるんだな」

「ひそかにラブビームを送ってるんだよ」

「ラブビーム送ってるのが学校にバレたらどうすんだよ」

「大丈夫だよ、私と瀬那先生にしか見えないから」

　私の言葉に、口を閉じたままうれしそうに笑う先生。

　すると、私のひざの下にあった先生の腕が少し下のほう

に動いた。

　そのまま先生の手が私の太ももに触れた。

　太ももを一瞬だけ撫でられ、思わず「ちょ……っ」と声が出てしまう。

「呉羽、しーっ」

　私にだけに聞こえるように、小さな声で言う先生。

　チラッと見えた横顔は、どこか楽しそうに見えた。

「先生のせいでしょっ」

「呉羽がかわいいことばっかり言うからだろ」

「……か、かわいい……!?」

「ほら、もう砂浜につくぞ。歩けるか？」

　照れる私を堂々と無視する先生は、すっかり先生モードに入ったご様子。

　そして、だんだんと海が浅くなり、私が先生にお姫様抱っこをされているのがあらわになってしまった。

　その光景を目の当たりにした瀬那先生を大好きな女の子たちから「ギャーッ！」という悲鳴が聞こえ、私もそれのおかげで生徒モードに入ることができた。

「もう大丈夫です」

「救護室に行かなくて平気か？」

「そこまでじゃないので、レジャーシートで少し休んでます。ありがとうございました」

　先生と生徒の正しいやりとりを終わらせ、私は自分の荷物があるレジャーシートへ、瀬那先生は先生たちが待つ海の家へと向かった。

　私と離れた瞬間、瀬那先生へ一気に群がる女の子たち。

「瀬那先生！　私もお姫様抱っこしてほしい！」

「あの子だけずるーいー！」

　不満の言葉が次々と出てきて、瀬那先生がどれだけ人気なのかを再確認。

　そのあと蛍がすぐに来てくれて、私たちは少しだけレジャーシートの上に寝転がって休憩することにした。

　幸いにも海水を少し飲んでしまっただけで、それ以外の被害はなかったので、私はすぐに復活した。

　気がつくと、瀬那先生は男の子たちとビーチバレーを楽しんでいて、すっかり高校生の中になじんでいる。

　こういう子どもっぽい先生も新鮮でいいかも……。

　そんなこんなでお昼になり、各自海の家で好きなものを買って食べた。

「私、トイレ行ってくるね」

　私はお昼ごはんを食べ終わったタイミングでトイレに行きたくなり、更衣室の隣にあるトイレへ向かった。

　その帰りに更衣室の前を通ると……１つだけ置かれたベンチに座る瀬那先生の背中が見えた。

　四角い建物の中に10個の更衣室が並んでいて、右側一面には鍵をかけられるロッカーがついている。

　手前に置かれているベンチに座る瀬那先生に、そっと近づいてみる……。

「瀬那先生？」

「おっ、おう、なんだ、つむぎか……」

　急に横から現れた私に驚く先生。

「こんなところで何してるの？」

「……ちょっと休憩。さすがに10代と一緒に動いてると体力が持たないな」

「何そのおじさん発言〜。言ったって、先生だってまだ25歳で全然若いじゃん」

「でも、高校生の体力には勝てないよ」

　心なしか悔しそうな先生。

　生徒の動きについていけなくて、よほど悔しかったのかな？

　瀬那先生は、今のままで十分かっこいいのに。

　私は先生の隣にピタッとくっつくように座った。

　だるそうに脚を伸ばし、背中を壁に預ける先生が私のことを見てくる。

「もう遊ばないのか？　あと少ししたらホテルに戻る時間だぞ」

「……私、ここにいたら邪魔？」

「……え？」

「3年生になってから学校ではなかなか会えなくなっちゃったから、寂しかったんだよ。この2週間会えてなかったし……。だから、先生を見つけてうれしかったの……。先生は違うの？」

　先生を見上げる私は、拗ねる小さな子どものように眉毛を八の字にしていたと思う。

　心のどこかで、先生も私と同じように寂しいんだと思っ

ていた。

　大人の余裕ってやつなのかな。

　私にも少しはその余裕を分けてほしい……。

「はぁ……」

　先生が盛大なため息をつく。

「ため息つくほど私にここにいてほしくないの……!?」

「いや、違うって。そうじゃなくて……」

「何が違うの〜……っ、ムカつくムカつく！」

　先生への怒りが止まらない私。

　そんな私とは違い、今度は人差し指を自分の唇に当て口パクで「静かに」と伝えてくる先生。

　ここからいなくなれの次は、黙ってろって!?

　私そんなにうざい女!?

　あと数秒で私の第２次の怒りが爆発するというところで、先生に手首を掴まれた。

　そして、そのまま目の前の空いている更衣室へと強引に連れ込まれた。

　先生の手によって勢いよく更衣室の扉が閉まり、鍵がかけられた。

　なぜか、一瞬で大人１人用の狭いスペースに入ることになった私と先生。

　状況がのみ込めないでいると……近くから女の子たちの話し声が聞こえた。

「あれー？　瀬那先生ここにもいないんだけどー」

「もう１回、あの腹筋触りたいよねー」

354

「瀬那先生、優しいから触らせてくれるんじゃない？　あっちも探してみよ！」

　そんな会話のあと、女の子たちの足音が遠くなるのがわかった。

　女の子たちに私とケンカしているところを見られたらまずいから、とっさにここに隠れたのか。

　そういう判断力は、いつも尊敬する。

　瀬那先生の追っかけか……。

　しかも、腹筋を触りに来たんだ……。

　ていうか、もう1回ってことは、やっぱり私以外の女の子に体を触られていたってことじゃん！

　壁に背中をくっつける私の顔の横に両手をつけて、「やべっ」と言いたそうな顔をする先生。

　そんな先生に、私は怒りを通り越して呆れた視線をこれでもかと浴びせた。

「……私だって、まだちゃんと触ったことないのに」

「ごめんな……勢いがすごくてさ、俺だってつむぎ以外に触らせたくなかったよ」

「内心かわいい生徒たちに触られてうれしかったんじゃないの？」

「……なんでそうなんだよ」

「……知らないっ。もう女の子たちいなくなったし、私ここから出るっ」

　先生の脇の下を通り抜け、そのまま鍵を開けようと右手を伸ばしたそのとき——。

「行かせない」

　右腕を先生に掴まれ、そのまま壁へと押しつけられた。

　呼吸が聞こえるほど近い距離。

　誰もいない静かで……狭い空間。

　すべての要素が私の鼓動を速くさせる……。

　先生の眉間にシワが寄る。

　どうやら私は怒らせてしまったらしい。

「付き合ってからもうすぐ2年たつけど、俺の気持ちは半分も伝わってなかったんだな」

「……え……?」

「俺だって、できることならつむぎとイチャイチャしたいよ」

　先生の突然の告白に、一気に体温が上がる。

「初めての受験生を担当して、想像以上に大変でいっぱいいっぱいになってた。つむぎと会える時間も減って、遅くに仕事が終わって家に帰ってから何回もつむぎに会いに行こうとした」

「……そう、なの……?」

「学校の廊下を歩いてるときだって、偶然つむぎと会わないかなぁとか、つむぎは今なんの授業を受けてるんだろうなぁとか、つむぎのことばっかり考えてたよ」

　まさか、先生がそこまで私のことを考えてくれていたなんて……。

　私と同じように会いたいって思ってくれていたことがわかり、胸の奥がキュンとなった。

「でも、それならそう言ってくれればいいのに……」

「7歳も上の彼氏が、恥ずかしくて素直に言えるわけないだろ」

「……そういうものなの？」

「男心も複雑なんだよ」

　たしかに、私も会いたいとか寂しいとかわがままだと思ってずっと言わないようにしていた。

　先生の負担にならないようにって。

　お互いを想いすぎて、気持ちを我慢していたから、今日こうして爆発してしまったのかもしれない……。

「今日だって、俺がどれだけ気持ちを抑えてたか……知らないだろ？」

「え？　抑えてた？」

　今度は獲物を捕らえたような目になり、先生が俺様モードになったことが雰囲気でわかった。

「つむぎのかわいい水着姿見て、あぁなんで他の男が見てんだよってイラついた」

「……」

「つむぎは無防備に俺に近づいてくるし、今なんてこうしてどうにでもできる状況にいるし」

「え？　ちょ、ちょっと待って……っ。先生がヤキモチ焼いてくれたのはわかったけど、なんで近くにいちゃいけないの？」

「触りたくなるからだよ」

「……っ」

　当たり前のことのように真面目な顔で言う先生。

「何それ、変態みたい……っ」

「なに言ってんのつむぎ。こっちは卒業まで最後まではしないってお父さんとの約束を守るためにいつも葛藤してるんだぞ。こんな露出度の高い格好されたら変態にもなるよ」

「水着だよ……!?　他の女の子たちも着てるじゃん……」

「俺にとっては、つむぎしか女の子じゃないから。あとはみんなナスにしか見えない」

「ナ、ナス……？」

　先生のおもしろいたとえに、思わず吹き出し笑いしてしまった。

　そんな私に、「なに笑ってんだよ」と言って、不意打ちのキスをしてきた先生。

　ゆっくりと離れていく先生の透き通る瞳に、頬を赤くする私が映る。

「……触るの、我慢してたんじゃないの……？」

「スイッチ押したのはつむぎだろ」

「私、別にスイッチ押してなんか……、んんっ」

　私が最後まで言い終わる前に、先生は私の唇を塞いだ。

　すぐに離れた唇はまたすぐに触れてきて、私の唇を挟むように何度も何度もキスをしてくる。

　私からは吐息が漏れて、それだけでなんだか胸の奥がくすぐったい。

　私の右腕を掴む先生の手に力が入り、少し強引に私の頭上へと腕を上げられた。

　新しい空気を吸おうと口を開いたそのとき、先生はすぐに私の唇を塞ぎ、そのまま舌を入れてきた。

「……っ」

　先生のもう片方の手は私の腰に回り、私を引き寄せる。

　さらに深くなったキスに、私はもう何も考えられなくなっていた。

　苦しさから、先生の肩を掴みギュッと力を入れる。

　何かにすがっていないと、立っていられなかった。

　私の腰に触れる先生の手が、だんだんと上がってくる。

　でも、その間もキスの雨はやまず、キスに集中するしかない。

　背中を撫でられ……不覚にも私の甘い声が漏れる。

　先生は私の弱い部分を熟知しているのだ。

　一瞬だけニヤッと笑った気がした。


　そのあとも先生は全然離してくれなくて……やっと解放されたと思ったら、私は足に力が入らなくて崩れ落ちそうになった。

　とっさに先生が私の脇をかかえてくれたおかげで、なんとか立っていることができた。

　壁に押しつけられていた腕も解放され、とりあえず先生の肩を掴んで立っていることにした。

「さすがに激しかったか」

　キスする前となんら変わらず、平然とする先生。

　心配するような言葉とは裏腹に、口角が上がっていてう

れしそう。

　そんな先生に反して、肩を上下させるほど呼吸が荒い私。

　ここまでくると、これはもう肺活量とか体力の問題？

　どうしてあんな激しいキスをしたあとなのに、こんなに普通にしていられるの？

　どことなく、先生の顔がスッキリしたようにも見える。

「こんな顔、誰にも見せたくないな」

　呼吸が乱れていない先生は、私の頬を優しく撫でる。

「……こんな顔？」

「瀬那先生のキス、気持ちよくてもっとしたかったなぁって顔」

「……なっ、そ、そんな顔してないっ！」

「してるよ」

「そんなこと、思ってないもん……」

「違うんだ？」

　腰をかがめて私の顔を覗いてくる先生は、片眉だけを上げて意地悪な顔をする。

　先生の薄茶色のきれいな瞳のせいで、私の考えていることをすべて見透かされているかのような錯覚におちいってしまう。

「俺は、つむぎともっとしたいよ」

　先生はわざわざ私の耳元で、低い声で甘くささやく。

　再び私の目の前に来た、先生のかっこいい顔。

　２年近く付き合っていても、いまだにこの顔のアップには慣れない。

　鼓動が速くなりすぎて心臓が停止してしまうかもと、あるはずがないことを考えてしまう——。

「訂正します」

「え……？」

　どうしていつも先生は余裕で、私は焦らなきゃいけないんだ。

　たまには反対になってもいいじゃん。

　先生が好きすぎて私のすべてがおかしくなってしまったように、先生も私のことが好きすぎておかしくなってしまえばいい。

「先生が言ったこと、合ってるよ」

　私は先生の両肩に触れたまま、背伸びをして顔を近づける。

　鼻先が当たり、あと数ミリでお互いの唇が触れるギリギリのところで動きを止めた。

「私ね、先生のキス……大好き」

　先生の唇に触れることなく、私は先生から離れた。

「こんな技、いったいどこで覚えたの？」

　私の腕を優しく触りながら尋ねてくる先生。

　あれ……？

　なんか、思っていた反応と違うぞ？

　私の予想では、私が突然かわいいことを言ったら先生は「つむぎ、参りました〜」って降参するとばかり思っていた。

　まさか、これっぽっちもダメージをくらってない……!?

　先生はそんな再び焦り始めた私の手首を掴み、反対の手

で私の腰を抱いて自分のほうへと引き寄せた。

　え!?　どうしてこうなったの!?

　密着する2人の体。

　先生の素肌が直接当たり、目の前にほどよく筋肉がついた胸があり目のやり場に困る。

「俺をあおるのが本当にうまいよね」

「あおってはないよ……!?」

「つむぎにキスしたい、触りたいスイッチをよく押すじゃん」

「何そのスイッチ……!　まったくどこにあるのか知らないし、そんなスイッチがあるなんて初耳だよっ」

「つむぎがよく押すから知ってるのかと思った」

　歯を見せて笑う先生。

　頬を赤らめながらも、そのスイッチを押したいような押したくないような複雑な気持ちになってしまった。

　至近距離で見上げる私と、見下ろす先生。

　まるで、捕まって身動きがとれないウサギと、捕まえて自分の思いどおりになることに喜んでいるオオカミのよう。

「つむぎの恥ずかしがりながらも素直に自分の気持ち言うところ、本当にかわいい」

「……不意打ち、ずるい」

「俺も思ってることがすぐ口に出ちゃうんだ」

　海で助けてもらったときに私が言ったセリフを、真似してきた先生。

「……じゃあ、1つ聞いてもいい？」

「何？」

「そのスイッチが押されたときは、先生も余裕がなくなってるってこと？」

「……そうだよ」

　先生はそう言って、リップ音を出して私に触れるだけのキスをした。

「つむぎの勝ち」

　頭上から聞こえる優しい声。

　私の勝ち？

　今日の出来事を振り返ってどう考えてみても、先生の勝ちとしか思えないんだけど……。

「いつだって、余裕がないのは俺のほうだよ。つむぎの言動すべてに心が乱れるんだから」

　いつも余裕たっぷりに見える先生の心を乱せているなんて……こんなにうれしいことはない。

「ニヤけてるところ悪いけど、そろそろ戻るぞ」

「えー……もう戻るのー？」

「はい、そんなかわいい顔しない。俺が先に戻るから、少ししてからおいで」

「はーい……」

　唇をとがらせて拗ねる私の機嫌を直すため、私の頭をポンポンと叩く先生。

　単純な私は、結局それで機嫌が直ってしまう。

　瀬那先生はあたりをキョロキョロしながら素早く更衣室

から出ていった。

　私も1分ほど待ってからそっと出ていき、無事に蛍のところに戻ることができた。
「あれあれー？　どこで何をしてたのかなー？」
「ちょっと、話してた……」
「なっち？」
　頷く私の肩を何回も突きながら、蛍は「本当に話してただけかー？」と疑いの眼差しを向けてくる。
「想像にお任せします」
「うわぁ～！　それはもうイチャイチャしてきたって言ってるのと一緒なんですけど！」
「だってそうだもん～」
「結局のろけるのかいっ」
　蛍とわちゃわちゃしているうちに海水浴の時間が終わり、私たちは着替えてホテルへと戻った。
　学年全員で5時にホテルの中のレストランで夜ご飯を食べ、部屋に戻ってからお風呂に入り、沖縄での最後の夜を過ごした。

　──そして、最終日。
　夕方までは自由時間で、私と蛍は駅近くの商店街をぶらぶらすることにした。
　お土産も買わなきゃなぁ。
　ちょうどそんなことを思っていると、品ぞろえがよさそ

うなお土産屋さんがあったので、そこでお土産を選ぶこと
にした。

　店内をくまなく見ていると、1つの商品に目が止まった。

　それは、琉球ガラスでできたハート形のコップだった。

　色合いがきれいで、ハートの形もめずらしくてかわいい。

　色は青、ピンク、黄、緑と4色あって、これを瀬那先生
とおそろいで使いたいなと思った。

　私はピンク、先生は青にしよう。

　家族や親戚へのお土産も、たくさん買った。

　さすがに手で持って帰ることはできないので、宅配便で
家まで届けてもらうことにした。


　蛍もお土産をたくさん買って、私たちは他のお店へ行こ
うと出口へと向かおうとしていた。

　そこへ……偶然、瀬那先生がやってきた。

「せ……」

　声をかけようとしたそのとき、先生の後ろから同じ高校
の女の子2人組がやってきた。

　私と蛍はとっさにしゃがみ、その場に隠れた。

　何を話すのか気になって仕方ないため、見られないよう
に瀬那先生たちを覗く。

「瀬那先生もお土産買うのー？」

　1人の女の子がそう言って、先生の腕に自分の腕を絡ま
せる。

「はいはい離れる〜」

　先生は優しく言いながら、女の子の腕を離した。
「え〜どうして〜？　ていうか、お土産誰に買うの？」
「彼女」
「……」
　一瞬の沈黙があたりに漂い、女の子たちは口を開けてあからさまに驚いていた。
「えっ!?　先生、彼女いるのっ!?」
「いるよ」
「どこの誰!?　写真見せて！」
「教えない。とりあえず、愛しの彼女へのお土産を探してるから静かにしててくれるか？」
「嫌だ嫌だ！　瀬那先生に彼女がいるなんて信じない！」
　全身でショックを受ける女の子たちを気にすることなく、お土産を真剣に選ぶ先生。
　……私の存在を生徒に話しているの、初めて聞いた。
　私の名前を言えないことはわかっているから、彼女がいると言ってくれただけですごく幸せ。
「これにしようかな」
「これ、私知ってる……。カップルでおそろいでつけると幸せになれるってウワサのブレスレットだ……」
「これは、5つの四角と4つの四角でできている模様で、ミンサー柄って言うんだ。『いつ（5つ）の世（4）までもあなたへの愛は変わらない』、という意味が込められているらしい」
「瀬那先生、詳しいんだね」

「調べたからな」

「それくらい彼女のことが大事なんだ……？」

「そういうこと」

　盗み聞きしてしまった罪悪感が生まれる中、私は全身から溢れ出そうな喜びを必死に抑えた。

『いつの世までもあなたへの愛は変わらない』

　こんなステキな言葉を、私がもらっていいの……？

　瀬那先生……まるでプロポーズみたいだよ。

　私も、瀬那先生への愛は生まれ変わっても変わらないって思える。

「つむぎ……？　大丈夫？」

　2人してしゃがみ込んで怪しさ全開なのに、私の目からはうれし涙が流れていく。

「私たちもお土産買いに行ってこよーっと」

　女の子たちはそう言ってお店から出ていった。

「つむぎ、女の子たちいなくなったから、私たちも行こ？　どこか座って落ちつこう」

「うん、そうする……」

　蛍に腕を引っ張られ、立ち上がる私。

　そんな私の視界に、突然入ってきた白い小さな袋。

　その袋を手に取って後ろを振り返ると……そこには瀬那先生がいた。

「隠れてるのバレバレ。全部こえてたんだろ？」

「……うん」

　先生は、優しい手つきで私の涙をぬぐう。

「人生でおそろいのもの初めて買った。だから、大切にし
ろよ」

「……ありがとう、大切にする……っ」

「よしよし、もう泣くな？」

　先生は他の生徒がいないことを確認しながらも、私が泣
き止むまでそばにいてくれた。

　私はもらったブレスレットを、胸の前でギュッと握りし
めた。

　私が落ちついたところで、先生は先に店を出た。

　そのあと、私と蛍は空港の待ち合わせの時間まで他のお
店を見ていた。

　──こうして、あっという間に楽しい修学旅行が終わり
を迎えた。


　どうなるかと思っていた修学旅行は、自分が思っていた
よりもはるかに瀬那先生と過ごすことができたので、一生
忘れられない思い出となった。

　彼女がいる発言だったり、ブレスレットのプレゼント
だったり、変なスイッチがあることを知ったり……とにか
く先生からのサプライズが多かった。

　先生のことならなんでも知っていると思っていたけど、
まだまだ知らないことがたくさんあるんだなと実感。

　この先も一緒にいられるように、私も頑張らなきゃいけ
ないなぁ。

　先生のまわりにきれいな女の人がたくさん寄ってくる未

来は見えているので、その人たちに負けないように身も心
も磨かなきゃ……！
　そう心に誓った、私なのでした。


END

## あとがき

　このたびは、『放課後、イケメンすぎる瀬那先生にひた
すら溺愛されてます。～今日も止まらない甘い誘惑～』を
購入し、最後まで読んでくださりありがとうございます。

　先生×生徒の話を書くのが初めてだったので最初は戸惑
いもありましたが、無事に完結することができて、こうし
て書籍化もしていただけてうれしく思います。

　私自身、学校に若くてかっこいい先生がいて、女子生徒
たちがキャーキャー騒ぐという光景を見たことがなかったの
で、この組み合わせを書くのには抵抗がありました。

　だけど、ここは妄想が趣味な主婦の見せどころ！（笑）。

　瀬那先生という最強のモテ男を作ることによって、どん
どんと妄想が膨らみました。

　瀬那先生の女の子の扱いが上手なキャラと、とにかく純
粋で頑張り屋なつむぎのキャラが私には合っていたみたい
で、プロットを書いている時点から楽しく書けました。

　じつは私は、今までしっかりとプロットを組み立ててか
ら書くということがなく、その場の思いつきでストーリー
を組み立てるタイプだったのです。

　この作品でしっかりとプロットに向き合ったことで、自
分はこのほうが書きやすいんだと今さら気づきました（笑）。

　とにかく甘さ重視！　甘さのみ！を徹底しました。

　そして、先生×生徒のストーリーにありがちな、誰かにバレて先生の立場が危なくなる……などの不安要素もすべて取っ払いました！（笑）。

　だからか、この２人のイチャイチャがどんどん浮かんできて、ここだけの話……まだ書きたいエピソードがいくつかあったんです。そうしたら、書籍化をするにあたり、限定の番外編を入れようということになりまして……！

　修学旅行中に隠れてイチャイチャする２人も、楽しんでいただけたでしょうか？

　とにかく前向きで全力なつむぎを書くうちに、私も何かを取り組むときに自然と頑張ろうと思えました。

　たしかに生活する中で、まわりの人の考え方や行動ってすごく影響される気がするのです。

　ケンカ腰で話すと相手も機嫌が悪くなって言い合いになり悪循環（あくじゅんかん）……そうならないためには、自分も落ちついて相手に接すると、相手も誠意（せいい）をもって対応してくれるなぁと、この歳になって学びました。

　こうして書籍化することができたのも、いつも応援してくださるファンの方々のおかげです。

　本当にありがとうございます。

　まだまだ未熟（みじゅく）な私ですが、今後も応援していただけたらな、と思います。

　これからもどうぞ、よろしくお願いいたします。

　　　　　　　　　　　2021年７月25日　ばにぃ

**作・ばにぃ**

神奈川県生まれのみずがめ座。『狼彼氏×天然彼女』シリーズは、ケータイ小説サイト『野いちご』内にて、累計1億9千万PVを超えるアクセスヒットを記録。文庫本も累計20万部を突破。ケータイ小説文庫『狼彼氏×天然彼女』シリーズのほか、『GOLD BOY』シリーズ、『ぞっこん☆BABY〜チャラ男のアイツ〜』『モテすぎる先輩の溺甘♡注意報』『今日から私、キケンでクールな彼に溺愛されます。』（すべてスターツ出版刊）など著作多数。

**絵・なま子**（なまこ）

漫画家、イラストレーター。既刊に『ドラマティック・アイロニー』①〜⑧（KADOKAWA刊）がある。pixivシルフにて活動中。

## ファンレターのあて先

♥

---

〒104-0031

東京都中央区京橋1-3-1

八重洲口大栄ビル7F

---

スターツ出版（株）書籍編集部 気付

**ばにぃ** 先生

KEITAI
SHOUSETSU
BUNKO
野いちご SINCE 2009

放課後、イケメンすぎる瀬那先生に
ひたすら溺愛されてます。
～今日も止まらない甘い誘惑～

2021年7月25日　初版第1刷発行

著　者　ばにぃ
　　　　©bunny 2021

発行人　菊地修一

デザイン　カバー　尾関莉子（ナルティス）
　　　　　フォーマット　黒門ビリー＆フラミンゴスタジオ

DTP　朝日メディアインターナショナル株式会社

編　集　若海瞳　酒井久美子

発行所　スターツ出版株式会社
　　　　〒104-0031　東京都中央区京橋1-3-1　八重洲口大栄ビル7F
　　　　出版マーケティンググループ　TEL03-6202-0386
　　　　（ご注文等に関するお問い合わせ）
　　　　https://starts-pub.jp/

印刷所　共同印刷株式会社

Printed in Japan

ISBN 978-4-8137-1122-3　C0193

# ケータイ小説文庫　2021年8月発売

## 『そろそろ、俺を好きになれば？（仮）』ＳＥＡ・著

高校生の愛咲と隼斗は腐れ縁の幼なじみ。なんだかんだ息ぴったりで仲良くやっていたけれど、ドキドキとは無縁の関係だった。しかし、海外に行く親の都合により、愛咲は隼斗と同居することに。ふたりは距離を縮めていき、お互いに意識していく。そんな時、隼斗に婚約者がいることがわかり…？
ISBN978-4-8137-1137-7
予価：550 円（本体 500 円＋税 10%）
ピンクレーベル

## 『極上男子は、地味子を奪いたい。③（仮）』＊あいら＊・著

元トップアイドルの一ノ瀬花恋が正体を隠して編入した学園は彼女のファンで溢れていて……！　暴走族 LOST の総長や最強幹部、生徒会役員やイケメンクラスメート…花恋をめぐる恋のバトルが本格的に動き出す!?　大人気作家＊あいら＊による胸キュンシーン満載の新シリーズ第3巻！
ISBN978-4-8137-1136-0
予価：550 円（本体 500 円＋税 10%）
ピンクレーベル

## 『君に惚れた僕の負け。（仮）』小粋・著

高2の恋々は、親の都合で1つ下の幼なじみ・朱里と2人で暮らすことに。恋々に片想い中の朱里は溺愛全開で大好きアピールをするが、鈍感な恋々は気づかない。その後、朱里への恋心を自覚した恋々は動き出すけど、朱里は恋々の気持ちが信じられず…。すれ違いの同居ラブにハラハラ＆ドキドキ♡
ISBN978-4-8137-1135-3
予価：550 円（本体 500 円＋税 10%）
ピンクレーベル

## 『君が天使になる日まで（仮）』ゆいっと・著

小さい頃から病弱で入退院を繰り返している莉緒。彼女のことが好きな幼なじみの琉生はある日、『莉緒は、あと 38 日後に死亡する』と、死の神と名乗る人物に告げられる。莉緒の寿命を延ばすために、彼女の"望むこと"をかなえようとする。一途な想いが通じ合って奇跡を生む、感動の物語。
ISBN978-4-8137-1138-4
予価：550 円（本体 500 円＋税 10%）
ブルーレーベル

書店店頭にご希望の本がない場合は、
書店にてご注文いただけます。